1313

Verlag Kiepenheuer & Witsch GmbH & Co. KG,
Bahnhofsvorplatz 1, 50667 Köln

Kontaktadresse nach EU-Produktsicherheitsverordnung:
produktsicherheit@kiwi-verlag.de

Das Buch

Als Elena an ihrem Geburtstag durch Zufall erfährt, dass ihr Mann sie betrügt, ist sie erst mal weg: Sie packt ihre Koffer und ihren kleinen Sohn und fährt nach Süditalien, ins Land ihrer Kindheit. Im apulischen Lecce quartiert sie sich im Palazzo ihres Onkels Gigi ein. Dort lernt sie Michele kennen, einen jungen Maler aus Rom, der ebenfalls neu in der kleinen Stadt ist – und seiner Familiengeschichte auf der Spur. Auf einem nächtlichen Spaziergang machen die beiden eine Entdeckung, die das Leben in der kleinen Stadt auf den Kopf zu stellen droht – und die mehr mit ihnen zu tun hat, als sie ahnen.

Eine brisante Affäre, ein lang gehütetes Familiengeheimnis und eine ungewöhnliche Liebesgeschichte – der Roman einer großen Entscheidung unter dem azurblauen Himmel Süditaliens.

Die Autorin

Kirsten Wulf, 1963 in Hamburg geboren, arbeitete als Journalistin in Mittel- und Südamerika, Portugal und Israel. Seit 2003 lebt und schreibt sie in Italien.

Kirsten Wulf

Aller Anfang ist Apulien

Roman

Kiepenheuer & Witsch

© 2013, Verlag Kiepenheuer & Witsch, Köln
Alle Rechte vorbehalten. Kein Teil des Werkes darf in
irgendeiner Form (durch Fotografie, Mikrofilm oder ein
anderes Verfahren) ohne schriftliche Genehmigung des
Verlages reproduziert oder unter Verwendung elektronischer
Systeme verarbeitet, vervielfältigt oder verbreitet werden.
Umschlaggestaltung: Barbara Thoben, Köln
Umschlagmotiv: © Image Source / Getty Images
Foto der Autorin: © Gunnar Knechtel
Gesetzt aus der ITC Legacy
Satz: Buch-Werkstatt GmbH, Bad Aibling
Printed in Germany
ISBN 978-3-462-04497-3

Meinen Eltern
Marli & Charlie

1

Michele hatte die Postkarte in Lucias Nachttisch gefunden, vergraben in einer vollgestopften Schublade zwischen bunten Ketten, Muscheln, Bibelversen und einem Fläschchen Lavendelöl, dem beruhigenden Duft für ihre schlaflosen Nächte.

Sie steckte in einem Briefumschlag, zusammen mit einigen Fotos: Wie Michele von *Nonno* Salvatore vor dem Weihnachtsbaum in die Luft geworfen wird, im blauen Schulkittel und mit Zahnlücke auf einer Schaukel unter Schirmpinien schwingend, als Teenager, lang und dürr, in schlotternden Shorts am Strand, endlich groß genug, seiner Mutter den Arm um die Schultern zu legen, aufgenommen vom Eisverkäufer an einem ihrer kostbaren Montage am Meer. Am Ruhetag der Osteria durfte Michele manchmal die Schule schwänzen, dann flüchteten sie aus Rom und gönnten sich einen Urlaubstag. Nur sie beide.

Seit Tagen rätselte Michele über diese Postkarte. Sie zeigte eine Piazza mit Amphitheater, davor eine Säule, auf der ein Heiliger mit wehendem Umhang und Wanderstab vor wolkenlos blauem Himmel thronte. Auf der Rückseite stand in krakeliger Schrift:

»Teuerste Lucia! Ein Gruß und eine Erinnerung aus Lecce. Ich hoffe, es geht dir und dem kleinen Michele gut. Alles ist wie geplant gelaufen, auch dein Bruder ahnt nichts. Sei beruhigt und bleibe, wo du bist – in Sicherheit!

Dies sind der Rat und die Bitte einer Freundin. Ich weiß, dass Salvatore und Daniele dich lieben werden wie ihre eigene Tochter. Ihr werdet es gut bei ihnen haben. Ich umarme dich, M.«

Michele hatte diese Zeilen immer wieder gelesen, ratlos und enttäuscht. Was hatte Lucia mit Lecce in Apulien zu tun? Seit wann hatte sie einen Bruder? Wer war M.? Michele konnte sich nichts zusammenreimen. Warum hatte seine Mutter nichts erzählt?

Alles hatten sie geteilt, es gab keine Lügen, keine Geheimnisse zwischen ihnen – hatte Michele bislang zumindest gedacht. Er wusste alles, von der kleinen Kasse mit Schwarzgeld in der Osteria bis zu Lucias meist unseligen Männergeschichten. Die hübsche Lucia, mit ihrer singenden Stimme und dem überraschenden Lachen, das so klar aus der Mitte des Herzens herauspurzelte, dass sie damit die Männer überrumpelte. Sie hatte mal kurze, mal lange Affären, und Micheles Vater war eine der sehr kurzen gewesen. Ein Tourist aus Amerika, der eines Abends vergnügt in die Osteria hereinspaziert war, Lucia zum Lachen brachte und am nächsten Morgen wieder verschwand. Zum Heiraten hatte es bei keinem ihrer Liebhaber gereicht. Sie liebte ihren Sohn, ihre Osteria, ihre Freiheit – das reichte.

Michele war vermutlich der Einzige, der auch Lucias Schatten kannte. Der von der Angst wusste, die wie eine Krake in manchen Nächten in ihren Schlaf kroch, sie umschlang und würgte, bis sie vom Wummern ihres Herzens hochschreckte. »Ich habe die Geister schon wieder weggepustet«, lächelte sie ihn müde an, wenn er sie im Morgengrauen in ihrem Korbstuhl auf der Dachterrasse fand, mit einem leeren Rotweinglas und nach Lavendel duftend.

Draußen jaulte jetzt ein Polizeiwagen durch die Nacht,

rote und blaue Lichter flackerten durch das dunkle Zimmer, in dem seine Mutter vor einigen Wochen zu atmen aufgehört hatte, vom Krebs zerfressen. Sie hatte sich nicht gewehrt gegen die Krankheit, als ob sie vom Leben erschöpft gewesen sei. Mit nicht einmal 50 Jahren.

Ihre Osteria in einer Gasse bei der Piazza Navona hatte Michele verkauft, Lucia hatte darauf bestanden. Ihr Sohn wollte malen, nicht kellnern oder kochen, also bitte kein kitschiges Andenken an Mamma Lucia in der *Osteria Fichi d'India*.

Er stand zum letzten Mal in dem leer geräumten Schlafzimmer seiner Mutter und schaute auf die abgegriffene Postkarte, damit sie ihm endlich etwas Neues verriet. Abgeschickt in Lecce vor 28 Jahren. Michele schob die Karte in seine Jacke, schulterte die Reisetasche und zog die Tür hinter sich zu.

2

Der Weihnachtsstern über dem Amphitheater strahlte Elena entgegen. Darunter wedelte ein *Signor* wild mit seinem orangefarbenen Regenschirm, eingemummelt in einen anthrazitfarbenen Wollmantel, dessen Eleganz von einer bunt geringelten Pudelmütze aufgefrischt wurde. Elena erkannte ihn sofort: Gigi! Er hatte auf den Wagen mit dem deutschen Kennzeichen gewartet, der endlich auf die Piazza Sant'Oronzo rollte.

Eben noch hatte eine Sintflut das süditalienische Städtchen zu ertränken versucht, doch pünktlich zum Empfang hatte der Regen eine Atempause eingelegt. Im Auto hibbelte Ben in seinem Kindersitz, fragte zum hundertsten Mal »Mama, sind wir jetzt da?«. Elena lächelte nur, löste endlich seinen Gurt und Ben sprang befreit aus dem Auto.

»*Che bel ragazzo!*«, rief Gigi, hob Ben hoch, drückte dem verdutzten Jungen Küsse auf die Wangen und setzte ihn wieder ab. Dann sah Gigi seine deutsche Nichte an und umarmte sie überschwänglich, küsste sie links und rechts und nahm ihr müdes Gesicht in seine Hände: »*Bella mia*, ich habe immer gewusst, dass du eines Tages zurückkommen würdest. Ich habe es gewusst!«

Er küsste sie gleich noch einmal links und rechts und strahlte: »Alle, die im Licht des Salento aufgewachsen sind, kommen irgendwann zurück. Alle.«

Elena lächelte: »Ach Gigi!«

»Für dich immer noch *Zio* Gigi, tu mir den Gefallen, meine Kleine«, sagte er mit gespieltem Ernst. »Ich bin doch immer noch dein Onkel.«

Gigi setzte sich auf den Beifahrersitz, zog Ben auf seinen Schoß und wechselte von Italienisch zu den holperigen Resten seiner Deutschkenntnisse. »Ich zeigen dir, wo du mit deine Mamma jetzt wohnen.«

»Darf ich denn vorne sitzen?«

»Mit *Zio* Gigi du dürfen«, bestimmte der Onkel und ignorierte Elenas strengen Blick. »Nur eine kleine Stücke.« Gigi hatte bei Ben gewonnen.

»Vor dem Eingang meines Palazzo ist eine Baustelle«, er plapperte auf italienisch weiter, »wir müssen einen kleinen Umweg fahren.« Der Onkel lotste Elena durch die verwinkelten Gassen, zwischen aneinandergereihten Palazzi mit hohen Portalen, grünen Fensterläden und fußtiefen Balkons. Vor dem Weinladen musste sich eine Traube von Männern an die Hauswände drücken, damit Elena weiterfahren konnte. »Wir werden dir einen Anwohnerpass organisieren«, sagte Gigi, »damit du hier parken darfst. Für Nichtanwohner kostet das 112 Euro – die Polizisten verteilen gnadenlos Strafzettel. Sollten wir also bald ...«

»Wo soll ich denn nun halten?«, Elena hatte die Orientierung verloren. Links-rechts-links, der krummen Gasse folgen, an der Kirche rechts und sofort wieder rechts – und nun? Sie war erschöpft von der langen Tour, wollte endlich ankommen.

»Ah, ja. Vor dem Hoftor kannst du parken. Das ist das Lager vom Weinhändler, einem guten Freund, er hat die beste Auswahl unserer Weine hier, das würde man von außen nicht vermuten, was? Habe gerade heute noch einige

Flaschen des diesjährigen *Novello* gekriegt, sehr vielversprechend, ich sage dir ...«

»*Zio!* Wo soll ich parken?«

»Ja, hier natürlich! Hier! Direkt vor dem Tor. Nocco weiß, dass du kommst und wird klingeln, falls er oder sein Sohn morgen früh da reinmuss.«

»Und wo ist dein Haus?«, Elena schaute sich auf der kleinen Piazza um.

»Gleich um die Ecke. Wegen der Baustelle kann man gerade nicht direkt ranfahren.«

Dicke Regentropfen klatschten wieder auf die Windschutzscheibe. Sie stiegen schnell aus, zerrten zwei Koffer und eine Tasche aus dem Kofferraum. Gigi war nur schwer davon zu überzeugen, dass auch Elena in der Lage war, einen Koffer hinter sich herzuziehen – »*No, no,* lass nur, du bist müde.«

»Aber *Zio,* ich bitte dich, also wirklich ...«

»*Ah, queste donne tedesche* ...« Elena überließ seiner Männlichkeit also einen Koffer und die Tasche, Ben setzte den Schildkrötenrucksack mit seinen zehn schnellsten Spielzeugautos und drei stärksten Rittern auf den Rücken und durfte Gigis Regenschirm aufspannen. Dann zogen sie im Gänsemarsch los, balancierten um Pfützen herum, tauchten von der Piazza in einen kaum beleuchteten Gang ein, gerade breit genug für eine Vespa. Noch eine kleine Piazza und noch ein etwas breiterer Gang. Im schwachen Licht tauchten die Schemen von zwei, drei Männern auf, die betont zufällig vor verschlossenen Haustüren herumstanden und gelangweilt ihre Fäuste in die Taschen bohrten. Die obere Hälfte einer geteilten Tür war geöffnet, schummriges Licht drang durch die rosafarbene Gardine. Durch einen Spalt sah Elena kurz eine üppige Blondine im Bademantel, die auf einer Bettkante hockte und gelangweilt in einen Fernseher starrte. Doch diese Szenerie drang nicht wirklich in Elenas Bewusstsein, sie war viel zu sehr mit ihrem Koffer und Ben beschäftigt, der den gigantischen Regenschirm bedrohlich locker hin und her schwenkte, aber – »NEIN NEIN NEIN!« – den Schirm nicht hergeben wollte.

Endlich trafen sie auf eine aufgerissene schmale Straße mit einem tiefen, langen Loch.

»Stellt euch das mal vor«, rief Gigi triumphierend durch den Regen, »Archäologen haben eine römische Straße gefunden! Direkt vor meinem Palazzo!« Der Onkel balancierte stolz auf Brettern, die eine Brücke auf die andere Seite der Straße bildeten. Elena zerrte ihren Rollkoffer in der einen Hand, hielt mit der anderen den Regenschirm über Ben fest, versuchte, den Regen zu ignorieren, der ihr in den Mantelkragen lief und die Schuhe durchweichte. Der Rollkoffer hakte an einem Brett und drohte in die Ausgrabungsstätte zu kegeln. Herr im Himmel, schenk dieser verdammten historisch wertvollen Straße einen glatt und akkurat gepflasterten Bürgersteig!

Sie hörte Gigi mit einem Schlüsselbund klimpern. Endlich. Er stand vor einem breiten Hoftor, vermutlich einst für hochrädrige Kutschen konstruiert und heute der Eingang zu Gigis barockem Palazzo. Feierlich drückte er das Tor zu einem weiten Innenhof auf, in dem sich Zementsäcke, Sand- und Steinhaufen türmten – das sah nach Bauhof, nicht nach bezugsfertiger Wohnung aus. »Sollten wir hier nicht eigentlich einziehen?«, knirschte Elena.

»Natürlich! Dort oben«, Gigi zeigte in den ersten Stock, wo ein Gang mit Arkaden den Innenhof säumte. »Mach dir keine Sorgen wegen des Krams hier unten, das sind nur noch Kleinigkeiten.«

3

Der Onkel war hocherfreut gewesen, als Elena ihn überraschend angerufen und um Asyl in Lecce gebeten hatte. Ein Jahr, vielleicht länger.

Es war ihr 40. Geburtstag gewesen. Sie hatte gerade die SMS auf Arons Handy gelesen, aber der Tag war schon vorher verkorkst gewesen.

Wenigstens eine Rose, also bitte, war das zu viel verlangt zum Geburtstag? Stattdessen lag auf dem Frühstückstisch ein Päckchen in knitterigem hellblauen Geschenkpapier. In dieses Hellblau hatte sie den Bilderrahmen mit dem Foto von ihr und Ben eingepackt, den sie Aron zum letzten Geburtstag geschenkt hatte. Er hatte das Papier aufbewahrt, klar, das war echt praktisch und sparsam und ökologisch korrekt sowieso. Aber ließ es das Herz hüpfen?

Eine Wolke Rasierwasser mischte sich mit dem Kaffeeduft in der Küche. »Happy Birthday!«, Aron umarmte sie kurz und küsste sie flüchtig in den Nacken. Die Kaffeemaschine brodelte, er nahm zwei Becher aus dem Regal und fragte, ohne sich umzudrehen: »Du auch?« Sie nickte.

Ben kam in die Küche gerannt, kletterte auf seinen Stuhl und guckte suchend auf den Tisch. »Und mein Erdbeer-Crunchy?« Aron goss Kaffee ein, als ob er nichts gehört hätte, warf einen Blick auf seine Uhr. »Ich muss gleich los, Meeting um neun.«

Elena seufzte, holte die Müslipackung aus dem Schrank

und füllte die Schüssel für den Fünfjährigen. Milch dazu, dann schnitt sie noch einen Apfel klein und schob die Schnitze in die Schüssel. Ben aß einige Löffel, sortierte dabei die Apfelschnitze aus und begann vom Stuhl herunterzurutschen. »Darf ich aufstehen?«, fragte er und war schon verschwunden, bevor Elena »Moment mal!« gesagt hatte.

Ein normaler Morgen. Ach was, viel schlimmer. Beim Blick in den Badezimmerspiegel hatte sie sich an diese blendend aussehende Schauspielerin erinnert, die mit einer überwältigenden Oberweite verführerische Muttertiere in Familienserien spielte und neulich in einer dieser schwatzhaften Gute-Laune-Talkshows strahlend in die Runde geworfen hatte: »Ab 40 sind wir Frauen ja nun selbst für unser Gesicht verantwortlich.« Wie viel dummes Zeug darf man eigentlich öffentlich verkünden, hatte Elena gedacht und sich darüber geärgert, dass der Satz überhaupt hängen geblieben war und nun in ihrem Kopf herumturnte, während sie die neue Antifaltencreme, »hochwirksam gegen freie Radikale«, in ihr Geburtstagsgesicht einmassierte. Seit Kurzem benutzte sie sogar Zahnseide – der Vierzigste hatte seine kleinen und großen Schatten vorausgeworfen.

»Ich muss wirklich gleich los«, drängelte Aron und schob ihr das hellblaue Paket zu.

Sollte sie die Klebestreifen vorsichtig abziehen, sodass sie an Weihnachten Arons Geschenk auch wieder hellblau einpacken könnte? Er würde das Papier wahrscheinlich nur wieder glatt streichen und sie hätte zum 41. Geburtstag erneut die Freude in Hellblau. Also riss sie das Papier einfach auf, wie Ben es getan hätte.

Ein Badeöl mit Essenzen aus Bergkräutern, beruhigend und kräftigend. Dazu ein Gutschein: eine Woche Beautyfarm im Allgäu. Der Prospekt zeigte eine schnuckelige Landschaft voll gesunder Kühe auf saftigen Wiesen vor blauen Bergen. Sehr geschmackvoll zum 40. Geburtstag. Elena starrte hilflos auf den Gutschein. Eine Einladung ins normale Leben normal gestresster Mütter, die die Verantwortung für ihre Gesichter wieder übernehmen wollten.

War's das jetzt mit dem Abenteuer Leben? Mehr fiel Elena dazu nicht ein.

Ihr Alltag mit Mann und Kind ratterte perfekt organisiert dahin. Mit Aron, dem jungen, neugierigen Archäologen, war sie einst querfeldein über die vertrockneten Hügel einer winzigen, griechischen Insel gestolpert. Ohne Landkarte, einfach los, dem Trampelpfad und der Sonne hinterher bis ans andere Ende der Insel, der Welt, oder wohin auch immer. Stundenlang kein Haus und keine Menschenseele in Sicht, nur ein paar Ziegen und struppige Wiesen. Aber zusammen würden sie schon irgendwo ankommen. Erst kurz vor Sonnenuntergang breitete sich das Meer vor ihnen aus, der Himmel leuchtete fliederfarben – wunderschön, aber wo bitte war das nächste Dorf? Sie traten an den Rand der Steilküste: Unter ihnen bog sich eine schmale Sandbucht und am Ende blinkten Lichter, eine Holzbude mit einigen langen Tischen und Bänken, es duftete nach gegrilltem Fisch. Später rollten sie ihre Schlafsäcke unter den Sternen aus, leise schwappte das Meer an den Strand, am nächsten Tag würde ein Fischerboot sie zurückbringen – was konnte ihnen schon passieren?

Heute war aus Aron ein Doktor der Archäologie geworden, Dozent an der Uni mit der Aussicht, Professor zu werden. Ein viel beschäftigter, aber – vermutlich – zufriedener Mann, der abends im Bett bestenfalls seinen Laptop aufklappte und sich am Wochenende über den selbst gebauten

Carport vor ihrer Doppelhaushälfte freuen konnte wie Ben über eine Ritterburg.

Und sie, Elena? Die Fotoreporterin, die früher aus Afghanistan in den brasilianischen Regenwald und zurück nach Jerusalem gedüst war? Heute saß sie in der Bildredaktion der Reisezeitschrift »Weltweit« und wählte Fotos der Reportagen aus. Halbtags, versteht sich. Ansonsten war sie vor allem Mama.

»Na?«, Aron lächelte erwartungsvoll.

»Mal ehrlich – was bitte soll ich da?« Elena zeigte auf die Kuhwiesen.

»Entspannen, es dir gut gehen lassen, dich pflegen ... was ihr Frauen eben so tut.«

»Da spricht ein wahrer Experte. Soll ich mit 40 also endlich auch mal tun, was Frauen so tun? Fett absaugen, Mundwinkel gerade ziehen lassen ...«

»So war das nicht gemeint ...«

»Wie ist es denn gemeint?«

Aron stöhnte, rückte seinen Stuhl zurück und guckte schon wieder auf die Uhr. »Marlene war da schon mal, hat ihr gutgetan. Hat sie gesagt. Und meinte, du würdest dich bestimmt auch freuen.«

»Seit wann interessiert sich deine Sekretärin für mich?«

Aron legte vorsichtig seine Hand auf ihre Schulter. »Tut mir leid, ich muss wirklich los. Lass uns heute Abend reden.«

Er nahm seine Tasche mit dem Laptop, ging zur Garderobe, sagte beiläufig: »Wann wollten wir eigentlich nach Dänemark? Ich habe im Juni eine Konferenz in Kairo.«

Ach ja, Dänemark. Das Thema kam Elena grade recht. Sommer. Dänemark. Ferienhaus. Der natürliche Lauf der Dinge. Weihnachten, Ostern, Dänemark. Lief wie eine

Waschmaschine. Waschen, spülen, schleudern. Immer der gleiche Rhythmus. Waschen, spülen, schleudern. Mal fehlte eine Socke, mal gab es Kochwäsche für hartnäckige Flecken. Waschen, spülen, schleudern, und immer wartete schon der nächste volle Wäschekorb.

Aber Dänemark war pflegeleicht, Sommerurlaub im Haus hinter den Dünen. Seit Jahren die gleiche Nummer, weil es so nett wie praktisch war: nah am Meer, nah am nächsten Supermarkt, nah an anderen Familien mit kleinen Kindern und nah an Hamburg. Aron konnte immer mal einen schnellen Abstecher in die Uni machen. Wollte er Professor werden, musste er präsent sein, Initiative zeigen, Projekte organisieren und begleiten, Artikel in angesehenen Fachzeitschriften veröffentlichen. Dänemark schien der perfekte Ausgleich der Interessen. Sehr schön. Und ein bisschen langweilig. Jedes Jahr ein bisschen mehr.

Elena sagte leise und beherrscht: »Entschuldige, aber du reist ständig wichtig wichtig durch die Welt und dir fällt für mich nichts Besseres als Beautyfarm bei dicken Kühen und dänisches Ferienhaus ein? Für wen hältst du mich eigentlich?«

»Ich muss los«, seufzte Aron und warf sich eilig seinen Mantel über, klemmte sich seine Tasche unter den Arm und hastete zur Haustür: »Für deine Sinnkrise hab ich jetzt wirklich keine Zeit ...«

Der Knall der Haustür hallte in ihren Ohren. Dieser Feigling. Sie kochte, war auch wütend auf sich selbst: eine zickige frustrierte Hausfrau mit Halbtagsjob und erfolgreichem, leider langweiligem Mann. Fühlte sich so das Leben zwanzig Jahre vor der Rente an? Ein Mann, ein Kind, halber Job und halbes Haus – reichte das für ein ganzes Leben?

Hatte eigentlich alles mit Benjamin angefangen? Der gewollten, aber dann ungeplanten Schwangerschaft, die viel zu früh mit einem Notfall endete, und zwei Händen voll Kind, das wochenlang zwischen Leben und Tod schwebte?

Undenkbar, den Zwerg nach seinem ersten Geburtstag wie geplant in eine Kinderkrippe zu bringen. Elena kümmerte sich um Ben und um nichts anderes. Keine Tagesmutter, keine Krabbelgruppe, nur Oma Gloria, der *nonna*, vertraute sie Benny manchmal an. Staunend entdeckte Elena Qualitäten einer Glucke an sich – sollten die italienischen Gene ihrer Mutter durchschlagen? Derweil machte Aron Karriere. Von *seiner* Elternzeit war plötzlich, als das Kind nicht mehr nur eine Idee war, sondern mit vollen Windeln und eigenwilligen Schlafrhythmen ihre Welt auf den Kopf stellte, nicht mehr die Rede. So einfach. So normal.

Ben überlebte, wurde robuster – und manchmal dachte Elena, dieser Zwerg habe auch ihr eigenes Leben gerettet. Ständig Vollgas als Fotoreporterin – der kleine Ben hatte sie ausgebremst und sich im Zentrum ihres Lebens ausgebreitet. Nach drei Jahren bekam Ben einen Platz im Kindergarten und sie den Halbtagsjob bei »Weltweit« in der Fotoredaktion. Was sich zunächst wie wiedergewonnene Freiheit anfühlte, wurde bald schnöder Alltag.

Mit der Kamera die Welt entdecken, Menschen mit Bildern bewegen, etwas anstoßen, verändern ... all diese großen, schönen Gedanken hatten sich scheinbar im Muttersein aufgelöst.

Arons Handy piepte auf dem Esstisch und blinkte blau wie eine Polizeisirene. Das hatte der Gatte in seiner Panik glatt vergessen. Elena schaute auf das Display: Nachricht von Marlene. Sie überlegte nicht, sie drückte auf ›Zeigen‹:

»Kann ich unser Zimmer in Sharm el Sheikh bestätigen? Erwarte dich zum Mittagessen. Kuss, M.«

Marlene. Seine Sekretärin. Elena wiederholte leise die Wahrheit, die ihr wie eine Zitrone den Mund zusammenzog. Mit sei-ner Se-kre-tär-in, mit Mar-le-ne! Elena ballerte das Handy gegen die Wand. Das konnte nicht wahr sein, sie schnappte nach Luft, riss die Terrassentür auf, sog die kühle Herbstluft ein. Schloss die Augen. Halber Job, halbes Haus und ach, wie passend, ein – bestenfalls – halber Gatte. Irgendetwas war hier gründlich schiefgelaufen.

Höchste Zeit, sich auf die vollständigen Dinge im Leben zu besinnen. Elena griff zum Telefon und wählte 0039, Vorwahl Italien.

4

»*Buona sera*, könnte ich freundlicherweise *Signor* Rizzo sprechen?« Michele stand mit dem Handy am Ohr vor der hohen Balkontür, lehnte seine Stirn an das kühle Glas und schaute hinunter auf den Corso Emanuele. Gegenüber schimmerten die Lichter aus den Schaufenstern des Schuhladens und der antiken Apotheke durch den Regenschleier, hin und wieder tauchte ein roter oder blauer Regenschirm unter Micheles schmalem Balkon auf.

Die Pension *Borgo Antico* war eine herrschaftliche Wohnung, riesig und unübersichtlich, im zweiten Stock eines der ehrwürdigen Palazzi, die die Lecceser Flaniermeile zwischen Dom und Piazza Sant'Oronzo säumten. Michele fröstelte. Der kleine Heizkörper hatte in diesem hohen Raum keine Chance gegen die feuchte Kälte. Regentropfen sprenkelten das dünne Glas und liefen in Fäden hinunter.

Mit nichts anderem als einem Allerweltsnamen war Michele nach Lecce gekommen. Genauer: seinem Allerweltsnamen. Rizzo, so hießen er und Lucia, so müsste also auch Lucias Bruder heißen – sein Onkel, ja verflucht, das war sein Onkel! Sofern der überhaupt noch lebte, in Lecce wohnte und seine Telefonnummer im Telefonbuch hatte eintragen lassen. Dort hatte Michele rund 200 Einträge unter dem Namen Rizzo gefunden, in Lecce und den umliegenden Dörfern.

Die Pause am Telefon dauerte eine kleine Ewigkeit, im Hintergrund hörte Michele ein Kind und einen Fernseher plärren, ein Mann rief: »Wer ist am Telefon?«

»Keine Ahnung, will dich sprechen, wegen Lucia!«

»Lucia?«, Michele hörte dumpfe Schritte, dann eine gereizte Stimme. »*Pronto?*«

»*Signor* Rizzo?«

»Am Apparat. Sprechen Sie.«

»Ich suche den Bruder einer Lucia Rizzo, sie ist vor vielen Jahren ...« Michele wurde schroff unterbrochen.

»Lucia soll dieser Kanaille einen Arschritt verpassen und nach Hause kommen. Mehr habe ich ihr nicht zu sagen. Sie bringt ihre Eltern noch ins Grab, am Sonntag ist sie nicht einmal zum Essen erschienen.« *Signor* Rizzo erhöhte seine Lautstärke: »Meine Cousine hat sie gesehen, auf einem Motorrad, ohne Helm, lebensgefährlich ...«

»*Signor* Rizzo!«, versuchte Michele den Wutanfall am anderen Ende der Leitung zu bremsen, »vermutlich meine ich eine andere Lucia ...«

»Ja, eine andere Lucia, das war meine Schwester einmal. Wie eine Hure zieht sie jetzt mit diesem Mistkerl durch die Bars! Meint, sie wäre etwas Besonderes, weil der Kerl jemanden beim Fernsehen kennt. Sind Sie das etwa? Ich warne Sie, lassen Sie die Finger ...«

Michele beendete das Gespräch kommentarlos per Knopfdruck. Diese Tirade war wenigstens nicht die Standardantwort gewesen: »Lucia? Welche Lucia? Lucia gibt es hier nicht, *buona sera.*« Eine andere *Signora* Rizzo hatte vermutet, er rufe aus einem Callcenter an und wolle ihr irgendetwas verkaufen. Noch bevor er sich erklären konnte, brüllte sie: »*No! Capito? NO!* Wir sind NICHT interessiert! Sagen Sie das auch Ihren Kollegen, wir wollen kein Videotelefon, kein Ferienhaus und keine 25 neuen Sportsender im Fernsehen abonnieren!«

Er ließ sich zu dem Telefonbuch auf das flaumweiche, breite Bett fallen. Eine Madonna, umrankt von Plastikblumen, lächelte von der kalkweißen Wand herab. Die ersten 33 Rizzos hatte er durch, von A. bis Francesco Rizzo. Bei den ersten Anrufen war er noch aufgeregt gewesen, inzwischen spulte er mechanisch seinen Suchtext ab, ohne echte Hoffnung, den Bruder seiner Mutter zu finden.

Falls Michele seinen Onkel leibhaftig auftreiben sollte, könnte der ihm Lucias Geschichte erzählen. Wenn, wenn, wenn ... und wenn nicht? Sollte Michele mit einem Schild um den Bauch durch Lecce wandern? »Suche *Signor* Rizzo, Bruder von Lucia Rizzo – vor vielen Jahren verschwunden! Finderlohn!«

In Micheles Kopf summte es wie in einem Bienenstock. Seine Mutter hatte ihm ihr Leben lang etwas verheimlicht. Ausgerechnet Lucia, die sofort erkannt hatte, wenn sich ihr Sohn mal um die ganze Wahrheit herummogeln wollte und ihm wieder und wieder einbläute: »Sei ehrlich, selbst wenn es wehtut.«

Und sie selbst, die stolze Römerin? Angeblich waren ihre Eltern verunglückt und sie war mit fünfzehn Jahren zu ihren Pateneltern gezogen, dem Arzt Salvatore und der französischen Malerin Danielle, die später für Michele zu Großeltern wurden. In Rom, alles in Rom. Nie ein Wort von Lecce, einem Kaff in Südsüditalien.

Aber hier hatte sie einen Bruder und außerdem eine Freundin, mit der sie ein Geheimnis geteilt hatte. Ein Geheimnis, das ihr nicht erlaubt hatte, zurückzukehren.

Seine Ersatzgroßeltern konnte er nicht mehr fragen: Salvatore war vor einigen Jahren eingeschlafen und nicht mehr aufgewacht. Danielle, die Malerin mit Alzheimer, lebte seitdem in einem Pflegeheim in der Provence, wo sie ihr Leben einfach vergaß. Sie erinnerte sich schon lange an keine Namen mehr, aber sie hatte Michele angestrahlt, als er sie vor einigen Monaten in dem blühenden Garten des Heimes besucht hatte. Er setzte sich neben sie auf die Bank, hielt ihre Hände und erzählte von Lucias Tod, während sie ihn weiterhin anlächelte und vergnügt vor sich hinsummte. Wer auch immer Danielle wirklich war, sie war ihm eine wunderbare Großmutter gewesen.

Michele lag reglos auf dem Bett und starrte an die Decke. Die Postkarte war vor fast 30 Jahren geschrieben worden, damals war er ein Baby gewesen.

Diese krakeligen Zeilen ließen ihn nicht in Ruhe. Sie hatten ihn wie in einem Strudel nach Lecce gezogen. »... Alles ist wie geplant gelaufen ... auch dein Bruder ahnt nichts. ... Ich bitte dich: Bleib, wo du bist – in Sicherheit! ...«

Zunächst hatte er den Text nur merkwürdig gefunden, dann beunruhigend. Er rührte an Gewissheiten, wackelte an Fundamenten seines Lebens, am Vertrauen zu seiner Mutter. Beharrlich hatten sich die Zeilen tiefer in seine Gedanken gebohrt. Bis er eines Nachmittags vor den Skizzen für ein neues Kinderbuch saß und spürte, wie er dem Sog nicht länger widerstehen konnte. Er packte Skizzenbücher, Ölkreiden, Buntstifte und Aquarellfarben in eine Tasche, legte etwas Unterwäsche, Hosen und Pullover dazu und machte sich auf den Weg. Er musste diese Postkarte, dieses andere Leben seiner Mutter entziffern. Musste wissen, was in seinem Leben wahr gewesen war, musste seine Erinnerung retten.

Die Karte duftete nach Lavendel.

Michele setzte sich auf, das Bett knarzte, er rieb sich das

Gesicht, schaute in die Dunkelheit hinter den Fenstern. Frische Luft würde dieses finstere Chaos in seinem Kopf durchpusten.

Wenigstens regnete es nicht mehr. Die stolzen Palazzi wirkten wie vollgesogene Schwämme im matten Licht der Straßenlampen. Ein kalter Wind fegte über die Piazza Sant'Oronzo. Auf dem feuchten Pflaster spiegelten sich die Lichterketten, die über dem Platz aufgehängt waren und ihn mit goldenem Glanz überzogen.

Der Heilige Oronzo, der die Stadt einst vor der Pest rettete, wachte hoch über der Piazza auf einer Säule. Hinter ihm begrenzte eine hüfthohe Brüstung das 2000 Jahre alte Amphitheater. Nur eine halbe Ellipse der Arena war freigelegt worden, der Rest lag verborgen unter der Kirche Santa Maria delle Grazie und den angrenzenden Bürgerhäusern. Ein gigantischer Weihnachtsstern baumelte über dem Amphitheater und tauchte die ehemalige Arena in festliches Licht.

Michele lehnte sich über die Brüstung und schaute hinunter in die Ausgrabungsstätte. Dort unten, wo einst 20 000 Zuschauer auf den rundgesessenen Steinstufen gejubelt, Gladiatoren und wilde Tiere angefeuert hatten, war ein beschauliches Krippenspiel aufgebaut worden. Das Amphitheater war in eine friedliche süditalienische Landschaft verwandelt worden, mit kleinen Gemüsefeldern, Ställen und Bauernhütten zwischen Palmen, Olivenbäumen und Kakteen. Ein Schäfer hütete Ziegen, auf einem künstlichen See saß ein Fischer mit Angel im Ruderboot, Bäuerinnen mit Körben voller Tomaten oder Orangen standen vor den Hütten aus Sandstein, Esel und Rind grasten vor dem Stall mit der noch leeren Jesuskrippe, Josef und Maria. Die Figuren waren aus Pappmaschee, kunstvoll geformt. Die einzigen lebenden Tiere, die im Amphitheater noch auftraten, waren einige wilde Katzen, denen die Nachbarn Essensreste auf Plastiktellern servierten.

Ziemlich speziell, diese Szenerie, fand Michele. Irgendwie rührend. Und kitschig. Gestern hatte er an der Brüstung zwischen dick eingemummelten Kindern und ihren Eltern gestanden, während unten der Bischof im violetten Talar durch die Felder spaziert war. Gewissenhaft Weihrauch schwenkend, um Krippe und Hütten und Tiere zu segnen, bevor feierlich – »Aaahh!« – der Weihnachtsstern zum ersten Mal aufleuchtete.

Michele dachte an Rom – an die pompösen Häuser, die weiten Straßen, die allgegenwärtige Wucht der Geschichte, all die Größe, das Chaos und Getümmel der Weltstadt, in der er groß geworden war – und registrierte erstaunt: Ihm fehlte das alles gar nicht. Er genoss das *centro storico* von Lecce, in dem kaum Autos fuhren und wo er wie durch eine Opernkulisse zwischen barocken Fassaden aus hellem Sandstein schlenderte. Nur ein Kumpel für eine Pizza und ein Bier, gut, der fehlte ihm. Micheles Magen rumorte, er hatte Hunger.

Er bog in die nächste Gasse ein, folgte dem krummen Verlauf, bis sie sich zu einer kleinen Piazza weitete. In einer Nische hing eine Madonna, flackernd beleuchtet von einer elektrischen Kerze. Daneben schaukelte leise quietschend das Schild einer Osteria im Wind. Michele blieb abrupt stehen: *Osteria Fichi d'India*, benannt nach den roten Früchten der Kakteen, das war auch der Name von Lucias Osteria in Rom gewesen.

Michele schaute über die weißen Spitzengardinen, die halbhoch die Fenster bedeckten, in einen gemütlichen Raum, der eher einem Wohnzimmer als einer Gaststube glich: ein paar Tische mit rot-weiß karierten Tischdecken, schlicht getöpferten Tellern und Bechern, beige lasiert mit blauen Punkten. Gerahmte Schwarz-Weiß-Fotos und Büschel rot leuchtender Peperoncini hingen an den rohen Wänden aus hellem Stein. Es war erst acht Uhr, noch waren keine Gäste zu sehen. Michele zog zögernd die Eingangstür auf. Ein kleiner runder Herr mit grauem Haarkranz und Schürze um den Bauch trat aus der Küche.

»*Buona sera, Signor.* Kommen Sie, wir haben schon geöffnet.« Ein Lächeln breitete sich in dem Gesicht aus und Michele stockte. Bekam kein einziges Wort mehr heraus. Dieses Lächeln kannte er, es war ihm so vertraut wie sein eigenes Gesicht im Spiegel. Micheles Knie waren nur noch Gummi, er sackte auf den nächsten Stuhl und fühlte, dass er angekommen war.

5

Alles war gut. Elena räkelte sich mit einem Glas Rotwein in einem Sessel mit dunkelgrünem Samtbezug, im Kamin tanzte ein Feuer. In einer Nische daneben hatte Ben sich auf einem kleinen Sofa in eine Daunendecke gekuschelt und war zufrieden eingeschlafen. Bis einige Kleinigkeiten nebenan in Elenas zukünftiger Wohnung erledigt waren, würden Ben und Elena am Kamin campieren.

Gigi hatte vor Jahren diesen damals halb verfallenen Palazzo im Herzen der Altstadt gekauft und ihn mit maßloser Geduld Stein für Stein restauriert – ein Lebenswerk. Inzwischen war der Palazzo zumindest in einem Zustand, dass Gigi im Sommer hatte einziehen können.

»Ich bitte dich, Elena, wo willst du denn sonst wohnen?«, hatte sich der Onkel am Telefon empört. »Vielleicht nebenan bei meiner Schwester Benedetta im Kloster? Nein, nein, also wirklich, du mietest gar nichts, was hast du nur für Ideen ...« Der hintere Teil seiner herrschaftlichen Wohnung habe einen Eingang für Dienstboten und werde ohnehin gerade in ein Gästeappartement umgebaut. Die Renovierungsarbeiten seien sozusagen fast schon beendet. Bis auf einige Kleinigkeiten. Aber »mach dir keine Sorgen, ich kümmere mich um alles.« Ein Satz, von dem Elena lernen sollte, dass er mit höchster Vorsicht zu genießen war.

Der Lichtschein huschte die weiß getünchten Wände hinauf, darüber wölbte sich die hohe Decke. Küche und

Wohnraum waren durch einen hohen Bogen verbunden, ein »*open space-eeh*«, wie der Onkel englisch italianisierte. In dieser Wohnhalle verloren sich wenige antike Möbelstücke aus Gigis Antiquitätenladen. Ein hohes Bücherregal, das fast eine ganze Wandseite ausfüllte, eine Vitrine mit feinen Gläsern und Likörflaschen und mitten im Raum eine traumhafte Chaiselongue mit dunkelrotem Bezug und Beistelltischchen. Es gab einen großen Esstisch mit geschwungenen Beinen und passenden Stühlen, einen gigantischen Geschirrschrank und – als einzige Modernität – eine große Kücheninsel zum Kochen, die Gigi aus gut abgelagertem Holz hatte anfertigen lassen. Dahinter präsentierte sich das Prunkstück: ein alter Kachelofen. Gigi hatte monatelang nach einigen fehlenden Kacheln mit zarten Blumenranken gesucht, bis er sie schließlich wie ein Spürhund in einem verlassenen Palazzo in der Nachbarschaft auftreiben konnte.

Elena lehnte den Kopf an die Sessellehne und schloss die Augen. Wann war sie zum letzten Mal so köstlich bekocht worden? Im Handumdrehen hatte Gigi ein aromatisches Risotto mit weißen Bohnen, Speck und Rosmarin gezaubert, der Lammrücken schmorte derweil in einer feinen Marsalasoße und zum *caffè* hatte Gigi einige hübsche *petit fours* aus der besten Lecceser *pasticceria* serviert – wundervoll. Jetzt schrubbte er die letzten Töpfe, seine Nichte hatte er freundlich und erstaunlich bestimmt in den Sessel am Kamin geschickt: »... meine Liebe, ich bitte dich, du willst nicht im Ernst in meiner Küche putzen?«

Da saß sie nun im Samt, spürte die wohlige Wärme des Rotweins und glitt in tiefe Entspannung. Lichte Bilder stiegen aus der Erinnerung auf. Sommerferien. Das weite, flache Land mit uralten Olivenbäumen, Tausende waren es, die silbrig grün schimmerten und runde Schatten auf die aufgerissene rote Erde warfen. Das ohrenbetäubende Sirren der Zikaden in der Mittagshitze, einer Hitze, die jedes Leben im staubigen Dorf ihrer Großeltern erdrückte. Dann rührte sich nichts mehr auf der buckligen Straße vor dem Haus, alles verkroch sich hinter den meterdicken Mauern, wo es dunkel und kühl war und nach getrockneten Tomaten duftete.

Manchmal holte *Zio* Gigi seine kleine deutsche Nichte ab und sie knatterten auf der Vespa zu seiner geduckten Bauernkate inmitten einer gelb verbrannten Wiese, mit einem Garten voller Feigen-, Orangen- und Zitronenbäume, eingerahmt von einer hohen Mauer und Hecken aus dicken, runden Kakteen, die im Spätsommer glutrot leuchtende Früchte trugen, die süßen *Fichi d'India*. Hier lebte der gut aussehende Onkel, der meist als Model durch die Welt reiste. Mit Gigi baumelte Elena in der bunten Hängematte, bis es kühler wurde und sie zum Meer trödelten, zu dem langen Sandstrand mit den Kletterfelsen – wie lange war das her? 30 Jahre? Nein, länger, mindestens ...

Die Heimat ihrer Mutter Gloria. Lecce, der Salento, »*lu salentu*«, wie die Leute im Dialekt nuschelten, das sonnige Land auf dem italienischen Stiefelabsatz. Gloria war, abgesehen vom Ehefiasko, entzückt gewesen, als Elena von ihren spontanen Fluchtplänen berichtete. Wenigstens ihre Tochter würde zurückkehren.

Die bildhübsche Gloria war als Gastarbeiterkind mit ihren Eltern nach Hamburg gekommen und dort gestrandet. Sie verliebte sich in Hendrik von Eschenburg, den Sohn einer grundsoliden Hamburger Reederfamilie. Eine Bauerntochter aus Apulien und ein Sohn derer von Eschenburg – ein Skandal in beiden Familien. Die jungen Liebenden ließen sich nicht beeindrucken, und als Glorias Eltern zurück in die sonnige Heimat wollten, schufen die Liebenden Fakten *all'italiana:* Sie flüchteten für ein paar Wochen und nach ihrer Rückkehr wurde die Hochzeit schleunigst arrangiert. Wenige Monate später kam Elena auf die Welt, das Kind einer eigenwilligen Liebe, mit dem Dickkopf ihres Vaters und den wirren Locken ihrer Mutter. In Deutschland lernte sie vernünftig zu sein und sich anständig zu benehmen, in den Ferien in Apulien Italienisch zu sprechen und ebenso zu fühlen. Ein halbes Emigrantenkind, das sich immer etwas fehl am Platz und irgendwie anders als die anderen fühlte.

Ihr Vater Hendrik von Eschenburg hatte die Augenbrauen bedrohlich hochgezogen, als Elena sich im Elternhaus verabschiedete. Wie gewöhnlich, wenn rote Flecken an Hendriks Hals einen Stimmungswechsel ankündigten, hatte ihm Gloria beruhigend die Hand auf den Arm gelegt: »*Amore,* denk an dein Herz.«

Dem Reeder passte es gar nicht, dass seine Tochter wieder in ihr unstetes Leben zurückkehrte. Dieses ewige Fernweh, immer wieder weg oder zumindest woanders sein müssen – das hatte sie garantiert von seinem Vater, dem alten Kapitän. Der hatte sich bestenfalls beiläufig für die Reederei interessiert, höchstens so lange, bis die Leinen des nächsten Frachters nach Amerika losgemacht wurden. Die Reederei hatte Hendrik deshalb schon als junger Mann direkt von seinem Großvater übernommen. Ein Familienunternehmen seit vier Generationen, wo gab es das noch? Aber was tat Elena, sein einziges Kind? Trieb sich fotografierend in der Welt herum. Mit keinem Pfennig hatte er seine Tochter unterstützt, solche Spielereien sollten sich Kinder selbst finanzieren. Das hatte Elena dann auch getan.

Mit dem gleichen Dickkopf wollte sie jetzt wieder weg, so schnell wie möglich. Weg von Aron, raus aus diesem angeblich halben Leben und dem Hamburger Himmelgrau.

Sie hatte ihren Mann mit der SMS konfrontiert, er hatte nichts geleugnet. Ja, mit Marlene habe er was laufen, aber das habe doch nichts mit ihr und Ben zu tun. Warum denn gleich ausziehen? Also bitte. »Doch nicht wegen Marlene! Das meinst du nicht ernst!«

Natürlich fand die Tochter eines von Eschenburg das alles unerträglich und billig und meinte es im Übrigen sehr ernst – das hätte Hendrik seinem Schwiegersohn gleich sagen können. Sie bat ihren verdutzten Gatten, bis auf Weiteres das Haus zu verlassen. In spätestens einer Woche sei sie mit Ben weg. Ein Jahr Abstand, das Leben sortieren. Aron war einverstanden. Vielleicht sogar erleichtert?

Elena hatte ihren Job noch am gleichen Tag gekündigt, sämtlichen Resturlaub genommen und begonnen, die Koffer zu packen. Die Flucht war zügig organisiert: im Auto mit Ben 2000 Kilometer nach Süden, über die Alpen, durch die Po-Ebene und dann an der Adria runter, bis die Autobahn zur Schnellstraße wird und schließlich in Lecce endet, kurz bevor das Land ins Meer stürzt.

Was konnte Hendrik von Eschenburg seiner eigenwilligen, vierzigjährigen Tochter noch sagen, während sie nur mit Mühe noch auf dem Sofa sitzen blieb, anstatt sofort ins Auto zu springen? Seine aufkeimende Wut wandelte sich in ein unwirsches Grummeln, als er Gloria anschaute. Die lächelte freundlich. Sie selbst wäre auch manchmal gerne zurückgegangen auf den sonnigen Stiefelabsatz. Hendrik wusste das und war dankbar dafür, dass sie bei ihm geblieben war, ihn und das Hamburger Wetter ausgehalten hatte.

»*Cin cin!*«, rief *Zio* Gigi und streckte sich im Sessel neben Elena aus. Das »Klong« der dickbauchigen Weingläser holte sie zurück an den Kamin.

»Du bist wirklich ein famoser Koch, *Zio*«, lobte Elena. Er lächelte geschmeichelt. Seit dem Ende seiner Karriere hatte sich Gigi mit wachsender Freude seinen Leidenschaften hingegeben: Neben dem Sammeln und Verkauf von Trödel und Antiquitäten widmete er sich der italienischen Küche im Allgemeinen und der regionalen Bauernkost seiner süditalienischen Heimat im Besonderen, inklusive der Weine, die zu unbekannten Stars heranreiften. Eitel war er noch immer, trotzdem hatte er sich über die Jahre ein kleines Bäuchlein angefuttert.

»Aber wen stört das schon? Auch Ettore hat inzwischen gemerkt, dass sich der Körper ab 40 verändert.«

»Dein Liebster?«, fragte Elena.

»Schon seit Jahren, vielen Jahren. Ein Opernsänger«, Gigi grinste. »Hier unten könnte er vielleicht noch *bella figura* machen, aber oben im Norden? Ts«, Gigi schnalzte und schüttelte den Kopf, »selbst in seinem geliebten Genua gehört er bestenfalls zur zweiten Liga. Von Mailand wollen wir mal gar nicht reden.«

Er leerte sein Glas gedankenverloren. »Eigentlich sollte er ja in die Wohnung nebenan einziehen.«

»Wo Ben und ich jetzt ...? Kein Problem, *Zio*, wirklich, wir finden etwas anderes.«

»Nicht schon wieder, Elena! Ihr bleibt hier«, Gigi wurde für einen Moment richtig streng. »Ettore wird hier nicht einziehen. Der hält es keine zehn Tage in Lecce aus.«

Gigi stand schwer atmend auf, ging zum Weinregal in der Küche und wählte eine weitere Flasche aus. Schaute sich nach dem Korkenzieher um, während er erzählte, wie er diese Etage ursprünglich für das gemeinsame Leben mit seinem Geliebten geplant hatte. Zwei Wohnungen mit zwei Eingängen, verbunden oder getrennt durch eine Schiebetür, je nach Tagesform und zwischenmenschlichen Krisenherden. Gigi entdeckte den Korkenzieher direkt vor sich auf der Kochinsel. »Ettore hätte in Ruhe seine Stimmübungen machen können, ohne dass ich mir Watte in die Ohren hätte stopfen müssen«, der Onkel fummelte umständlich an der Banderole am Flaschenhals herum, »aber schließlich habe sogar ich kapiert, dass wir auf Distanz vermutlich entspannter miteinander leben.«

»Plopp!«, die Weinflasche war endlich geöffnet, Gigi setzte sich wieder. Die enttäuschende Erkenntnis war nach einem ganz normalen Krach gekommen, dem üblichen Ritual: Ettore fand das Leben in diesem Süden, am äußersten Ende von Italien nach einer Woche sturzlangweilig. Lecce, diese Provinzhauptstadt, war für den Genueser nicht nur Provinz, nein! Provinzprovinz! Also jenseits des denkbaren Status an Zivilisation. Plattes Land voller Olivenbäume und ignoranter kulturloser Bauern – Gigi vielleicht großzügig ausgenommen. Der wiederum nannte Ettore einen arroganten drittklassigen Tenor oder so etwas in der Art, jedenfalls explodierte der Wortwechsel über ihren persönlichen Nord-Süd-Konflikt und endete in der üblichen großen Oper: Ettore stürzte theatralisch zum Bahnhof und rauschte mit dem nächsten Zug gen Norden.

Zwölf Stunden Zugfahrt quer durch Italien reichten normalerweise aus, damit sich die Gemüter der beiden abgekühlt hatten und sie wieder miteinander telefonieren konnten: »*Tesoro*, ich bitte dich, *bello mio*, sei doch nicht nachtragend, tut mir leid, tut mir so leid! ... Ich dich auch.

Bis bald, ich denk an dich, *ciao, ciao amore, ciao. Ciao, ciaociaociao.*«

Aber dieses Mal hatten die zwölf Stunden Gigi zu sehr ernüchtert. Die Worte waren zu harsch gewesen. Gigis Traum von der Doppelwohnung im Palazzo, seinem Lebenswerk – »du sprichst von dieser barocken Ruine, verstehe ich dich richtig ...?«, hatte Ettore in diesem breiten Gänuääser Akzent fies gefragt –, dieser Traum war endgültig geplatzt.

Der Tag der bitteren Erkenntnis war Elenas 40. Geburtstag gewesen. Bevor Gigi lange trauern konnte, hatte das Telefon geklingelt. Elena. Traurig, verletzt und fürchterlich wütend. Als sie schließlich auflegten, hatte *Zio* Gigi neue Bewohner für die kleine Wohnung.

Die Entdeckung der römischen Straße war nur das *grande finale* unzähliger Verzögerungen während der Renovierung gewesen. Einige waren harmlos gewesen, wie diverse ausgiebig verlängerte Feiertagswochenenden. Andere dagegen dramatischer, wie der plötzliche Konkurs eines Bauunternehmers, sodass von heute auf morgen überhaupt niemand mehr auf der Baustelle erschienen war. Mit der römischen Straße allerdings hatte sich jede wenigstens vage Idee vom Bauende in tiefem Nebel aufgelöst.

Eigentlich hatte nur die Gasse neu gepflastert werden sollen. Doch verdächtige Tonscherben und ein paar Münzen tauchten im Schotter auf und kurz darauf der Denkmalschutz mit einigen Archäologen. Die harkten und häufelten seitdem im Sand herum. »Das wäre für Aron ein Fest gewesen«, sagte Elena, nachdem Gigi die Problemlage so positiv wie möglich geschildert hatte. Sie wurde für einen kurzen Moment sentimental, fing sich aber wieder, als sie sich an ihren trockenen Abschied in Hamburg erinnerte.

Gigi ignorierte ihre Melancholie und freute sich: »Wer weiß, was sie noch alles finden!« Von heute auf morgen lag sein Palazzo an einer historisch bedeutsamen Straße! »So kann man sich täuschen. Wer hätte das gedacht?«

Diese Ecke des *centro storico* war bislang für zweierlei bekannt gewesen: das Nonnenkloster gegenüber vom Palazzo, »in dem übrigens noch immer meine Schwester – deine Tante – Benedetta lebt und betet, falls sie nicht in der Klosterschule rumtobt«. Gigi lächelte spöttisch. »Sie erwartet euch übrigens.«

Berühmter war jedoch der Vico del Sole, die »Gasse der Sonne«, die sich in den Schatten der mächtigen Klostermauer drückte. Eine der stadtbekannten Adressen für die Einzimmerwohnungen der Huren. Sünde und Segen lebten hier traditionell in friedlicher Koexistenz.

Elena wurde unbehaglich. »Meinst du eigentlich, dass so eine Art katholisches Rotlichtviertel die richtige Umgebung für einen fünfjährigen Jungen ist?«

»Mach dir keine Sorgen, meine Liebe. Die *putane* sind alle sehr sympathisch. Versuchen mich immer noch zu bekehren. Sogar einige der älteren Damen aus dem Erdgeschoss.« Gigi lächelte belustigt und ein wenig geschmeichelt.

»Welchem Erdgeschoss?«, fragte Elena

»Gleich hier unten. Die Wohnungen mit Tür zur Straße.«

»Du vermietest an Huren?«

»Erstens gehört dieser Teil nicht mehr zu meinem Palazzo. Zweitens sind sie selbst Eigentümerinnen – bezahlt mit ihrer eigenen Hände Arbeit, sozusagen ...«

Gigi gluckste ausgelassen über seinen doofen Witz, aber

riss sich zusammen, als er sah, dass Elena nur mühsam lächelte. »Außerdem haben die sich zur Ruhe gesetzt. Also fast. Hin und wieder kommt noch mal einer ihrer alten Stammkunden vorbei, die sind mit ihnen alt geworden. Und drittens werden sie entzückt sein von Benny. Mach dir keine Sorgen.«

Elena seufzte. Sie würden also erst mal auf einer Baustelle mit reizenden alten Huren an einer historisch bedeutenden römischen Straße im Rotlichtviertel gegenüber vom Nonnenkloster campieren. Elena war sich nicht sicher, ob der Tausch mit der langweiligen Doppelhaushälfte am Hamburger Stadtrand wirklich so gelungen war.

6

Der Wirt stellte einen Krug Wasser und einen Korb mit Brot auf den Tisch. »Sie sind alleine oder erwarten Sie noch ...«

»Nein, nein, alleine. Ich, ähm ...«, Michele stammelte wie ein kleiner Junge, dem leibhaftig der Onkel aus Amerika erscheint. Nur dass dieser da vor ihm nicht im Dollarbündel blätterte, sondern in seinem Bestellblock, und dann begann, das Menü des Tages herunterzurattern.

Michele saß als einziger Gast in dieser Osteria, die sich so vertraut anfühlte, und wäre am liebsten wieder rausgerannt.

»... *allora?*«

Der Wirt schaute ihn fragend an. Er hatte den rasanten Vortrag über das heutige Menü beendet. Doch das Angebot von *antipasti, primo, secondo* und Beilagen bis *dolci* war durch Micheles Ohren rein- und direkt wieder rausgerauscht, nichts war hängen geblieben. Wie früher in der Schule. Und jetzt sollte er irgendwas sagen. Er wirkte vermutlich total neben der Spur.

»Ja, was soll ich ... ich nehme ... was empfehlen Sie? Pasta und dann Fleisch. Oder besser Fisch, haben Sie Fisch? Nein? Also Fleisch. Und Wein, einen Roten *della casa.*«

Antonio sah diesen verwirrten jungen Kerl zweifelnd an, dann vereinfachte er das Verfahren: »Viel oder wenig Hunger?«

»Viel«, sagte Michele erleichtert.

Der Wirt nickte lächelnd und verschwand in der Küche.

Michele saß am Tisch, knabberte am Brot, trank einen Schluck Wasser und wusste nicht, wohin er gucken sollte. Endlich kam der Wein, dunkel und kräftig, und Michele entspannte sich. Sein Blick blieb an einem großen gerahmten Schwarz-Weiß-Foto haften, das über einer Kommode an der Wand hing: Unter dem gemalten Schild der *Osteria Fichi d'India* posierte eine herausgeputzte Familie, der stolze Vater im dunklen Anzug stand neben einer verhalten lächelnden Frau mit langen schwarzen Haaren, die in glänzenden Wellen über ihre Schultern flossen. Ihre Hände lagen auf den Schultern eines kichernden Mädchens, das sich an ihren größeren Bruder drängte und ein kesses Blinken in den Augen hatte, dem sicherlich schon damals niemand widerstehen konnte.

Micheles Herz pochte, ihm wurde glühend heiß. Er glaubte nicht an Wunder oder Vorsehung, aber etwas hatte ihn in diese Osteria geschubst. Lucia war so präsent, als ob sie gleich singend die Küchentür aufstoßen würde.

Der Wirt brachte einen Teller Risotto mit Artischocken, dazu *olio santo,* ein scharfes Olivenöl mit *peperoncino*.

»Vorsicht mit dem Öl!«, warnte er.

»Sind Sie das?«, Michele zeigte auf das Foto.

Der Wirt blieb stehen, nickte.

»Mit meinen Eltern. Und meiner Schwester.«

»So lange gibt es diese Osteria schon?«, staunte Michele.

»Länger als ich denken kann.«

Michele war so aufgeregt, dass er viel zu schnell aß. Was sollte er tun? Wie sollte er sich seinem neu entdeckten Onkel vorstellen? Sollte er überhaupt etwas sagen? Schließlich hatte Lucia einen Grund gehabt, warum sie ihre Lecceser Vergangenheit aus ihrem Leben getilgt hatte. Sollte er besser nichts sagen und abwarten? Aber warten worauf?

Der Wirt ging an seinem Tisch vorbei, schaute staunend auf den leeren Teller und tauschte ihn kurz darauf gegen einen vollen mit Lammragout aus: »Sag Bescheid, wenn du mehr möchtest«, ermunterte er ihn, aber im gleichen Moment erstarb sein Lächeln.

Ein verschlafener junger Mann hatte die Osteria betreten. Er strich sich die nassen Haare aus dem Gesicht, zog seine durchgeweichte Lederjacke aus und wollte gerade am Wirt vorbei in die Küche schlurfen. Doch der kleine, runde Mann stellte sich ihm in den Weg und blitzte ihn wie ein Terrier an.

»Raus!«, zischte er. »Ich will dich hier nicht mehr sehen. Ich hatte dich gewarnt!«

»*Signor* Rizzo, ich bitte Sie, der Regen, kein Parkplatz, totales Verkehrschaos da draußen ...« Doch *Signor* Rizzo schob den jungen Kerl zurück zur Tür.

»*Basta*. Ich suche mir einen neuen Kellner. Einen, der pünktlich ist, nicht herumschnüffelt und nicht aus der Kasse klaut. Raus jetzt.«

Ein schmales, überlegenes Lächeln überzog das hagere Gesicht. »Wenn Sie meinen ... Ich werde es weitergeben ...«

Der alte Wirt fluchte leise einige obszöne Schimpfworte, drückte den Kerl hinaus und schloss schwer atmend die Tür.

Michele aß langsam das Lammragout und überlegte sich genau, was er gleich sagen würde, wenn der Wirt seinen Teller abräumte.

»*Signor* Rizzo, Sie sind doch *Signor* Rizzo?«

Der nickte erstaunt, guckte misstrauisch.

»Ich ... ich suche einen Job«, stammelte Michele. »Ich

studiere Kunstgeschichte und ...«, hatte er sich gerade für ein Kunststudium in Lecce entschieden?, »... ich habe Erfahrung als Kellner, meine Mutter hatte eine Osteria in Rom.«

»So, so. Das ist ja ein Zufall«, murmelte *Signor* Rizzo und schaute Michele prüfend an. »*Va bene,* komm morgen Nachmittag mal vorbei, dann sehen wir weiter.«

***

»Du hättest ihn nicht einfach rauswerfen sollen.«

»Diese Kanaille. Was nützt er? Er hat rumgeschnüffelt und geklaut.«

»Trotzdem. Du hättest erst den *Avvocato* benachrichtigen sollen.«

»Er weiß doch selbst, was für einen Halunken er uns mal wieder reingesetzt hat. Es reicht. Ich habe genug.«

»Der *Avvocato* wird uns jemand anderes schicken. Er hat immer jemanden. Du weißt, wie das läuft.«

»Aber es muss endlich aufhören. Außerdem habe ich vielleicht schon einen Neuen. Einen Studenten aus Rom. Hat heute bei uns gegessen, ziemlich hungrig, der Kerl.«

»Wenn der hört, was wir hier zahlen, ist er morgen wieder weg und wir stehen während der Feiertage ohne Kellner da.«

»Mir egal. Der *Avvocato* soll uns mit seinen dreckigen kleinen Spionen in Ruhe lassen.«

Donata war zu müde, um sich noch mit Antonio zu streiten. Sie drehte sich ächzend zur Seite, knipste die Nachttischlampe aus und atmete so gleichmäßig, als ob sie in tiefen Schlaf gefallen wäre.

7

Elena erwachte mit Bens ersten italienischen Worten: »*Cornet-to*«, sagte er langsam und rollte dabei das R so weich, wie ein norddeutscher Junge es nur konnte. Onkel Gigi rief: »*Bravo!*«, und hielt dem Jungen die Zuckerdose hin: »*Zucchero!*«, krähte Ben, »*Bravissimo!*«, jubelte *Zio* Gigi.

Ben saß beinebaumelnd mit einem Teighörnchen, dem *cor-net-to*, in der Faust auf dem Esstisch, während *Zio* Gigi italienisch plapperte und warme Milch – »*latte!*«, rief Ben – in zwei Kaffeetassen goß.

»Mama! Ich hab schon alleine *cornetti* beim Bäcker gekauft. Mit *cioccolato!*« So schnell konnte ein Kind also Italienisch lernen.

Im Kamin knackte ein Holzscheit, es duftete heimelig nach Rauch, Elena kroch unter ihrer Decke hervor. Sie hatte auf der Matratze neben dem Kamin geschlafen, traumlos und fest. Als sie ins Bad trottete und *Zio* Gigi ihr einen dampfenden Cappuccino reichte, fühlte sie sich schwer wie ein Fels.

Ein Sonnenstrahl brach durch die Wolkenberge und blitzte in das große Badezimmerfenster. Elena stellte den Kaffee auf dem Waschtisch ab. Erst einmal in den hohen goldgerahmten Spiegel lächeln. Einatmen. Ausatmen und langsam in das Freundlich-Gesicht gleiten ... das Resultat geriet ein bisschen schief, aber für ein zu kaltes Badezimmer war es nicht schlecht.

Unter der Dusche ließ sie wohlig das warme Wasser den Nacken hinunterrieseln, schäumte sich die Haare ein, der frische Duft von Orangen und Rosmarin wischte den Nebel aus ihrem Kopf. Doch plötzlich war das Wasser eiskalt.

Mit einem Ruck drehte Elena den Wasserhahn zu, wartete einen Moment. Drehte wieder auf. Kalt. Was hatte Gigi gestern Abend kurz vor dem Ende der zweiten Weinflasche gemurmelt? Irgendetwas von provisorischem Boiler? Mist. Elena spülte sich ihre dicken Locken mit beißend kaltem Wasser aus. Gut für den Glanz der Haare, dachte sie und – *Madonna mia*, der Speicherplatz für blödsinniges Zeug im Hirn scheint unbegrenzt! Elena hatte die Berge von Frauenzeitschriften nicht mal gelesen, die sie als Redakteurin durchblättern musste, nicht mal mit knapp 40. Zumindest nicht ernsthaft. Wie auch immer, eine kalte Dusche im Winter, selbst in Süditalien, das war Lichtjahre von *dolce vita* entfernt.

»Gigi, was ist mit der Dusche los?« Elena stapfte in ein Handtuch gewickelt in die Küche.

»*Zio, bella mia*, für dich immer noch *Zio* Gigi ...«, der Onkel rollte summend Pastateig aus, »*Si, si*, die Dusche. Der Boiler hat nur wenig warmes Wasser, da muss man flott sein – hatte ich das nicht gesagt? Aber bald haben wir ja die neue Gastherme, dann funktioniert auch die Heizung – *non ti preoccupa*, sorge dich nicht. Ich kümmere mich drum.«

»Wie bald?«

»So Mitte Januar, in drei, vier Wochen vermutlich.«

»Aber du hast die Gastherme doch längst bestellt?«

»Natürlich, meine Liebe«, sagte Gigi geduldig und schnitt mit leichter Hand den Pastateig in breite Streifen, während er seiner Nichte etwas sehr Grundsätzliches erklärte. »Aber so kurz vor Weihnachten fängt hier niemand ernsthaft an, eine Heizung zu installieren.«

Elena schaute ihn fassungslos an. Also fuhr Gigi geduldig in seiner Erklärung fort: »Vor dem 6. Januar, den Heiligen Drei Königen, passiert hier überhaupt und ganz und gar nichts mehr. Hier wird Weihnachten gefeiert, was denkst du denn?«

Elena dachte, dass ihr gerade ziemlich kalt war. Die Heizungstherme war vermutlich für den gesamten ersten Stock, also auch für ihre zukünftige Wohnung gedacht. »Alles kein Problem«, beruhigte Gigi seine Nichte. »Ich habe Holz für Kamin und Kachelofen eingelagert, das reicht bis – ts …«, er schnalzte und machte eine wegwerfende Handbewegung, was in etwa bedeutete: bis in alle Ewigkeit. Doch alle Ewigkeit wollte sich Elena lieber gar nicht erst vorstellen.

Der große Augenblick war gekommen. Das *ragù* für die Lasagne blubberte gemächlich auf dem Herd, da nahm Gigi feierlich Elena und Benjamin an die Hände und zog sie hinter den Esstisch vor eine schwere Schiebetür aus massivem Holz.

»Dahinter beginnt euer Reich. Gleich nebenan!«

Elena schaute irritiert: Ihre Wohnung als eine Erweiterung von *Zio* Gigis Reich – wollte sie wirklich ständig ihren Onkel hinter einer Schiebetür wissen? Er zog die Tür mit großer Geste auf und knipste eine Glühbirne an, die einsam in fünf Metern Höhe baumelte. Sie waren in einem leeren Raum, der früher vermutlich das Esszimmer neben der Küche gewesen war. Gigi öffnete die Lamellen vor den hohen Fenstern, Tageslicht erfüllte die drei hintereinanderliegenden, luftig hohen Räume. »In der Ecke neben dem

Kamin könnten wir dir eine Kochnische einbauen«, schlug Gigi vor, »aber meine Küche ist ja eigentlich groß genug für uns alle.«

Im mittleren Raum war der frühere Eingang für Dienstboten und eine Treppe auf die Dachterrasse. Den letzten Raum hatte Gigi bereits weiß streichen und eine breite Galerie auf halber Höhe einbauen lassen.

»Für dein himmlisches Bett, wie findest du das? Und Ben richten wir untendrunter seine Räuberhöhle ein.« *Zio* Gigi breitete die Arme aus, als ob er auf einer großen Bühne stehen und den Beifall genießen würde. »*Allora*, was sagt ihr?«

Sein Publikum, also Elena, lächelte freundlich und etwas gezwungen. Bis auf das Schlafzimmer rieselte in den Räumen Putz von den Wänden, blätterte verblichene grüne und rosa Farbe ab.

»Etwas Mörtel und Farbe und die Welt sieht schon ganz anders aus«, munterte Gigi seine Nichte auf. »Alles kein Problem. Schau diese wunderbaren Holzfenster an, kein billiges Alu. Einmal aufarbeiten lassen – dann sind die wieder erstklassig und überleben noch jede Sintflut.«

Die nächste Sintflut setzte gerade ein. Draußen hatten sich schon wieder dicke Wolken vor die morgendlichen Sonnenstrahlen gewälzt. Warum schüttete es eigentlich in Süditalien wie aus Eimern?

Die rissigen Fenster aufarbeiten zu lassen, war bei diesem Sauwetter natürlich undenkbar. »Und bestenfalls würden die Heiligen Drei Könige sie im übernächsten Jahr einbauen«, versuchte Elena zu scherzen. Gigi nickte erstaunlich ernst, fürs Erste würde Elena also einige Rollen Klebeband kaufen.

Elenas Erinnerungen an das sommerliche Lecce und die Idee von mehr Licht in ihrem Leben hatten anders ausgesehen. Am Telefon hatte sie verstanden, dass die Wohnung praktisch fertig war. Wände verputzen und derlei Kleinigkeiten gehörten ihrem Verständnis nach nicht zum Zustand »fast fertig«.

Als Elena schwungvoll eine letzte unbekannte Tür öffnete, verschwand schlagartig ihr Rest Abenteuerlust in muffiger Feuchtigkeit. »Oh Gott! Das ist ein Albtraum«, stöhnte Elena. Sie starrte in ein Gruselkabinett, das wohl mal ein Badezimmer gewesen war, zu erkennen an einigen Rohren, einer rostigen Badewanne und gammeligen Kacheln.

»Kein Problem, *bella mia.* Mach dir keine Sorgen. Hier war mal das Dach undicht und ein Rohr ist im Winter geplatzt. Sobald es warm wird, gehen wir da ran. Und dann wirst du sehen ...« Gigi mochte Duschen, Waschbecken und Bidets mit schwungvollen Gesten hinsetzen, wie und wo er wollte, langsam nervte er. Unkaputtbar sorglos, strotzend vor guter Laune, war für ihn alles kein Problem.

»Es gibt ja noch eine kleine Gästetoilette und ihr könnt doch auch mein Bad benutzen.« Gigi strich seiner Nichte über die Wange. »Wie gut, dass ich die Schiebetür, die für Ettore geplant war, dringelassen habe, nicht?« Er lächelte sie munter an.

Elena sagte nichts mehr, sondern fixierte die Decke, wo mopsige Putten in einer Rosette aus Stuck flatterten. Auch Gigi wurde still. Dann sagte er sehr langsam und ernsthaft: »Könntest du dich endlich mal entspannen?« Er nahm vorsichtig ihr Gesicht in seine Hände, schaute ihr in die Augen: »Lachst du überhaupt noch?«

Das war zu viel. Worüber denn lachen? Keine Heizung, kein Bad, keine Küche und zugige Fenster – eine renovierte Wohnung sah anders aus. Von Möbeln, die Gigi eines Tages aus seinem Laden hierherzaubern wollte, wagte sie gar nicht zu träumen. Ein Tränenschleier verwischte das Chaos vor Elenas Augen. Wie sollte sie das denn alles hinkriegen? Mit Ben, der keinen Kindergarten und keine Freunde hatte, kein Italienisch sprach und überhaupt – als Gigi sie in die Arme nahm, heulte Elena los wie ein kleines Mädchen.

Er reichte ihr ein frisch gebügeltes Taschentuch und Elena schnupfte dankbar hinein. »Wir sind doch *in famiglia* ...« sagte Gigi leise. Familie, davon hatte er in Lecce nicht mehr viel – mal abgesehen von seiner Schwester, der Nonne Benedetta, die ihren sündigen Bruder aber schon lange nicht mehr in ihre Gebete einschloss.

Gigi ging zurück in den ersten Raum, um nach Ben zu schauen. Der lag vorm Kamin und war dabei, mit seinen Rittern wüste Schlachten auszufechten. Der Großonkel schnappte sich den Fünfjährigen, setzte ihn sich auf die Schultern und trabte mit dem kleinen, kichernden Ritter zu seiner Mutter. Dort schüttelte er ihn vorsichtig wieder ab. »Weiter ...«, bettelte Ben, aber Gigi lachte nur erschöpft. Elena guckte die beiden an. Wenn Ben sich zu Hause fühlte, beschloss sie, würden sie das alles irgendwie schon schaffen.

Zumindest gab es Strom und Wasser »aus erstklassigen Leitungen – frisch verlegt!«, wie Gigi stolz versichert hatte, und mit einigen Eimern Farbe sähen die Wohnung und die Welt bald sicher prächtig aus.

8

Sein Herz klopfte dumpf, seine Hände waren eisig – wo war der lockere Michele geblieben, der entspannt durch das Leben und über die römischen Plätze schlenderte?

Es war später Nachmittag, als er die Tür zur Osteria öffnete, an der noch das Schild »*chiuso*« hing. Letzte Sonnenstrahlen drangen in den kleinen Gastraum, aus der Küche duftete es nach gegrillten Paprika. Vor einer Anrichte polierte *Signor* Rizzo Weingläser, er hielt kurz inne, als Michele ihn begrüßte.

»Da bist du ja, *bene*. Hilf mir, die Tische zu decken. Danach reden wir.«

Michele strich die rot-weiß karierten Tischdecken glatt, deckte Teller und Gläser, legte Bestecke und Servietten dazu. Die gewohnten Bewegungen, tausendmal gemacht, seitdem er ein Kind war, gaben ihm seine Sicherheit wieder.

Als alles für die Gäste vorbereitet war, machte der Wirt *caffè* und sie setzten sich an einen der Tische. Antonio Rizzo wurde ernst. »Pass auf, wir sind eine kleine, einfache Osteria, aber wir haben unsere Stammgäste, mit einigen bin ich zur Schule gegangen. Unsere Gäste sind Freunde, selbst wenn sie das erste Mal kommen. Sie sollen sich zu Hause fühlen, *va bene?*«

Michele nickte. Vor allem für die bevorstehenden Feiertage werde ein Kellner gebraucht, erklärte der Wirt. »Wenn du also nach Rom zu deiner Familie fahren willst, sag das lieber gleich. Wir haben nur am 25., am Weihnachtstag, geschlossen.«

»Nein, nein – ich werde hier sein, sicher«, antwortete Michele und rührte verlegen in seiner Tasse.

Dann sagte Antonio Rizzo, wie viel er ihm zahlen konnte. Lächerlich wenig, aber das war Michele egal. Darum ging es hier nicht. Er nickte zustimmend.

»*Bene, benissimo* – ich heiße Antonio.«

»Michele, *piacere!*«, lächelte der neue Kellner erleichtert.

»Jetzt müssen wir nur noch Donata, meine Frau, von dir überzeugen«, sagte der Wirt und erhob sich mit einem leichten Stöhnen.

Die Küche hatte gewölbte Decken, von denen Töpfe und Kochlöffel, Schinken, Tomaten und Kräuterbüschel baumelten. »Hier haben wir Männer nichts zu suchen, wir holen nur die fertigen Teller raus«, brummte Antonio. »Die Küche gehört Donata und den Frauen, *capito?* Dafür stören sie uns nur selten draußen.«

An einem Tisch mit Marmorplatte schuftete eine ältere, kräftige Frau mit einem Nudelholz. Mit gleichmäßigen Bewegungen zog sie Pastateig in die Länge, rollte ihn zusammen und streckte ihn wieder. Am Rand saßen zwei Frauen in geblümten Kitteln, schnitten mit flinken Händen kurze Stücke von Teigrollen ab und drehten sie über ein Stöckchen zu kurzen, gedrehten Nudeln – *strozzapreti*, Priesterwürger, Michele musste lächeln. Lucia hatte die auch selbst gemacht und dabei mit Michele über diesen Namen gekichert.

Die Frau mit dem Nudelholz wischte sich die Hände an einem Handtuch ab. »Was gibt's, Tonino? Ist das der *ragazzo* aus Rom? Der mit dem guten Hunger?«

Donata reichte Michele die Hand, guckte ihm prüfend

in die Augen, hielt seinen Blick einen Moment fest. »Woher kommst du? Aus Rom? Was tust du in Lecce, mitten im Winter?«

Michele wurde heiß im Gesicht: »Studieren, Kunstgeschichte«, und behauptete spontan: »Ich plane eine Doktorarbeit über den Lecceser Barock. Eigentlich male ich, Illustrationen, aber davon kann man nicht leben.«

»Aber von Kunstgeschichte kann man leben?«, fragte Donata.

»Er hat Erfahrung als Kellner und kann uns während der Feiertage helfen«, griff Antonio ein. »Also, was meinst du jetzt, Donata?«

»Ein Maler bei uns als Kellner?«

»Warum nicht? Wir brauchen jemanden, mindestens für die nächsten zwei Wochen. Danach sehen wir weiter«, entschied Antonio.

»Wir können es ja probieren ...«, sagte Donata langsam und Michele lächelte erleichtert. Donata hatte ihn die ganze Zeit angeguckt, jetzt fragte sie:

»Wie heißt du?«

»Michele ...«

»Und weiter?«

»Rizzo«, sein Nachname war ihm einfach herausgerutscht. Michele konnte nicht lügen. Sich durchmogeln, nichts oder nicht alles sagen, das schon. Aber richtig lügen? Lucia hatte ganze Arbeit geleistet. Nicht einmal jetzt, obwohl er sich fest vorgenommen hatte, dass er Marazzi oder Santoro oder so heißen würde.

»Rizzo?«, wiederholte Donata langsam, »... und du kommst aus Rom?« Jetzt schaute auch Antonio seinen neuen Kellner an.

»Rizzo?«, fragte auch er. Machte eine Pause. »Wie wir?«

Er starrte Michele an, als ob sich seine Augen an die Dunkelheit gewöhnten und langsam etwas erkannten, was vorher nur schemenhaft zu sehen gewesen war. Er hauchte tonlos: »Von Lucia?«

Die Bombe war geplatzt. Michele nickte stumm und blickte in die entgeisterten Gesichter.

Es gab kein Zurück. Er hätte sich das ganze lächerliche Versteckspiel schenken können, er wusste, dass er Lucia ähnlich sah. Und natürlich auch Antonio. Die Rizzos hatten ja alle dasselbe Grübchen, diese Lachfalten in den Mundwinkeln.

Antonio und Donata starrten Michele an, diesen jungen Mann, der sich mit einem einzigen Wort in ihre Familie katapultiert hatte und nun innerlich flehte: »Herr Gott, wenn es dich gibt, so lass ein Seil herab und mich verschwinden.« Doch Michele blieb da unten zwischen den Töpfen und musste diese bewegungslosen Gesichter ertragen.

Sekunden, die sich in Zeitlupe dehnten, eine Ewigkeit und noch unerträglich viel länger. Antonio standen Tränen in den Augen, die überzulaufen drohten. Endlich griff Donata nach einem Stuhl und sackte darauf zusammen. Antonio setzte sich mechanisch in Bewegung, schickte die beiden Köchinnen nach Hause und stellte eine Flasche Wein mit drei Gläsern auf den Tisch.

»Was willst du von uns?«, fragte Donata mit dünner Stimme. An diesem Abend blieb die Osteria geschlossen.

9

Die Krippe im Amphitheater, diese friedliche Landschaft im weihnachtlichen Lichterglanz, glich an diesem trüben Morgen einem Schlachtfeld. Schafe, Ziegen und Esel, Schäfer und Bäuerinnen – alle lagen durcheinander in den Gärten, zwischen Oliven- und Obstbäumen. Die Randalierer hatten nicht einmal vor der Krippe Respekt gehabt, vor Josef, der in einer Palme hing, und Maria – ja, wo war Maria gelandet?

Elena hatte sich mit Ben durch die Schaulustigen geschoben, die sich vor der Brüstung drängelten und fassungslos in die antike Arena starrten. Unten stapften Polizisten zwischen Bauernhäuschen und Orangenbäumen herum und versuchten, Spuren zu finden, aber der Regen hatte alles weggewaschen. In der ersten Reihe auf der Zuschauertribüne saß ein kleiner runder Mann mit dichtem Schnauzbart und einer Brille, deren klobige Gläser seine Augen auf die Größe von Spiegeleiern verzerrten. *Commissario* Pantaleo Cozzoli kraulte versonnen eine rote Katze, ließ seinen Blick Runde um Runde über die Verwüstung im Amphitheater ziehen und gab schließlich einem jungen Polizisten ein Zeichen.

»*Ehí*, Pinto! Guck mal da drüben ins Schilf!«

»Ich?« Die Gefahr nasser Füße war offensichtlich.

»*Si, si, vai!*« Der *Commissario* scheuchte ihn mit einer Handbewegung zum künstlichen See.

Derweil tobte oben auf der Piazza Sant'Oronzo ein Pulk Journalisten Richtung Amphitheater und bestürmte mit Kameras und Mikrofonen einen stattlichen *Signor* um die sechzig, dessen silbergraue glänzende Locken vom Fuchskragen seines braunen Wintermantels umrahmt wurden. Gian Maria Dell'Anna, seines Zeichens Anwalt und Bürgermeister, eilte zielstrebig vom Rathaus über die Piazza und durch die Arkaden zur Treppe, die hinunter ins Amphitheater führte. Polizisten versuchten, die Journalistenmeute zurückzuhalten, »Spurensicherung!«, doch der Bürgermeister wiegelte ab, winkte einem Fernsehteam, einer jungen Journalistin vom Lokalradio, einem Fotografen und – er suchte einen Moment – dann pickte er noch zwei Schreiber der Lokalzeitung heraus und stolzierte mit seiner Mediengarde in die antike Arena.

»Herr im Himmel«, stöhnte Dell'Anna beim Anblick der Verwüstung, schlug die Hände fotogen vor das Gesicht und schüttelte den Kopf. Er sammelte sich mit einem tiefen Atemzug und rief zu den Schaulustigen hinauf: »Wer tut so etwas?«

In diesem Moment wühlte sich Pinto aus dem Schilf und hielt triumphierend Maria hoch, die er vom Seeufer geborgen hatte. Vielmehr den Rest der heiligen Mutter: Ihr fehlte der Kopf. Ein Schrei des Entsetzens aus dem Publikum hallte im Amphitheater wider. Kurz darauf hielt der Bürgermeister die kopflose Frau im Arm, Fotograf und Kameramann knipsten und filmten einen bewegten, verzweifelten Mann, der ins Mikro hauchte: »Dies ist ein Anschlag auf unsere christliche Kultur. Die Tat von Barbaren.« Er schickte seinen Blick in den wolkenverhangenen Himmel, aber brachte dann tapfer heraus: »Wir werden sie finden und wir werden sie bestrafen.«

Nun setzte Pantaleo Cozzoli die Katze zur Seite, rückte sich die verrutschte Brille zurecht und begab sich zum Bürgermeister.

»*Buon giorno,* ich darf mich vorstellen? *Commissario* Pantaleo Cozzoli. Sie erlauben ...?«

Er nahm dem verdutzten Bürgermeister die geköpfte Maria aus dem Arm: »Ein Beweisstück, Sie verstehen?«

Der Bürgermeister schaute irritiert aus seinem Fuchskragen hinunter auf den kleinen Mann mit den gigantischen Augen und räusperte sich.

»Cozzoli, aha. Sie sind also der neue *Commissario?*«

»Ganz richtig.«

Mit einem kühlen »*Piacere,* war mir ein Vergnügen« wandte sich *Signor* Dell'Anna ab, suchte ein Mikro, welches ihm die junge Journalistin freundlicherweise sofort wieder unter die Nase hielt, und erklärte ungefragt: »In dieser Stadt der Kunst und Kultur darf so etwas nie wieder geschehen. Nie wieder!«

Er sah finster nach oben zur Brüstung, die Zuschauer nickten, einige Klatscher waren zu hören, »*Bravo!*«, rief jemand.

»Wir werden die Krippe wiederherstellen. Ich persönlich ordne 24-stündigen Polizeischutz an.«

Wieder nickten alle Zuhörer ernsthaft und entschlossen. Es begann erneut zu regnen, und während Journalisten und Schaulustige schon vor dem Regen flüchteten, rief der Bürgermeister ihnen hinterher: »Wer etwas gesehen hat, soll sprechen! Das ist eine Bürgerpflicht!« Damit hatte er die druckreife Schlagzeile geliefert, mit der am nächsten Tag das Lokalblatt *L'Osservatore di Lecce* aufmachen würde.

Elena nahm Ben an die Hand und lief ins traditionsreiche *Caffè Alvino* an der Piazza Sant'Oronzo. Ihre Freundin Elisabetta wartete bestimmt schon. Die Scheiben waren beschlagen, das *Caffè* war überfüllt – natürlich: bei dem Regen und diesen Ereignissen! Drinnen waberten die Stimmen auf und ab, Satzfetzen flogen durch den hohen Raum: »Das musste ja mal so kommen ...«, »jugendliche Randalierer ...«, »Werteverfall!«. Elena schaffte es kaum, durch das Gedränge zum Holztresen vorzudringen. Die Kaffeemaschine zischte, Tassen klapperten, Kellner wischten eilig den Tresen ab, während ihnen Bestellungen zugerufen wurden. Elena schaute sich um und hörte endlich die vertraute Stimme: »Hier bin ich, *bella mia!*«

Elisabetta sah aus wie immer: schlank und schön, ihr Gesicht frisch und wach wie in einer Reklame für Feuchtigkeitscreme. Die Jugendfreundin stand winkend neben einem runden Tischchen an der Spiegelfront des alten Kaffeehauses. Elenas Herz hüpfte. Wann hatte sie Elisabetta zuletzt gesehen? Vor drei Jahren oder waren es schon fünf, seitdem Elisabetta spontan einen Kurztrip nach Hamburg unternommen hatte, weil Elena überhaupt nicht mehr in Italien aufgetaucht war? Die Freundinnen telefonierten unregelmäßig. Dreimal in der Woche, wenn es dringend war, und danach hörten sie oft ein ganzes Jahr nichts voneinander. Doch natürlich war Elisabetta die Erste gewesen, die von Elenas Fluchtplänen erfahren hatte.

Die beiden hatten sich als Mädchen am Strand ewige Freundschaft geschworen, obwohl Elenas Großeltern und Elisabettas Familie in unterschiedlichen sozialen Universen lebten: Die einen waren Bauern gewesen, bevor sie einige Jahre als Gastarbeiter in Deutschland gelebt hatten. Die adelige Familie Di Cataldo dagegen war eine der sehr reichen, sehr alten Lecceser Familien. So reich, dass man es vermied, Pelze und Klunker spazieren zu tragen, und es vorzog, bei Anlässen, zu denen man sich in Lecce gemeinhin zeigte, durch Abwesenheit zu glänzen. Ihren Einfluss nutzte die Familie, um es sich mit niemandem zu verscherzen. Denn in Lecce traf man sich nicht nur mindestens zweimal im Leben, sondern immer und immer wieder.

Die Mädchen Elisabetta und Elena hatten Jahr für Jahr darauf bestanden, sich wiederzutreffen. So hartnäckig, wie es nur allerbeste Freundinnen können. Es waren Sommer voll bunter Träume, die sie am Meer in den blitzblanken Himmel malten. Das Leben erschien wie ein gigantischer Sack, vollgestopft mit verführerisch eingewickelten Geschenken. Zumindest für Elisabetta. Elena war sich nie so ganz sicher gewesen. Sie ahnte früh, dass manche Mogelpackung dabei sein würde.

»Endlich! *Bellissima,* wie geht es dir? Hast du gesehen, wie das Krippenspiel verwüstet wurde? Meine Güte, in was für eine Stadt bist du nur gekommen?«

Es war wie früher. Elena musste kichern. Ein Redeschwall platzte aus Elisabetta heraus, der nicht zu stoppen war. Nebenbei bestellte sie Cappuccino und »Was möchte Ben?«.

»*Cornetto con cioccolato*«, ratterte Ben wie ein Roboter seine ersten italienischen Worte runter. Elisabetta war entzückt und Elena verkniff sich die Frage, ob Ben nicht lieber einen Fruchtsaft bestellen wollte. Ihr Schokozwerg würde sicher bald seinen Sprachschatz erweitern.

»Ihr müsst heute Nachmittag zu uns kommen. Unbedingt. Adam und Beatrice sind schon ganz neugierig auf ihren neuen Freund.« Elisabetta hüpfte munter von einem zum nächsten Thema. »Und wie geht's dir? Ehrlich gesagt, Liebste, du siehst ziemlich erschöpft aus. Etwas schmal im Gesicht«, sie machte eine kurze Pause, blickte ihre Freundin kritisch an und fügte hinzu, »aber steht dir gut. Nur etwas mehr Farbe auf den Wangen, aber du wirst dich bald erholen. Wann rechnet ihr mit euren Möbeln?«

»Möbel, was redest du von Möbeln? Ich bin mit ein paar Koffern und Kisten hier. Nicht mehr, als in mein Auto passte – das war's. Nichts wie weg.«

»Oh!«, staunte Elisabetta, »aber du brauchst doch ... Pass auf, ich könnte dir ein Sofa und ...«

»Danke, danke, *bella*, warten wir mal ab. Gigi will auch schon einige Stücke aus seinem Laden in das Appartement stellen. Wenn es denn irgendwann in einem Zustand ist, den man bewohnbar nennen kann.«

Elena beschrieb den Zustand der Wände, Fenster und dieses gruseligen Badezimmers und berichtete von Gigis reizenden Bemühungen, ein vollendeter Onkel zu sein. In Elisabettas Gegenwart konnte sie dem Chaos sogar eine gewisse Komik abgewinnen.

»Ich werde Blessing bitten, morgen Nachmittag bei dir vorbeizukommen und dir zu helfen, Fenster putzen, einmal durchwischen ...«

»Nein, komm, hör auf«, winkte Elena ab. Sie schätzte die Entschlossenheit ihrer Freundin, aber dass Elisabetta ihre afrikanische Hausangestellte kurzerhand auf ihre Baustelle abkommandieren wollte, ging etwas zu weit. Gestern hatte sich Elena im Baumarkt mit Farbeimern, Rollen und Pinseln, Spachtel, Tiefgrund und Mörtel für die Weihnachtstage eingedeckt. Wenn Handwerker Weihnachten feierten, würde sich Elena eben selbst auf die Leiter stellen.

»Guck nicht so erschrocken, war ja nur eine Idee. Blessing ist wunderbar, *bravissima*, ich wüsste gar nicht, wie ich ohne sie den Haushalt, die Kinder und das Studio schaffen sollte ...« Elisabetta war eine der am besten beschäftigten – und bezahlten – Innenarchitektinnen in Lecce.

Ben zerrte an Elenas Ärmel und drohte: »Mama! Ich langweile mich ...« Das *cornetto* war verputzt.

»Wir müssen los, *cara*. Ich habe Gigi versprochen, ihn in seinem Laden zu besuchen und mir ein Bett anzugucken«, lächelte Elena etwas wehmütig. »Meine Betthälfte in Hamburg habe ich ja Aron überlassen. Wir sehen uns ...«

»... heute Nachmittag zum Tee«, beendete Elisabetta den Satz lächelnd.

Elena zögerte: »Aber Tante Benedetta will uns endlich mal sehen. Vor allem Benjamin natürlich.«

»Ihr habt die gute Nonne noch nicht begrüßt?«, tadelte Elisabetta spöttisch und befand: »Dann kommt es auf einen weiteren Tag auch nicht an. Also, um halb fünf?«

Widerstand war zwecklos, Elisabetta hatte entschieden. Schwester Benedetta würde sich in Geduld üben müssen.

***

Elena und Ben eilten den regennassen Corso Vittorio Emanuele hinauf, die zentrale Geschäftsstraße des *centro storico,* die seit einigen Jahren eine Fußgängerzone war. Herrschaftliche Bürgerhäuser reihten sich aneinander, zwischen Uhrmacher, Stoffhändler, Herrenausstatter und Lederwarenhändler hatten sich mittlerweile auch moderne Boutiquen und einige billige Pizzerien gemischt. Doch der Corso blieb die feinste Adresse zum Einkaufen.

Wo sich hinter einer Häuserlücke überraschend der weitläufige Domplatz öffnete, bogen Elena und Ben gegenüber in die Via Palmieri ab und standen hinter der nächsten Häuserecke vor Gigis Trödelladen. Ben drückte die Tür auf, ein Glöckchen grüßte mit silbrigem »Rring« und *Zio Gigi* mit einem »*Ciao,* Benny!«, das so klang, als hätte er den Jungen seit drei Wochen nicht gesehen.

Der Onkel kaufte und verkaufte in allen Preisklassen, in seinem Laden konnte man 20 Euro für einen Melkschemel ausgeben oder 20 000 für eine Kommode mit fein gearbeiteten Intarsien. Nur sollte niemand meinen, hier gäbe es Schnäppchen. Jedes Stück hatte seinen Preis, diesen zu erkennen und zu schätzen, erwartete der Onkel von seinen Kunden. Das hatte für ihn etwas mit Respekt zu tun – egal wie arm oder reich jemand war.

Hinter dem Verkaufsraum voll antikem Mobiliar lag Gigis Lager mit zwei weiteren kleinen Zimmern, in denen der Onkel über Monate provisorisch gewohnt hatte, während Handwerker noch im Palazzo arbeiteten. Kein Drama für Gigi, der sich zu Hause fühlte in seinem Sammelsurium aus liebevoll restaurierten Antiquitäten, hoffnungslos betörendem Kitsch und ehrlichen Gebrauchsgegenständen. Elena ahnte, wie sich im Laufe der Zeit der riesige *open space-eeh* des fanatischen Sammlers füllen würde.

Während Gigi mit Ben im Lager nach einer Kiste mit alten Spielzeugautos fahndete, ließ sich Elena auf einen Diwan aus Nussholz mit cremefarbenen Polstern fallen. Ein unverkäufliches Schmuckstück, das sie noch von früher kannte. Es hatte vor vielen Jahren Gigis Sammelwut entfacht. Die Sitzbank konnte man hochklappen, darunter war genug Platz für Briefe und Bilder eines ganzen Lebens. Oder für ein Kind, das sich vor dem Geschrei der Eltern verstecken wollte. All die alten Dinge, die er um sich versammelte, waren wie Stichworte für wahre und erfundene Geschichten. Wenn Gigi über einen Tisch strich, wirkte es, als könne er in der Maserung lesen. Tatsächlich verkaufte er seine großen und kleinen Schätze nur widerwillig. Doch er entließ sie in ihre neuen Leben, so wie man Reisende ziehen lässt. Wahrscheinlich hatte sich Elena deshalb entschieden, bei ihm zu wohnen: Ihr Onkel würde sie, wenn auch wehmütig, ohne Vorwürfe wieder gehen lassen.

10

Nachmittags um fünf hatte sich Dunkelheit über das Städtchen gelegt. Ben hüpfte im Slalom um die Pfützen, die im Licht der zierlichen schmiedeeisernen Straßenlaternen glänzten. Über dem hohen Portal eines wuchtigen Stadtpalastes setzte ein Strahler das steinerne Wappen der Familie Di Cataldo in einen Lichtkegel.

Elena drückte auf den Klingelknopf aus poliertem Messing. »*Chi è?*«, krächzte es aus der Gegensprechanlage, und mit einem »Klock« sprang eine kleine Tür in dem massiven Tor auf. Elena musste sich bücken, um hindurchsteigen zu können, dann stand sie mit Ben in einem enormen Innenhof, links und rechts führten breite Treppen in das obere Stockwerk des Palastes.

Auch dieser Familienpalazzo hatte jahrelang leer gestanden, bis Elisabetta darauf bestanden hatte, mit ihrem Mann Stefano dort einzuziehen. Ihre Eltern waren gar nicht amüsiert gewesen: Zwischen Huren und Handwerkern in der Altstadt wohnen. Also bitte. Doch Elisabetta war getrieben gewesen von einer merkwürdigen Mischung aus dem Trotz einer jungen Rebellin und dem Wunsch, die Tradition ihrer alten Adelsfamilie wiederzubeleben. Und vom Gespür für Trends. Der familiäre Sturm hatte sich längst beruhigt, denn Elisabetta lag – wie im Übrigen auch Gigi mit dem Erwerb seiner Gemäuer – goldrichtig: Im barocken *centro storico,* das gestern noch zu vergammeln drohte, wurden für manche Palazzi inzwischen Preise wie in italienischen Großstädten gezahlt.

Blessing, das Hausmädchen aus Nigeria, erwartete Elena und Ben in Jeans, Pullover und weißer Schürze an der Haustür. »*Buona sera!* Kommen Sie herein, die *Signora* erwartet Sie.«

Elena schälte sich aus dem gefütterten Wildledermantel, einem unförmigen, steifen Teil, das aber warm und winddicht war. In der Nähe ihrer drahtigen Freundin fühlte sie sich immer irgendwie plump, denn Elisabetta bewegte sich auf Stöckelschuhen so lässig wie in Boots, wirkte im Kostüm so zu Hause wie in ausgewaschenen Jeans mit Pulli – und irgendwie immer elegant.

Elisabetta stürzte mit Telefon am Ohr in den Flur, küsste Elena, strich durch Bens rotblonde Locken, bat Blessing: »Machst du uns Tee und bringst Ben zu Adam und Beatrice ins Zimmer? Am besten mit Keksen oder Eis oder so was«, und beendete gleichzeitig das Telefongespräch mit ihrem Mann: » ... schalt den Fernseher ein, das musst du dir angucken, *tesoro*. Bis später, *ciao, ciaociaociao.*« Elisabetta hielt wie immer die Welt um sich herum in Bewegung.

Ben ließ sich von Blessing mit einer riesigen Schüssel Kekse in das Zimmer der Zwillinge schieben – diesen Schatz würden die Kinder auch ohne gemeinsame Sprache teilen können. Im Wohnzimmer blickte der Bischof mit seinem breiten Gesicht vom riesigen Flachbildschirm. »Ein Skandal. Ich habe keine Worte für diese verlorenen Seelen, die sich derart obszön von unseren christlichen Werten distanzieren.«

Die Kamera schwenkte über das Amphitheater. Elena ließ sich auf das lange nachtblaue Sofa fallen, dem einzigen Kontrast zu den hellen Gelbtönen der Gardinen und

Wände in diesem sparsam eingerichteten Salon. Die Innenarchitektin hatte ihren 500 Jahre alten Palazzo wie einen Mailänder *showroom* reduziert gestaltet. Lichte Farben, klare Formen, keine Schnörkel, kein Nippes. In dieser Wohnung flog nichts unbeabsichtigt herum – Chaos wurde nur im Kinderzimmer geduldet, zumindest bis zum Abend, wenn Blessing mit Engelsgeduld alles in Kisten sortierte. Den antiken Plunder aus Familienbesitz hatte Elisabetta nahezu vollständig entsorgt – vieles stand nun im Keller des Landhauses ihrer Eltern, vieles war bei Gigi im Laden gelandet. Was hätte Elena für eine Andeutung dieser Klarheit in ihrer Wohnung gegeben. Aber ihr Leben war zurzeit leider nicht so eindeutig, war es allerdings auch vor Bennys Geburt nie gewesen.

Schnitt. Der Beauftragte für Jugend und Bildung der Provinz saß nachdenklich vor einer Bücherwand: »Man muss sich doch fragen, warum? Diese Stadt hat sich in den letzten Jahren verändert. Nicht alle hatten teil an den neuen Entwicklungen, blieben außen vor, doch genau die müssen wir in unsere Mitte holen.«

Kurzer Schwenk auf den Reporter: »Wie solche Randalierer in unsere Mitte geholt werden sollen, bleibt allerdings ein Geheimnis.« Schnitt und Totale auf die Leere im Stall, im Stroh nur die einsame leere Krippe, die auf den Weihnachtstag und das Jesuskind wartete. Aber ohne Maria? Eine Gruppe fassungsloser Nonnen vor dem Stall schien sich genau diese Frage zu stellen.

»Schau, da ist deine Tante Benedetta!«, rief Elisabetta. Die Nonne warf ihre Hände gen Himmel und wandte sich ab. Schnitt. Vor der kleinen Bäckerei am Amphitheater fing der Fernsehreporter die Meinung der Bürger ein.

»Könnten doch auch die wilden Köter gewesen sein«,

brummte Bäcker Filippo. »Die streunen hier überall rum und werden auch noch gefüttert.«

»Natürlich, die Hunde haben mal wieder Schuld«, drängelte sich eine Kundin vor die Kamera. »Das sind doch unschuldige Kreaturen, die friedlich unter uns leben.«

Nun verkündete *Commissario* Cozzoli aus dem Polizeiwagen: »Wir werden die Ereignisse untersuchen.«

»Haben Sie Tatverdächtige?«, drängte der Reporter, doch Cozzoli ließ unbeeindruckt die Autoscheibe hochgleiten und machte dem Fahrer ein Zeichen zur Abfahrt.

»Mein Gott, dieser neue *Commissario* sollte sich doch bitte mal Kontaktlinsen anschaffen. Sieht ja völlig durchgeknallt aus«, echauffierte sich Elisabetta. Sie griff nach der Fernbedienung, der Bildschirm schwebte zurück in die Schrankwand und die Türen schoben sich lautlos davor.

»So viel zum Weihnachtsskandal in unserem hübschen frommen Städtchen«, schloss Elisabetta das Thema süffisant und es war nicht wirklich klar, ob sie die Zerstörung der Krippe für eine pietätlose Unverschämtheit oder eine Provinzposse hielt.

Blessing stellte ein Tablett mit einer Teekanne und Tassen aus cremefarbenem Porzellan auf den Glastisch, dazu einen Teller mit hübsch verzierten süßen Teilchen: Häuflein aus Pistazien, in Schokolade getunkte Feigen, mürbe Röllchen aus Mandelteig. Auf einem anderen Teller lagen fettarme Salzcracker. Elisabetta würde sich an die Salzcracker halten, das war klar.

»Meine Liebe, du brauchst Hilfe«, ging sie in leichtem Plauderton zum Angriff über. »Eine tüchtige Person, die anständig die Böden schrubbt, Fenster putzt, dich vom Dreck und Staub der Renovierung befreit, kurz: Blessing wäre perfekt. Ich ...«

»Erst mal muss ich zwei Zimmer renovieren«, unterbrach Elena, der das alles viel zu schnell ging.

»Nun lass Blessing doch wenigstens mal das Schlafzimmer putzen«, insistierte Elisabetta geduldig. »Das ist doch schon gestrichen, oder? Ich hab schon mit ihr gesprochen – nicht wahr, Blessing? Du gehst in den nächsten Tagen bei *Signora* Elena vorbei.«

»Sehr gerne«, Blessing nickte lächelnd und verschwand aus dem Wohnzimmer. Elisabetta wirkte bedrohlich entschlossen. Sie würde notfalls persönlich im Blümchenkittel erscheinen – und selbst darin noch toll aussehen.

Elena versuchte einen letzten flauen Einwand: »Und wer soll sich dann in den Weihnachtsferien um deine Kinder kümmern?«

»Mach dir darum mal keine Sorgen. Meine Mutter ist kaum zu bremsen, Stefanos *Mamma* auch nicht, ich habe eher das Problem, die Damen hier rauszuhalten. Und in Ben werden sie sich sofort verlieben.«

Inklusive Ben war also alles organisiert. Elena kapitulierte.

Elisabetta lehnte sich zufrieden zurück, knabberte an einem Cracker und Elena ahnte, was in ihrer Freundin vorging. Eigentlich wollte Elisabetta nur, dass Elena sich in Lecce wohlfühlte – und blieb. Sie war ein Farbklecks in Elisabettas so hervorragend sortiertem Leben. Wie oft hatte sich Elisabetta früher lustig gemacht über das Durcheinander, in dem Elena gelebt hatte, bevor sie Mutter geworden war und geheiratet hatte – und in das sie sich mit ihrer spontanen Flucht auf Gigis Baustelle wieder hineingestürzt hatte. Elisabetta selbst hätte so ein Chaos nicht einen Tag ertragen, aber Elena, ihre Freundin, die hatte sie vermisst.

In einer ihrer gemeinsamen langen Nächte, als Elisabetta sich ausnahmsweise ein Glas Wein mehr genehmigt hatte, hatte sie gestanden, dass sie ihre Freundin nicht um ihr Chaos, wohl aber um ihre Freiheit beneidete. Immer schon beneidet hatte. Ihre Sommer waren langweilig geworden, als Elena immer seltener und schließlich gar nicht mehr nach Lecce gekommen, sondern durch die Welt gereist war, um zu fotografieren. Genauer: fotografiert hatte, um durch die Welt zu reisen. Elena war nicht die von Eschenburg geworden, die ihr Vater sich gewünscht hatte. Elisabetta dagegen hatte sich aus dem fein gesponnenen Netz ihrer Familie nur in kurzen Träumereien befreit. Allerdings mit Familiendramen, an die sich Elena, die Verbündete, lebhaft erinnerte.

Damals, am Ende ihres Studiums in Rom, als Elisabettas Eltern ihre Tochter zurück in Lecce erwartet hatten, sie jedoch vor der letzten Prüfung ein »Mal sehen, weiß noch nicht ...« am Telefon fallen gelassen hatte. Ihr Vater meinte, seine Tochter habe sich möglicherweise im Ton vergriffen. Selbstverständlich komme sie zurück, dorthin, wo sie geboren, wo ihre Familie sei. Ob sie das in Zweifel ziehe? Woraufhin Elisabetta mit einem schnippischen »Man kann Vorstellungen vom Leben doch ändern?« kurz und kräftig an den Grundfesten der Familie gerüttelt hatte.

Vater Santoro Di Cataldo schnappte nach Luft, fand aber zurück zur Autorität des Patriarchen, der einige Jahrhunderte familiärer Würde zu verteidigen hat, und brüllte seine Tochter an: »Was heißt hier, Vorstellungen ändern?«

Ganz einfach: Elisabetta hatte fürs Erste nicht vor, mit *summa cum laude* plüschige Salons in Lecce zu dekorieren. Sie fand es spannender, in Paris und Mailand bei renommierten Innenarchitekten Erfahrungen zu sammeln. Mit minimalistischem Design und allerlei anderen aufregenden Dingen des Lebens.

Der Himmel schickte Stefano nach Mailand, einen alten Schulkameraden, der Betriebswirtschaft studierte, um später das Baugeschäft seiner Familie zu übernehmen. In Lecce. Die beiden verliebten sich trotzdem – oder gerade deshalb. Sie verlebten einige wilde Jahre in Norditalien, reisten nach Indien und Australien und als sie sich ausgetobt hatten, läuteten im Lecceser Dom die Hochzeitsglocken das offensichtliche Ende des Aufstandes der Tochter ein.

Elena war zur Hochzeit gekommen, direkt aus der Wüste. In Jordanien hatte sie gerade eine Fotoreportage über Beduinenfrauen produziert, hatte noch den heißen Wind auf der Haut gespürt und sich etwas schmuddelig gefühlt in dieser frühlingshaften Hochzeitsgesellschaft voll zarter Seidenkleider und kunstvoll dekorierter Frisuren – sie war wohl die Einzige gewesen, die vorher nicht aufwendig ihre Haare hatte toupieren, gerade ziehen oder eindrehen lassen. Elisabetta sah natürlich abgöttisch aus in ihrem schmal fließenden Hochzeitskleid, Dekolleté und Schultern waren für die kirchliche Trauung mit einem Hauch von Seide bedeckt, was den *Padre* derart verwirrte, dass er stammelte, als wäre Elisabetta im Bikini erschienen.

Die ehemals rebellische Braut sah nicht so aus, als hätte sie klein beigegeben. Sie liebte ihren Stefano und war zuversichtlich, dass sie in Lecce eine Marktlücke für modernes Design finden – oder schaffen – würde. Tatsächlich – auch wenn sie ihrem Vater einen ordentlichen Schreck eingejagt hatte – ihre Rückkehr in den Schoß der Familie hatte sie nie ernsthaft in Frage gestellt. Nur den Zeitpunkt hatte sie für die Nerven ihres Vaters deutlich zu flexibel gehandhabt.

»Noch etwas Tee?«, Blessing war wieder im Wohnzimmer erschienen. »Ja, gerne«, antwortete Elena, während Elisabetta schon wieder eine neue Idee hatte.

»Blessing, was ist eigentlich mit deiner Schwester? Könnte die nicht Elena helfen? Du wolltest sie doch heute Morgen vom Bahnhof abholen?«

Das Hausmädchen, das gerade Tee nachschenkte, hielt in der Bewegung inne. »*Si, Signora,* Grace war am Bahnhof, als sie mich angerufen hat, aber dann ...«, ihre Hand begann zu zittern, sie stellte die Teekanne langsam ab.

»Ich wusste doch gar nicht, dass sie nach Italien kommen wollte, ich hatte doch keine Ahnung, ich ...«

»Wo ist sie denn jetzt?«, unterbrach Elisabetta. Blessing zuckte mit den Schultern und begann zu weinen.

Am Bahnhof hatte sie ihre Schwester nicht gefunden, dafür stand eine Gruppe Polizisten vor der Schalterhalle. Ein junger Beamter stellte sich Blessing in den Weg und forderte ihre Papiere. »Ich suche meine kleine Schwester, haben Sie sie gesehen?«, löcherte Blessing den Polizisten, während er penibel ihr Gesicht mit dem Foto verglich und die Aufenthaltsgenehmigung studierte.

»Hier war eine Afrikanerin, die kam mit dem Zug aus Rom an«, sagte der Polizist und gab Blessing ihre Papiere zurück. »Sie ist jetzt vermutlich bei ihren Freunden in San Foca.« Das hieß: im Immigrantenheim am Meer, wohin alle Ausländer ohne gültige Papiere gebracht wurden.

»Bist du hingefahren?«, fragte Elena.

»Natürlich! Aber ein Wärter am Eingang hat mich aufgehalten. Niemand darf da rein«, sagte Blessing. »Ich sollte abhauen, hat er gesagt, am besten nach Afrika.«

»Was sind das denn für Töne?«, entrüstete sich Elena. Elisabetta zuckte nur mit den Schultern. »Blessing hat einen Arbeitsvertrag und eine Aufenthaltsgenehmigung. Alles in Ordnung.«

»Aber er hätte doch einfach in irgendeiner Liste nachgucken können«, beharrte Elena.

»Nun mal mit der Ruhe«, beschwichtigte Elisabetta, »ein Pförtner ist ein Pförtner und erledigt nur seinen Job. Aber das Heim wird von Don Francesco Quarta geleitet. Ein sehr engagierter *Padre* mit exzellentem Ruf. Er war der Erste, der sich damals für die armen Teufel eingesetzt hat, die auf diesen fürchterlich überfüllten Booten aus Albanien bei uns strandeten. Grace wird es in seinem Heim so gut gehen, wie es unter diesen Umständen möglich ist.«

»Wenn sie überhaupt da ist und nicht gleich schon ...«, flüsterte Blessing.

»Warum fragen wir diesen *Padre* nicht einfach?«, schlug Elena vor. »Oder die Polizei, die müsste doch auch wissen, wer sich im Heim aufhält.«

Elena schaute Elisabetta auffordernd an. Die kräuselte nur ihre Stirn.

»Oder nicht?«

Elisabetta seufzte: »*Va bene.* Meine Mutter kennt sicherlich die Mutter von Don Francesco. Über sie könnte man ein privates Treffen mit ihrem Sohn arrangieren.«

»Elisabetta, warum rufst du den *Padre* nicht an und fragst, ob Grace im Heim ist?«

»Aber ich kenne ihn doch gar nicht persönlich. Der *Padre* ist nicht irgendwer und die Angelegenheit delikat. In so einem Fall ist es immer besser, man besorgt sich vorher den Schlüssel für die Tür, die man öffnen will. Ein kleiner Kontakt über die Mütter kann Wunder wirken. In Ordnung,

Blessing? Wenn du uns jetzt bitte einen Moment allein lassen könntest?«.

»Natürlich, *Signora*«, Blessing trocknete sich die Tränen und stand auf. »Vielen Dank.«

»Ich denke, wir sollten zur Polizei gehen«, insistierte Elena, als Blessing die Tür hinter sich geschlossen hatte. Elisabetta schüttelte den Kopf: »Vermutlich wurde oder wird Grace einfach zurück nach Nigeria geschickt.« Elisabetta knabberte an einem weiteren Cracker. »Das ist zwar nicht schön, aber mal ehrlich: So geht's täglich Hunderten, die – wie auch immer – nach Italien kommen.«

»Elisabetta, bitte, Blessing ist dein Hausmädchen und in diesem Fall handelt es sich um ihre Schwester. Das kann dir doch nicht egal sein!« Elena wurde ungeduldig mit ihrer Freundin.

»Nein, natürlich nicht, aber ...«, sie suchte nach Worten, gestikulierte mit ihren Händen, »ich habe nicht vor, mich mit irgendeinem Pförtner rumzuärgern. Ansonsten ist der *Questore* ein Schulfreund meines Vaters. Wenn er aus dem Urlaub zurückkommt, kann ich auch über ihn die nötigen Informationen bekommen. *Va bene?*«

Es war sinnlos, weiterzudiskutieren. Elisabetta wollte die Geschichte, wenn überhaupt, nur unter der Hand regeln. Wenn sie meint, dachte Elena, soll sie gerne diskret vorgehen. Aber sie würde die Geschichte noch einmal mit Gigi besprechen.

Die Freundinnen saßen einen Moment schweigend nebeneinander. Das hatte Seltenheitswert. Zum Glück tobte in diesem Moment Beatrice mit Wutgeheul ins Wohnzimmer, ihre Barbiepuppe in der kleinen Faust. Die lange Mähne der Puppe war zum kurzen Bob gestutzt worden. Adam und Ben hatten beschlossen, Barbie solle so aussehen wie Elastigirl, die Heldin aus dem Comic-Film »Die Unglaublichen«.

***

Beißend kalt pfiff der Tramontana durch den schmalen Vico del Sole. Bei diesem ungemütlichen Wetter war nicht einmal in der Hurengasse Kundschaft in Sicht. Elena zog Benny zwischen den hohen Klostermauern und den schummrig beleuchteten Fenstern hinter sich her. »Ein kleines Stück noch, los, Benny, das schaffen wir!« Sie versuchte, ihrem nörgelnden Sohn etwas Abenteuergeist zu vermitteln. Sie stolperten über die Bretter, die über der Ausgrabung der römischen Straße lagen, und in den dunklen Innenhof von Gigis Palazzo.

»Uff, Benny. Du bist ein Superheld.« Elena lehnte sich von innen gegen das Tor und tastete nach dem Lichtschalter, doch die Beleuchtung im Hof gehörte offensichtlich zu den noch zu erledigenden Kleinigkeiten. Oben in der Wohnung war alles dunkel, nur die kleine runde Leuchte neben Gigis pompöser Wohnungstür gab etwas Licht. Der Onkel war offensichtlich noch unterwegs. Aber huschte da nicht ein Schatten durch die Arkaden der Loggia? Tatsächlich, ein flatterndes Gewand, das war unmöglich der Onkel. Wer trieb sich dort oben herum wie ein Gespenst und spähte in die dunklen hohen Fenster? Jetzt fiel Elena auf, dass das Hoftor offen gewesen war – hatte sie es nicht richtig zugezogen, oder sollte etwa jemand …? Keine Panik, ermahnte sich Elena, ruhig atmen. Die verhüllte Gestalt glitt an der Wohnungstür vorbei und langsam, Stufe für Stufe, die Treppe hinunter in den Innenhof. Elena griff nach Bens Hand. Sie fasste ins Leere.

»Ben!«, ihre Stimme erstickte, als sie sah, wie seine Silhouette sich zu ihr umdrehte, während er den Haufen Bausand hinunterhopste. Direkt auf die Gestalt zu. Dann ein Scheppern, gefolgt von einem schrillen »Aiiih!« – die geisterhafte Gestalt war über einen Spaten gestolpert. »Mamaaa!«, brüllte Ben im gleichen Moment und stürzte in Elenas Arme.

»Elena Margarethe? Bist du das?« Schlagartig erinnerte sich Elena an diese Stimme, die Sirene ihrer sonnigen Ferien. Kein Gespenst, kein Einbrecher, kein verirrter Freier – nur *Suora* Benedetta, ihre Tante, Gigis Schwester. Die Nonne und Elenas Vater waren die Einzigen, die Elena auch mit ihrem zweiten Namen ansprachen. Ein Name wie ein Trauma für rotzfreche Mädchen. Elena Margarethe von Eschenburg! Für die erwachsene Elena klang das nach goldenen Ohrclips mit Perle, Chanel No. 5 und Friseurtermin am Samstag zum Waschen-Fönen-Legen der mit dezenten blonden Lichtern versehenen gewellten Haare. Elenas Reaktion auf ihren feinen Namen fiel pampig aus, und dass er ihr immer noch nicht egal war, steigerte ihren Ärger noch. Außerdem hätte sie Tante Benedetta nun wirklich erkennen können. Absolut idiotisch, ihr Schreck, lächerlich.

»Tante Benedetta! Was machst du hier? Schleichst herum wie ein Gespenst ...«, platzte sie heraus.

»Also bitte! Ich habe mir Sorgen gemacht«, parierte Benedetta spitz. »Du hättest dich inzwischen ja mal bei deiner Tante melden können. Deinen kleinen Sohn habe ich seit seiner Geburt nicht ein einziges Mal gesehen! Und in welchen Verhältnissen wohnt ihr hier überhaupt? Willst du mich nicht hereinbitten?«

Elena tastete sich mit Ben die dunkle Treppe hinauf, wühlte nach dem Hausschlüssel in ihrem kleinen Rucksack, versuchte Zeit zu gewinnen. Das war ja ein traumhafter Einstieg. Benedetta war eigensinnig und neugierig wie in alten Zeiten. Vermutlich hatte sie mit Gloria in Hamburg telefoniert und wusste bestens Bescheid über zugige Fenster und marode Bäder – Elena hatte ihrer Mutter alles ausführlich berichten müssen. Die Nonne hätte diesen sündigen Ort sonst wohl kaum ohne ausdrückliche Einladung betreten. Den Kontakt zu ihrem schwulen Bruder beschränkte sie auf das Nötigste, doch seitdem Gigi in den Palazzo eingezogen und also Nachbar des Klosters war, konnte sie ihm auf der Straße kaum noch aus dem Weg gehen.

»Das Tor war nur angelehnt«, tadelte Benedetta, »du solltest vorsichtiger sein. In diesen Tagen sind unangenehme Menschen unterwegs, wie du vielleicht gehört hast. Wer sich an der heiligen Mutter Gottes versündigt, schreckt auch vor anderen Gräueltaten nicht zurück.«

»Ich habe dich schon im Fernsehen gesehen«, unterbrach Elena ihre kratzbürstige Tante. Ihr war kalt, sie wollte endlich ins Warme ... ins Warme? Sie sackte innerlich zusammen: Dafür musste sie erst ein Feuer im Kamin anfachen. Feuer ... Holz? Wo hatte Gigi noch Holz gelagert?

»*Santo cielo!* Diese Verwüstung im Amphitheater – ich wäre fast in Ohnmacht gefallen«, begann Benedetta. Das wäre allerdings ein bemerkenswerter Vorfall im Leben dieser zähen Frau gewesen. »Wie soll man sich noch sicher fühlen in dieser Stadt? Und wo ist mein werter Bruder? Lässt dich so ganz alleine durch die finstere Stadt ziehen ...«

Elena beunruhigte im Moment vor allem der Zustand ihrer Behausung, der Tante Benedetta heute möglicherweise doch noch das Bewusstsein rauben würde. »Das Böse breitet sich aus in dieser Stadt«, wetterte die Nonne, während

Elena die Tür aufschloss. »Das ist noch nicht das Ende, ich sage es dir. Pass gut auf deinen Sohn auf. Ist der Kleine wenigstens getauft?«

Jetzt reichte es Elena, sie drehte sich um und sagte sehr, sehr freundlich: »Liebe Tante Benedetta. Entschuldige, dass wir uns noch nicht gemeldet haben, aber sei beruhigt, es geht uns gut miteinander. Wir kommen gerne morgen früh bei dir vorbei.«

Benedetta stutzte. Es war klar, dass sie gar zu gerne die Wohnung besichtigt und nach dem Rechten gesehen hätte. Und wenn sie tatsächlich mit Gloria telefoniert hatte, hatte die Oma sie sicherlich daran erinnert, dass Benjamin immerhin ihr Großneffe und sie entsprechend Großtante war. Diese kleine Dosis Familiensinn dürfte gereicht haben, um ihren Eifer anzustacheln: Die Nonne würde Gigi nicht das Feld überlassen, sie würde es sich nie verzeihen, falls aus dem Kleinen auch so einer wie ihr Bruder würde.

»Nun, dann, also gut«, lenkte die Nonne ein. »Morgen ist der letzte Schultag vor Weihnachten, ihr findet mich im Eingang unseres Institutes, dein Onkel weiß, wo das ist ...«

Hinter ihr brummte eine tiefe Stimme: »Wen haben wir denn da? Benedetta, in diesem verruchten Palazzo! Was für eine Überraschung!«

»Giuseppe!«, kreischte die Nonne und fuhr herum. »Madonna! Glaub nicht, dass ich mich erschrecke!« Sie funkelte ihren Bruder an, eilte mit einem kurzen »*Buona notte* und bis morgen, Elena Margarethe!« die Treppe hinunter und durch das Hoftor hinaus.

»Nun, da bin ich, *buona sera a tutti!*«, rief der Onkel und breitete mit großer Geste die Arme aus. Ben sprang ihm jubelnd auf den Bauch. »Stell dir vor: Ich habe eben den

20 000-Euro-Schrank verkauft! Jetzt ist Weihnachten, *bella mia!*«

Erst ihre Tante mit ihrem moralisch wertvollen Vortrag, dann ihr Onkel ständig lustig wie ein Lachsack, und jetzt die lausekalte Wohnung – echte Freude wollte bei Elena nicht aufkommen. Ben guckte irritiert zwischen beiden hin und her und krähte auf Italienisch: »*Ho fa-me!*«

»Hunger! Genau! Ich auch!«, rief Onkel Gigi und säuselte seiner giftigen Nichte ins Ohr: »*Bella mia,* würde es dir etwas ausmachen, uns hungrige Wölfe und dir zu Füßen ergebene Ehrenmänner zum Dinner in die *Osteria Fichi d'India* zu geleiten?«

11

»Michele, komm einen Moment her! Wir brauchen noch einen Tisch!«, rief Antonio vom Eingang quer durch die voll besetzte Osteria. Elegant balancierte der junge Römer gerade ein Tablett mit dampfenden Tellern über den Köpfen der Gäste – gelernt war gelernt. Der frischgebackene Onkel war äußerst zufrieden mit seinem neuen Kellner – und Neffen. Er war freundlich, aufmerksam, schnell. Hatte nichts mehr von dem hungrigen, verwirrten Kerl, der vor zwei Tagen bei ihm aufgetaucht war.

Zwischen den laut schwatzenden Gästen, die voller Genuss die Teller mit Donatas bodenständigen Gerichten leerten, fühlte sich Michele wie ein Fisch im Wasser. Fast zumindest. Wäre da nicht noch der Nebel in seinem Kopf gewesen, die Folgen der *limoncello*-Flasche, die er mit seinem Onkel gestern Nacht beim Rauchen einer Zigarre auf der Dachterrasse geleert hatte. Hausgemachter Zitronenlikör, dazu eine Art Friedenszigarre.

Er schaute zur Tür, dort warteten Gäste, eine Frau mit wuscheligen braunen Locken und wachen blauen Augen, die neugierig die alten Fotos an den Wänden betrachtete. Neben ihr ein älterer, eleganter Herr mit einem kleinen, rotblond gelockten Jungen auf dem Arm, der vermutlich seinem Opa die lustige, aber völlig unpassende, bunt geringelte Pudelmütze wieder und wieder über die Augen ziehen durfte.

»Einen Tisch für die drei«, unterbrach Antonio seine interessierten Beobachtungen. »Der kleine aus der Küche, den schieben wir dort in die Ecke, *capito*? Das da ist übrigens Giuseppe, also Gigi, ein Freund, der versteht etwas von gutem Essen.«

Sein Neffe nickte und stieß die Tür zur Küche auf. Donata schien ihn nicht zu bemerken, rührte stoisch in ihrem Soßentopf. Sie hatte gestern Abend ziemlich unverhohlen klargemacht, dass Michele schleunigst nach Rom zurückgehen solle. Dort gehöre er doch eigentlich hin. Als Michele aufstand, um auf die Toilette zu gehen, hörte er, wie sie ihren Mann anzischte: »*Famiglia, famiglia,* wovon redest du, Antonio? Willst du, dass jetzt, nach bald dreißig Jahren, alles herauskommt? Hast du überhaupt eine Ahnung, was das bedeutet?«

Als Michele zurückkam, war sie ins Bett gegangen. Antonio und sein Neffe blieben allein und zogen zum Rauchen und Trinken hinauf auf die Dachterrasse.

Vorher, als sie mit Donata zusammengegessen hatten, hatte zuerst Michele begonnen, von seiner Mutter Lucia zu erzählen, von ihrem Leben in Rom, der Osteria, ihrem Tod. Von der Postkarte. Dann war Antonio dran. Stockend, immer mit vorsichtigem Blick zu seiner Frau, hatte er die Geschichte von seiner Schwester Lucia zusammengestückelt, die mit 18 Jahren einfach abgehauen war aus dieser vergessenen Provinz im Süden des Südens. Sie hatten eine Postkarte aus New York von ihr bekommen – »Weiß der Himmel, wie sie dahingekommen ist« – und das war das letzte Lebenszeichen gewesen. Vorsichtig hatte Antonio Bruchstücke rausgerückt, Teile eines Mosaiks, die nicht wirklich zusammenpassten und schon gar nicht erklärten, warum Lucia nie wieder nach Lecce zurückgekommen war.

Der zweite Akt der Familienzusammenführung, als Onkel und Neffe alleine mit hausgemachtem Zitronenschnaps und Zigarre auf der Dachterrasse saßen, fiel ungleich turbulenter aus. Michele löcherte den Bruder seiner Mutter. Er sah ihr so fürchterlich ähnlich, dass Michele es kaum aushielt, ihn anzuschauen. Doch mit steigendem Alkoholpegel schleuderte er Antonio immer mutiger alle Fragen entgegen, die ihm seit dem Fund der Postkarte durch den Kopf gegangen waren, seine Trauer über Lucias Tod und, nach den ersten ehrlichen Antworten, auch seine Wut. Der alte Mann gab erschöpft auf. Er erzählte, was er wusste. Nach fast dreißig Jahren – eine Erlösung. Auch wenn Michele erbost war, sich betrogen fühlte von Gott und der Welt und ja, auch von seinem Onkel. Er sprang auf, tobte über die Terrasse, starrte zum erleuchteten Glockenturm des Doms hinüber, zog erregt an seiner Zigarre. Er rauchte selten, Tabak und Alkohol nebelten sein Hirn ein, ließen ihn schwindeln, er musste sich an die Brüstung lehnen. Nicht bewegen, nur nicht abheben, in diesem Tornado entschwinden. Bleib hier, befahl er sich, bleib hier. Lucia hätte es gewollt, sie hatte die Postkarte für ihn aufgehoben. Atmen, weiteratmen. Er spürte die Steine wieder unter seinen Händen, das Karussell im Kopf drehte sich langsamer und blieb endlich stehen.

Der kleine alte Mann saß immer noch auf der Holzbank gegenüber. Wartete auf ihn. Kein Wind, gar nichts, nur Stille und Nacht. Als ob für einen Moment die Welt verharrte. Michele setzte sich neben seinen Onkel und da saßen die beiden und schauten in die Nacht. Onkel und Neffe.

Beim Abschied schlossen sie einen Pakt: Antonio war offiziell nicht sein Onkel, kein Wort zu niemandem! Dafür blieb Michele bis auf Weiteres in Lecce und half als »junger

Maler aus Rom« in der Osteria aus. Donata würde sich beruhigen und ein gut aussehender Kellner den Ruf der alteingesessenen Osteria aufpeppen.

Antonios warme, kräftige Hände auf seinen Schultern waren das Letzte, woran Michele sich erinnerte. Dann ein Filmriss, ein gigantisches Loch, bis er am Morgen auf seinem Bett in der Pension aufwachte, in den Klamotten des Vortags und mit einer dumpfen Wut, die immer noch wie eine entzündete Wunde pulsierte.

Offensichtlich war er, wann und wie auch immer, nicht gerade auf leisen Sohlen in sein Pensionszimmer geschlichen. Als er am Nachmittag aus der Dusche schlappte, stand ihm jedenfalls die dralle Pensionswirtin gegenüber und reichte ihm kurz und trocken seine Rechnung mit dem Kommentar, ihr Haus sei keine Absteige für besoffene Rüpel. Er erinnerte sich wenigstens noch an seine Verabredung mit dem Onkel, packte die Reisetasche zusammen und erschien pünktlich zum Dienst in der Osteria.

»Als Allererstes bitte eine *pasta al sugo* für unseren kleinen Helden mit dem großen Hunger!«, bestellte Onkel Gigi, noch bevor sich die ungewöhnliche kleine Familie gesetzt hatte.

»*E Coca-Cola!*«, rief Ben. Das war international verständlich.

»Wasser«, verbesserte Elena ihren Sohn geduldig. »Das heißt: *un litro di acqua naturale, per favore.*«

»*Subito!*«, lächelte Michele. »Schon erledigt!«, verschwand in der Küche und kehrte bald mit einem Teller süßlich duftender *orechiette* zurück, kleiner Öhrchen-Nudeln aus Weizenmehl in Tomatensauce.

Die erste Gabel voll begutachtete Ben lange und ausgiebig, bevor er sie vorsichtig in seinen Mund schob und kostete. Doch dann begann er glücklich zu schaufeln, bis kein einziges Öhrchen mehr übrig war.

»Guck dir das an, Gigi«, staunte Elena. »So viel isst er sonst nie!«

»*Zio*, meine Liebe, *Zio* Gigi!«, entgegnete der Onkel. »Tu mir den Gefallen.«

Michele, der gerade die erste Fuhre *antipasti* aufdeckte, musste grinsen. Dieser Onkel legte wahrhaftig Wert auf seinen Titel, so etwas gab es also auch. Der junge Kellner stellte sorgfältig Teller um Teller auf den Tisch und präsentierte jeden einzelnen wie ein kleines Geheimnis: eingelegte Paprika, gefüllte Auberginenröllchen, *polpette* – Fleischklößchen – aus Pferdefleisch, marinierte Tintenfische, Karotten mit Minze, scharf eingelegte Oliven, salzige *ricotta*, rauchige *scamorza* – die *antipasti* nahmen kein Ende und Elenas Augen leuchteten.

»Das ist ja wie früher, sonntags bei *Nonna* Giosefina.«

Michele stellte wie zufällig das Tablett neben dem Tisch ab. Schaute sie kurz an. Zog sein Gummiband aus den Haaren. Wie alt mochte diese Nichte sein? Er strich sich eine Strähne aus dem Gesicht. Mitte dreißig? Vielleicht. Fasste seine glatten braunen Haare wieder zu einem Pferdeschwanz zusammen. Und wand das Gummiband darum. Vermutlich war sie zu Besuch. Michele lächelte entschuldigend.

»Sind Sie neu hier?«, fragte Gigi und betrachtete den jungen Mann. Michele nahm das Tablett und nickte: »Mein erster Tag heute.«

»Nun, es werden hoffentlich viele weitere folgen«, Gigi lächelte beschwipst. Er hatte in seiner allerbesten Laune einen ausgezeichneten Wein bestellt, »wir haben doch etwas zu feiern, nicht?«, und bereits vor dem Essen ausgiebig gekostet. Elena wechselte einen verständnisvollen Blick mit dem jungen Kellner.

Gigi guckte ihm hinterher, wandte sich Elena zu und lächelte verschwörerisch. »Ich vermute, er findet dich attraktiv. Sehr hübsch, du solltest dich auf andere Gedanken bringen lassen.«

So ein Blödsinn. Elena verdrehte die Augen und beugte sich über den Tisch zu Onkel Gigi. »*Bello mio,* sorge dich nicht: Seitdem ich in Lecce bin, habe ich mehr als genug ›andere Gedanken‹. Die reichen mir bis auf Weiteres. *Salute!*«, und nahm einen kräftigen Schluck Wein.

Zwischen *antipasti* und der Pasta mit Kichererbsen – »So einfach, aber so gut!«, lobpreiste Gigi sie vorab, während Elena nach diesen *antipasti* gerne direkt zum Nachtisch übergegangen wäre – kuschelte sich Ben auf dem Schoß des Onkels ein. Elena erzählte von ihrem Besuch bei Elisabetta und der verschwundenen nigerianischen Schwester.

»Elisabetta will mit dem *Padre* reden, der das Immigrantenheim betreut. Ich würde ja einfach anrufen oder hinfahren, aber sie meint, das könne man so nicht tun.« Elena schnaufte empört und legte die Gabel neben den Teller. »Elisabetta will also über ihre Mutter, die vermutlich seine Mutter kennt, ein Treffen mit dem *Padre* arrangieren.«

»Ja, ja, alles die gleiche Mischpoke, alles die feine Lecceser Gesellschaft«, unterbrach Onkel Gigi sie mit vollem Mund und wenig erstaunt. »Die bleiben unter sich, alles Inzucht und alle haben irgendwelche Leichen im Keller. Das verbindet. Die lassen sich nicht einfach in die Karten gucken. Jeder weiß was Ekliges vom anderen und am Ende des Tages redet keiner über gar nichts.«

»Und was hat das mit Blessings Schwester zu tun?«

»Du wirst zugeben müssen, dass man in Lecce mit Kontakten zu illegalen Nigerianerinnen nicht gerade *bella figura* macht. Diese Schwester aus Nigeria wird kaum mit einem ordentlichen Visum ausgestattet sein. Eine illegale Immigrantin, das wäre eine hübsche Leiche im Designerkeller deiner Freundin Elisabetta.«

»Das ist doch wirklich feige«, ärgerte sich Elena.

»Aber du musst nicht wieder die ganze Welt retten, meine Liebe«, meinte Gigi. »Lass Elisabetta mal machen. Die wird schon wissen, wie sie in Lecce an die richtigen Leute und Informationen rankommt.«

»Kennst du nicht zufällig den *Padre?*«

»Gott bewahre«, Gigi schmunzelte, »wir sind zwar ungefähr das gleiche Baujahr, aber meine Eltern waren ja einfache Leute und er kommt aus einer der wirklich reichen, mächtigen Lecceser Familien. Erstaunlich, dass er *Padre* geworden ist – bei dieser Familie. Irgendwie aus der Art geschlagen. Er hat sich damals mächtig ins Zeug gelegt, als die ersten Boatpeople aus Albanien an der salentinischen Küste landeten. Während die Lecceser diese Flüchtlinge noch wie grüne Männchen angestarrt haben, hat der *Padre* schon höchstpersönlich Spenden gesammelt und bewegende Predigten gehalten.«

Gigi hob Blick und Hände gen Himmel. »Ich habe mit der Kirche ja sonst nichts am Hut, aber damals habe sogar ich gespendet und Weihnachten haben Ettore und ich unseren Tisch für eine Flüchtlingsfamilie aus Tirana gedeckt. Das war diese Initiative ›Ein Platz an unserem Tisch für ...‹ Also, ich glaube, der ist ein guter Kerl und seine Eltern haben sich wahrscheinlich gedacht, ein *Padre* in der Familie schadet nichts – so als direkten Draht nach oben.«

Der Spott blitzte aus Gigis Augen, er nahm einen Schluck Wein und bemerkte erst jetzt, dass Michele am Tisch stand. Der hatte geduldig eine Pause im Gespräch abgewartet, um die beiden Teller mit breiten Nudeln und Kichererbsen angemessen zu servieren.

»Meine Gotteslästerei haben Sie aber nicht gehört, oder?«, scherzte Gigi.

Michele betrachtete zärtlich Ben, der auf Gigis Schoß eingeschlummert war. »Ich habe in der Osteria meiner Mutter früher immer auf zwei oder drei zusammengestellten Stühlen geschlafen.«

»Keine schlechte Idee«, erwiderte Gigi, dem der Duft der Pasta in die Nase stieg, während Ben selig und schwer in seinen Armen hing. Doch Elena war bereits aufgestanden und schüttelte an einem Gerät herum, das Gigi bislang für einen unförmigen Regenschirm oder so etwas gehalten hatte, das sich nun aber zu einem Buggy auffaltete.

»Erstaunlich, du bist wirklich erstklassig organisiert«, lobte Gigi und bettete Ben vorsichtig in den Kinderwagen, den der Fünfjährige normalerweise zwar nicht mehr benutzte, der aber bei solchen Gelegenheiten doch immer noch ungemein praktisch war. Nun schob Michele noch vorsichtig einen Stuhl unter die Beine. Die beiden Männer begutachteten ihr Werk.

»Perfekt.« Gigi klopfte dem Kellner auf die Schulter: »Ich bin übrigens Gigi, der Antiquitätenhändler.«

»*Piacere*, Michele, der Kellner ...«, beide lachten, »und Maler, aus Rom«, gaben sich gegenseitig einen Knuff auf die Schultern, wie echte Kumpel das tun, dann verschwand Michele wieder in der Küche.

Die *involtini* mit Rosmarinkartoffeln waren bis auf den letzten Soßenklecks aufgestippt, die zweite Flasche Wein geöffnet und die *dolci* vertilgt – »Nein, bitte keinen Nachtisch mehr«, jammerte Elena lachend, ließ sich aber doch noch vom Onkel ein, zwei Löffelchen *flan* mit Karamell in den Mund schieben.

»Man muss dich wirklich zu deinem Glück zwingen«, alberte der Onkel mit einem ernsthaften Ton in der Stimme und bestellte Kräuterlikör zur Verdauung. »Donatas wahre Passion, ihre Likörchen. Die musst du probieren.«

Die Osteria hatte sich geleert, Michele brachte die Rechnung und begann, die letzten Tische abzuräumen.

»War alles in Ordnung?«. Antonio, der Wirt, kam an ihren Tisch. Onkel Gigi verdrehte schwärmerisch die Augen. »*Ottimo, ottimo!*«

Antonio dankte mit einer leichten Verbeugung, zog einen Stuhl heran. »Darf ich?«

»Mit Vergnügen! Sag mal ...«, Gigi lehnte sich verschwörerisch zu dem Wirt hinüber: »Darf ich fragen, wie du zu diesem charmanten, gut aussehenden Kellner gekommen bist?« Er nickte anerkennend. »*Bella figura*, aufmerksam, freundlich – das war doch sonst nicht der Stil deiner Kellner.«

»Über Michele wollte ich mit dir sprechen, Giuseppe. Ich habe ein kleines Problem ...«, Antonio zerknüllte die unbezahlte Rechnung und schaute fragend zu Elena.

»Das ist Elena, meine bezaubernde Nichte aus Deutschland, sie wohnt jetzt mit ihrem Kleinen bei mir und darf alles hören, was du zu beichten hast«, sagte der Onkel scherzhaft. Wenn Antonio ihn Giuseppe nannte, war es ernst. »Also los, was ist mit deinem Maler aus Rom? *Vai* ...«, ermutigte ihn Gigi und wedelte mit der Hand.

»*Allora*, Giuseppe, wir kennen uns schon lange und ich wollte dich um einen Gefallen bitten.«

Vorsichtshalber senkte Antonio die Stimme und fiel in einen Lecceser Dialekt, sodass Elena nur noch Bruchstücke verstand.

»Es ist so, dass Michele ein Zimmer oder eine kleine Wohnung braucht. Er kommt ja aus Rom und möchte ein paar Monate in Lecce bleiben. Hast du nicht ein Zimmer übrig? Mach dir um die Miete keine Sorgen, die bezahle ich.«

Eine einfache Frage – warum war der Wirt so nervös?

»Geht mich zwar nichts an, aber seit wann kümmerst du dich so herzlich um deine Kellner?«

Antonio wand sich, hob die offenen Handflächen: »Eehh, so einen Kellner findest du eben nicht leicht und er ist aus Rom, kennt niemanden hier – eeehh, du weißt doch, wie das ist.«

Nein, eigentlich wusste Gigi das nicht. »Jetzt mal ehrlich: Was bitte will ein junger Mann aus Rom im Winter in diesem verregneten Kaff? Im Sommer – ja! *Che bellezza la nostra Lecce!* Aber jetzt? Der ist doch morgen wieder weg.«

»Ist er nicht, Giuseppe«, Antonio raunte jetzt nur noch und fasste nach Gigis Hand, »hör zu, ich habe vor vielen Jahren einen Fehler gemacht...«

»... und er ist dein heimlicher Sohn?«, giggelte Gigi sensationslüstern und grinste bis zu den Ohren.

»Nein, Blödsinn!«, empörte sich Antonio. »Seit wann kennst du mich? Eh? Ich war zwar auch mal ein hübscher Kerl und nicht unbedingt als züchtiges Engelchen verschrien, aber Herr im Himmel, wer war das schon? Seitdem Donata mein Leben übernommen hat, hat es keine Missverständnisse mehr mit anderen *ragazze* gegeben. Das solltest du doch bitte wissen, eh?« Antonio hatte sich echauffiert, Gigi tätschelte ihm die Hand.

»*Bene, bene.* Du bist ein treuer Kerl, ich weiß. Deine Fürsorge für einen hübschen Kellner in allen Ehren – aber warum?« Gigi starrte seinen Lieblingswirt mit großen neugierigen Augen an.

»Pass auf, ich erkläre es dir, aber kein Wort – zu niemandem«, Antonio schaute sich um, sie waren inzwischen allein in der Osteria, trotzdem wisperte Antonio nur. »Er ist mein Neffe. Ja, ganz richtig, mein Neffe. Erinnerst du dich an meine Schwester Lucia? Ich dachte immer, sie wäre in Amerika, New York oder so. Dreißig Jahre höre ich nichts von ihr und jetzt taucht ihr Sohn Michele auf.«

»Wo ist das Problem?«

»Sie ist meinetwegen weggelaufen, es war meine Schuld! Vielleicht auch wegen Donata, die beiden zusammen in der Küche ...« Antonio verdrehte die Augen, »*un disastro*. Nichts als Streiterei und am Ende verkochte Pasta. In jede Küche passt nur ein Genie.« Antonio seufzte und schaute sich nach Michele um, der gerade mit einem Stapel sauberer Teller aus der Küche kam, sie in ein Regal der Anrichte schob und wieder in der Küche verschwand.

»Vor einigen Wochen ist Lucia an Krebs gestorben. In Rom, Gigi, in Rom. Nichts mit New York! Und ich hatte keine Ahnung, dass sie in Italien geblieben ist. Ich habe sie nie wiedergesehen. Nicht einmal vor ihrem Tod.«

Antonio schüttelte traurig den Kopf, strich sich mit der Hand über das Gesicht.

»Deinetwegen ist sie weg?«

Antonio guckte beschämt auf den Boden, das hatte er alles gar nicht erzählen wollen, er brabbelte sich um Kopf und Kragen, Schluss jetzt. »Ich kann dir nicht mehr sagen, wirklich nicht. Jedenfalls will ich Michele nicht auch noch verlieren – *capisci?*«

Der Wirt sah ihn mit einem Flehen an. »Kann er nicht dein Freund sein?«

»Michele? Klar!«, freute sich Gigi, und Antonio errötete bis ins Zentrum seines dürftigen grauen Haarkranzes.

»Also nicht so, Giuseppe, bitte. Einfach ein Bekannter von dir, ein junger Künstler aus Rom, der den Lecceser Barock studiert.«

»Noch mal langsam: Er ist dein Neffe. Das soll, warum auch immer, niemand in unserem Städtchen mitkriegen, richtig?«

»Richtig«, Antonio nickte ergeben.

»Warum kann er nicht bei dir wohnen? Könntest du mir nicht einfach erklären, worum es tatsächlich geht?«

»Nein!«, zischte der Wirt, der langsam die Geduld verlor, »außerdem will ihn Donata eigentlich gar nicht in Lecce haben, ich kann froh sein, dass sie Michele als Kellner duldet. *Ti prego, Giuseppe,* er ist einfach ein Freund von dir, aus Rom, Maler, Student. Wohnt bei dir, jobbt bei mir. Passt doch irgendwie, oder?«

Antonio sah Gigi bittend an und Gigi nickte mit einem tiefen Seufzer. Wer wollte es sich schon mit dem Wirt einer der besten Osterias des Salento verscherzen? Gigi sicherlich nicht.

»*Va bene, va bene.* Wenn es dir hilft: Er kann in den beiden kleinen Räumen hinter meinem Laden wohnen, da gibt es eine Kochnische und ein kleines Bad. Ist im Erdgeschoss, nicht besonders hell, für einen Maler ein dunkles Loch. Alles einfach, aber es funktioniert. Nur nicht für die Ewigkeit.«

Der Wirt nahm Gigis Gesicht dankbar zwischen seine Hände, fixierte einen Moment dessen Augen und küsste ihn dann fest links und rechts auf die Wange.

Gigi erhob sich. »Wann zieht er ein?«

»Heute?«

»Ts, ts«, Gigi wackelte mit dem Zeigefinger. »Morgen. Heute kann ich ihm höchstens noch eine Matratze zwischen den Farbeimern auf Elenas Baustelle anbieten. Mein Salon ist bereits belegt.« Er zeigte auf Elena und den schlafenden Ben.

»*Va bene*«, Antonio klopfte Gigi dankbar auf die Schultern, der wiederum verkündete: »So lasst uns gemeinsam den Palast besichtigen, der uns allen eine Herberge sei!« Er hatte wirklich einen Hang zur Oper.

***

Schon wieder *limoncello*. Gigi hatte zu einem »Gute-Nacht-Schluck« in seinen *open space-eeh* geladen.

»Aber ich bitte dich, Michele. Dieser *limoncello* ist hausgemacht!« Gigi legte kumpelhaft den Arm um Micheles Schultern.

Fatto in casa, dem war nicht zu entkommen. Es ging nicht um irgendeinen *limoncello* aus irgendeinem Supermarkt, vor dem hätte Michele sich drücken können. Nicht aber vor einem heiligen Hausgemachten. *Fatto in casa* – das war ein Gütesiegel und ein ernst gemeintes »*No, grazie*« eine barsche Beleidigung.

Leider garantierte der selbst zusammengerührte Likör angesichts der oft maßlosen Zugabe von Zucker am nächsten Morgen ein Brummen im Kopf und den hatte Michele nun gerade erst entlüftet. Doch der junge Mann war tapfer, lächelte seinen charmanten Vermieter an und genehmigte einen kleinen Schluck, aber wirklich nur einen Tropfen, höchstens eine Fingerbreite. Gigi goss ihm befriedigt zwei dicke Daumen ins Gläschen, stieß an und wandte sich wieder Antonio zu.

Der streckte sich zufrieden und erleichtert auf der Chaiselongue aus, während Gigi um ihn herum stolzierte und über das Abenteuer seiner jahrelangen Renovierung palaverte. Antonio war sichtlich beeindruckt.

»Unten im Hof willst du die alten Lagerräume auch noch renovieren? Ist da noch Piero, dieser Halunke? Der hatte da doch seine Werkstatt, in der er meine alte Vespa endgültig hingerichtet hat?«

»Hatte, ganz richtig. Hatte!«, Gigi lachte triumphierend und gab die Geschichte vom Motorradmechaniker zum Besten, der den einst lieblichen Innenhof als Schrottplatz und Ersatzteillager missbraucht hatte. Nach einigen freundlichen Aufforderungen, Piero möge sich eine neue Werkstatt suchen, die dieser drei Jahre lang ignorierte, stattete ihm Gigis findiger Anwalt einen Besuch ab. Er wies auf einige Öllachen sowie diverse Regelungen zum Grundwasserschutz hin und drohte schließlich mit einer Meldung beim neu eingerichteten Umweltamt der Stadt. Deren Mitarbeiter waren jung, höchst motiviert und in der Lage, mit allerlei EU-Verordnungen und Irgendwann-mal-erlassenen-Gesetzen, von denen bislang noch nie jemand gehört hatte, zu einem bürokratischen Marathon anzutreten. Der geringste Schaden wäre die Schließung der Werkstatt. Das begriff selbst Piero und zog schließlich »freiwillig« mitsamt seinem Schrott aus.

Michele schaute sich bewundernd im *open space-eeh* um und während Gigi Antonio seine Pläne zur Rekonstruktion des Erdgeschosses für die nächsten 25 Jahre darlegte, näherte er sich langsam der Küche und der Spüle, um unauffällig seinen *limoncello* zu entsorgen.

»*Salute!*«

Er drehte sich um. Elena lächelte und erhob ihr Glas. »Hat dir Gigi schon gezeigt, wo du übernachten kannst?«

Michele blickte sie an, direkt in die blauen Augen. Einen Moment und noch einen und Elena schien es, als blinkten Sternchen in seinen Augen. Dann fragte er so selbstverständlich, als wolle er mal eben wissen, wie spät es sei:

»Wo geht bei dir die Sonne auf?«

»Bitte?« Elena fühlte, wie ihre Knie nachgaben und sich ein flaumweiches Gefühl im Magen ausbreitete. Dieser Blick, dieses Lächeln, diese absurde Frage ... »Wie bitte?«

»Dein Onkel hatte mir eine Matratze in deiner Wohnung, oder auch Baustelle, angeboten – das ist doch hier irgendwo ...« Michele drehte sich und breitete die Arme aus wie ein Tänzer. »Dann musst du doch wissen, wo die Sonne aufgeht?«

»Was weiß ich ...« Stille. Elena war sowieso schon schwindelig nach dem Wein und den Likören und Gigis Selbstgemachtem und nun das hier. Sonne, Sonne, welche Sonne?

»Glaub mir, das ist wichtig. Du solltest immer wissen, wo die Sonne aufgeht.« Michele ließ ihren Blick nicht los.

»Aber es regnet doch ständig ...« *Mamma mia!* Noch ein kleiner Exkurs zu den Sturmwarnungen des Meteorologischen Institutes gefällig? Ihre Antwort passte zum beschwingten Flirt wie Birkenstocksandalen zum Cocktailkleid.

»Michele! Noch ein Schlückchen? Nicht schlecht, der *limoncello*, oder?« Elena atmete auf und hielt Gigi ihr Glas hin.

Als irgendwann später alle Anwesenden ihre jeweiligen Matratzen gefunden hatten und Elena sich endlich in ihre Decke am Kamin kuschelte, drehte sich der Salon um sie herum. Wann war ihr das zum letzten Mal passiert? Sie sackte langsam in wohligen Schlaf, nur ein letzter Gedanke streifte sie noch wie eine Sternschnuppe:

Dieser Michele, der da hinter der Schiebetür schlief, wie alt mochte der eigentlich sein?

12

Am nächsten Morgen war der versprochene Besuch bei Tante Benedetta fällig. Die Nonne war Pförtnerin in der Privatschule ihres Ordens. Hinter ihrer Loge öffnete sich die Eingangshalle, in der ein prächtiger Weihnachtsbaum funkelte. Drumherum standen festlich gedeckte Tische eines kleinen Bazars. Mütter und Nonnen verkauften zu wohltätigen Preisen eifrig Blumentöpfe mit Christsternen in allen Größen. Es gab gestickte Tischdecken, Strohsterne, selbst gezogene Kerzen und Krippenfiguren, Engel und Jesuskinder in Körbchen und Krippen in allen denkbaren Varianten. Dazu natürlich *panettone,* riesig aufgeblasene Kuchen mit Puderzucker bestreut.

Ben bekam leuchtende Augen – und Elena ein schlechtes Gewissen. Weihnachten! Sie schämte sich. Wenigstens ein Weihnachtsbaum musste her. Am liebsten wäre Elena sofort losgelaufen.

Suora Benedetta wirkte am Morgen nach ihrem Gespensterauftritt wie weichgespült und führte ihre Nichte und ihren Großneffen milde lächelnd durch das ehemalige Kloster, der traditionellen Bildungsanstalt der wohlhabenden Lecceser Familien.

Das wuchtige Gebäude verbarg sich am Rande der Altstadt hinter hohen Mauern. Die Auffahrt zog sich durch einen großzügigen, tropisch anmutenden Park. Hinter der Schule lagen ein Orangenhain, zwei Fußballplätze und ein kleiner Pinienwald, der bei gutem Wetter als Schulhof diente: Eine Oase mitten in der Lecceser Häuserwüste, das konnte sich nur die katholische Kirche leisten.

Als der Spielplatz mit dem Klettergerüst in Sicht kam, tobte Ben los und turnte einen Augenblick später zwischen den obersten Sprossen herum – zum Schrecken der Nonne.

»Benjamin! Komm runter! Vorsicht! Du kannst dir wehtun. Komm zu deiner Mutter!«

»Lass ihn, Benedetta. Er kann das«, versuchte Elena die alte Tante zu beruhigen.

»Er bricht sich alle Knochen, wie willst du ihn auffangen?« Sie schüttelte verständnislos den Kopf, doch Elena sah, dass sich die Nonne zusammenriss, sie wollte offensichtlich weitere Streitereien vermeiden.

»Komm, setzen wir uns«, sagte sie versöhnlich und ließ sich – Ben fest im Blick – auf einer Bank unter einer Schirmpinie nieder.

»Ich freue mich sehr, dass ihr hier seid, Elena Margarethe. Ihr wollt, wie ich hörte, ja auch länger bleiben«, begann sie. »Das ist wirklich sehr schön, nach allem, was du durchgemacht hast ...«

Benedetta schaute ihre Nichte mitleidig an. *Mamma* Gloria hatte offensichtlich das Ehedrama ausgeplaudert. Elena lächelte und da sie auch nach einer erwartungsvollen Pause nur konstant lächelte und keine Details preisgab, holte *Suora* Benedetta liebenswürdig zur Großtantenattacke aus und sinnierte: »Wie würde es Benjamin wohl gefallen, unsere Schule zu besuchen?«

Bei Elena schrillten sämtliche Alarmglocken. Ben unter Benedettas Fuchtel, das ging gar nicht. Zudem war der Junge weder katholisch noch getauft.

»Benedetta, wir sind nicht religiös.«

»Oh, kein Problem, wir hatten hier sogar schon Muslime. Englische Kinder, französische Kinder – wir heißen alle willkommen.«

Solange sie zahlen, dachte Elena spöttisch und sagte: »Ben ist außerdem noch zu jung, er soll frühestens im Herbst in die Schule gehen.«

»Bis dahin sollte er Italienisch sprechen. Wir haben hier auch eine Vorschule mit sehr gutem Ruf. Die Lehrerinnen sind zwar keine Nonnen, aber wirklich so ...« sie ballte anerkennend die Faust – welch erstaunlich sportliche Geste für eine Nonne! Sollte vermutlich heißen: Die Lehrerinnen haben die Schüler gut im Griff.

»Die Kinder deiner Freundin Elisabetta sind übrigens auch hier, Benjamin hätte sofort Freunde.«

Suora Benedetta fühlte sich offensichtlich der Mission verpflichtet, ihrem kleinen Großneffen zu einem Dasein als anständigem Erdenbürger zu verhelfen. Und sie konnte ekelhaft hartnäckig sein.

»Plätze sind auch frei, ich habe schon mal nachgefragt«, setzte die Tante noch einen drauf. War das hilfsbereit oder missionarisch? Elena wurde unsicher. Ben könnte nach Weihnachten diese *scuola materna* erst einmal ausprobieren und nach ein paar Tagen entscheiden. Irgendeinen Kindergarten musste Elena sowieso für ihn finden.

Etappensieg für *Suora* Benedetta.

***

»Einen größeren Baum haben Sie nicht?«, fragte Elena und betrachtete mitleidig das dürre Tännchen im Blumentopf, das mehr Ähnlichkeit mit einem gerupften Hühnchen als mit einem Weihnachtsbaum hatte. Vor dem Gewächshaus standen Palmen und Farne, allerlei buschartige Gewächse, nur eine Tanne war nicht in Sicht.

»Bei uns im Salento wachsen Olivenbäume, *Signora*, keine Tannen«, bemerkte der Gärtner. »Die hier ...«, und er zeigte auf das magere Huhn, »kommt aus Ravenna« – gleichsam aus einer anderen Welt, hoch oben im Norden. Er ging ins Gewächshaus und bedeutete Ben und Elena mitzukommen. »Wenn Sie einen richtigen Weihnachtsbaum haben wollen, dann nehmen Sie so etwas hier. Das ist ökologisch.«

Der Gärtner blieb in einem Wald bunt geschmückter Tannen stehen, satt und prall sahen sie aus, im kräftigen Grün glänzten goldene und violette Kugeln, blinkten munter elektrische Lichterketten in Rot-Grün-Gelb-Blau-Rot-Grün-Gelb-Blau.

»Toll, den will ich haben!«, Ben hüpfte vor Freude. Elena musste zwei Mal hingucken, dann fasste sie einen dunkelgrünen Zweig ungläubig an: Plastik.

»Da staunen Sie, was? Dieser Baum nadelt nicht, ist sauber und fertig geschmückt. Einklappen, in die Schachtel stecken und nächstes Jahr wieder aufstellen. Kinderleicht, in fünf Minuten erledigt.«

Ein echter Plastikbaum aus der Gärtnerei. Vielleicht doch lieber das magere Huhn? Plastik, praktisch und abwaschbar kam jedenfalls nicht ins Haus. Elena traute ihrem Onkel allerdings zu, dass er so ein wiederverwertbares Teil schon hatte und es morgen – magisch, magisch, *grande sorpresa* – aus der Tüte ziehen würde. Aber sie wollte ihn auch mal überraschen und einen Hauch deutsche Kultur durch den Palazzo wehen lassen. Nur wo bitte war zwei Tage vor Weihnachten auf diesem letzten Zipfel Italiens, der vollstand mit Olivenbäumen und außerdem noch Olivenbäumen, wo war hier eine gut gewachsene nordische Tanne aufzutreiben?

Elena wollte nicht klein beigeben. »Benny, wir finden bestimmt einen noch Schöneren«, versuchte sie sich in Zuversicht und zog den enttäuschten Ben aus dem Gewächshaus hinter sich her zum Auto.

»Aber mit bunten Lichtern!«

Elena stöhnte. »Findest du echte Kerzen nicht viel schöner?«

»Nee. Ich will genau solche bunten Lichter«, beharrte Ben.

Vier Gärtnereien und viele bunt blinkende Plastikbäume später war Bens Laune nur noch mit einem Besuch auf dem Weihnachtsmarkt zu retten. Hinter dem Castello drehten sich zwei Karussells, daneben reihten sich die Marktstände aneinander, mit – im weitesten Sinn – Weihnachtsartikeln, vorzugsweise aus China: Von der Lichterkette über batteriebetriebene hopsende Weihnachtsmänner, die schrill »Jingle Bells« intonierten, bis zur Plastikknarre. Daneben Holzschnitzereien, Sonnenbrillen, Handtaschen und bunte Bilder aus Afrika. Doch während Ben glücklich seine Runden im Feuerwehrwagen drehte, traute Elena ihren Augen nicht; doch, dort standen tatsächlich Weihnachtsbäume, verschnürt in weiße Netze.

Sie griff sich eine mannshohe Tanne, Nadeln rieselten auf den Asphalt. »Kann ich den mal auspacken, um zu sehen, wie er gewachsen ist?«, fragte sie den Verkäufer.

»Die sind, wie sie sind. Eingepackt. Andere habe ich nicht, sind alle gleich. Kosten 40 Euro.«

Elena schluckte. 40 Euro für eine nadelnde Tanne im Sack. Wenigstens dufteten die Nadeln. Und der Baum hatte eine anständige Größe. *Basta.* Beim Chinesen gab es ein paar bunte Kugeln und die Lichtorgel dazu. Das musste reichen.

***

»Wo steckst du? Wieso dir tragen helfen? Warum bist du nicht erreichbar?«, rief *Zio* Gigi ins *telefonino*.

Ja, gut, sie war nicht erreichbar gewesen, an Benedettas Pförtnerloge hatte ein bedrohlich großes Schild ein fett durchgestrichenes *telefonino* gezeigt. Daran hatte sich Elena gehalten, das Telefon aus-, aber leider nicht wieder eingeschaltet. Aber musste sie ständig erreichbar sein? Sie war doch nicht mit Gigi verheiratet. Gott bewahre!

»Komm lieber her! Wir machen eine kleine Weinprobe mit deinem Kellner!«

»Michele ist *dein* Mieter, und nicht *mein* Kellner!«, rief Elena zurück. »Vielleicht kann er mir trotzdem tragen helfen?« Sie hatte den Weihnachtsbaum mithilfe des Verkäufers ins Auto über die zurückgeklappten Rücksitze gezerrt, Ben durfte schon wieder mal vorne sitzen, »große Ausnahme, verstanden?«, mit eingezogenem Kopf unter dem Baumwipfel. Nun musste das Teil nur noch in den Palazzo geschleppt werden.

»Einen Moment, meine Liebe, einen kleinen Moment, dann haben wir diesen Negramaro mit Malvasia gekostet, dessen Farbe ausgesprochen ...«

So ein kleiner Moment konnte dauern. Elena knipste ihren Onkel aus, steckte das Handy in die Tasche und machte sich mit Ben auf den Weg zu den Weinkennern.

Als sie bei Gigi ankamen, standen der Onkel, Michele, der Wirt Antonio und der Weinhändler Fabio gut gelaunt um den Esstisch herum, auf dem diverse geöffnete Rotweinflaschen standen, und fachsimpelten über Farbe, Düfte und Aromen dieser salentinischen Weine. »Bemerkenswert«, befand Wirt Antonio, der sich nebenbei Notizen für die Bestellung für seine Osteria machte. »Ich schwöre euch, hier reifen die Stars von morgen!«, schlaubergerte Gigi, und diese Veranstaltung hätte sicher noch lange gedauert, hätte nicht Fabios *telefonino* in der Tasche seines blauen Verkäuferkittels plötzlich zu klingeln begonnen.

Fabio schaute auf das Display und erschrak. »*Mamma! Sissisi*, ich bin sofort da, du kannst die Pasta schon ins Wasser werfen!«

Er beendete das Gespräch und guckte entschuldigend in die Runde. »*Ragazzi*, ich muss zum Essen. Lasst mich wissen. Ich habe im Laden auch noch einen wunderbaren Primitivo von Monacci, den ich auf die Schnelle nicht mitgebracht habe ...« Er hastete, sich verabschiedend, aus Gigis Wohnung und die Treppe hinunter.

»Der Ärmste. Sieht aus, als ob er zu Hause ordentlich was um die Ohren kriegt«, grinste Michele, der mit lang ausgestreckten Beinen in Gigis Küche saß.

»*Va bene*, ist ja auch höchste Zeit fürs Mittagessen«, stimmte Gigi ihm zu, angelte einen hohen Pastatopf aus dem Schrank und füllte ihn mit Wasser.

»... und was hast du sonst noch zu schleppen?«, wandte er sich an Elena.

»Ist in meinem Wagen, vielleicht kann mir Michele eben helfen?«

Der stand schon neben ihr, bevor sie die Frage beendet hatte.

»Klar, sofort!«

Schweigend liefen sie nebeneinander durch die Gassen. Elena hatte das Gefühl, sie sollte etwas sagen, ein Gespräch beginnen. Nur worüber?

Sie erreichten die kleine Piazza, auf der Elena den Wagen mit zugebundener Kofferraumklappe und Tannenbaum geparkt hatte.

»Was ist *das* denn?«, prustete Michele los.

»Was meinst du wohl, was könnte das sein?«, fragte Elena zurück. »Eine Überraschung für Gigi.«

»Das glaube ich sofort.«

Sie zogen den Baum aus dem Wagen, packten Baumkrone und Ballen und marschierten los. Tannennadeln rieselten in ihre Jackenärmel und hinterließen auf dem Weg eine feine Spur.

An der römischen Straße kam ihnen Blessing entgegen.

»*Signora* Elisabetta sagte, ihre Schwiegermutter habe Sie mit einem Weihnachtsbaum gesehen – soll ich nicht einmal bei Ihnen durchwischen, bevor Sie ihn aufstellen?«

So schnell flogen also Neuigkeiten durch das Städtchen und Elisabetta war wirklich unerbittlich.

»Danke, Blessing. Aber ich muss wirklich erst einmal die Zimmer streichen. Und du willst doch sicher Weihnachten feiern?«

»Ich bitte Sie, ich könnte wirklich ...«, Elisabetta hatte ihrem Hausmädchen offensichtlich verordnet, sich nicht abwimmeln zu lassen.

»Ich rufe dich an, wenn ich etwas klarer sehe. Hast du inzwischen von deiner Schwester gehört?«

»Nein, nichts Neues. Die *Signora* will nach Weihnachten mit dem *Padre* reden.« Blessing senkte den Kopf. »Hoffentlich ist Grace dann noch in Lecce.«

Michele schaute Elena fragend an. Was kostete es sie

schon, mal eben beim Immigrantenheim vorbeizufahren und *Padre* Francesco um eine Auskunft zu bitten? Sie hatte keinen Namen zu verlieren. Im schlimmsten Fall würde Elisabetta ihre in eleganten Bögen gezupften Augenbrauen wenig vorteilhaft hochziehen und ihr erklären, dass man in Lecce nicht einfach so überall reinspazieren und nach dem Chef fragen könne.

»Ich werde zum Immigrantenheim fahren und versuchen, *Padre* Francesco zu treffen.« Elena lächelte verschwörerisch. »Elisabetta braucht davon nichts zu wissen.«

»Aber Sie werden nicht am Pförtner vorbeikommen«, wandte Blessing ein.

»Das werde ich dann ja sehen«, antwortete Elena angriffslustig. »Ich will vom *Padre* ja nur wissen, ob Grace da ist. Eine Frage – eine Antwort.«

»Da komme ich mit«, sagte Michele entschlossen, schob die Tanne in den Innenhof und zog das Tor hinter sich zu. Elena schaute ihn irritiert an.

»Wozu? Ich komme gut alleine zurecht.«

»Schon klar«, spöttelte Michele. »Schadet aber nicht, einen Mann dabeizuhaben. Gehen wir?«

»Jetzt sofort?«

»Wann sonst?«

13

Elena fuhr aus dem *centro storico* auf die Umgehungsstraße. Mittags um halb drei waren nur noch wenige Autos unterwegs, vermutlich zum verspäteten Mittagessen. Sie bog auf die Ausfallstraße Richtung Meer, die durch ein Wohngebiet führte und sich dahinter lang und gerade zwischen struppigen Wiesen und frisch gepflügten Feldern zum Meer zog. Das Land streckte sich flach bis zum Horizont aus, Wolkenberge trieben über den Himmel.

Ihr *telefonino* klingelte. Michele kramte es für sie aus dem kleinen Rucksack, schaute auf das Display.

»*Zio* Gigi«, konstatierte er. »Soll ich?«

Sie nickte.

»*Ehi Gigi!* Tut mir leid, ich habe Elena zu einem Ausflug überredet. Sie kann nichts dafür, meine Schuld. Wir wollten noch schnell etwas erledigen, sind in einer guten Stunde zurück. Ja, das Essen, tut mir leid. Nein, wartet nicht, notfalls essen wir irgendwo ein *panino*. Hauptsache, für Ben ist gesorgt. *Va bene,* sage ich ihr, sie fährt gerade. Bis später.«

Michele steckte das *telefonino* zurück. »Das Essen wird kalt. Ansonsten ist alles in Ordnung. Gigi füttert Ben mit Pasta und nimmt ihn später mit in den Laden. Aber er macht sich Sorgen um uns, von wegen Mittagessen.«

»Ihr Italiener denkt nur ans Essen«, spottete Elena.

»Wir können einfach nicht anders«, seufzte Michele.

Sie erreichten San Foca, ein Dorf am Meer. Verwaiste Ferienhäuser säumten wie Pappkartons die Küstenstraße und wuchsen ins Hinterland hinein. Restaurants, Obstläden und Fischhändler – alle Läden waren verlassen. Im Hafen dümpelten nur wenige abgedeckte Sportboote und ein paar Fischerkähne. Ein trostloses, graues Dorf, das erst im Juni, mit Beginn der langen Sommerferien, wieder erwachen würde.

Das Immigrantenheim lag etwas außerhalb des Dorfes an einer kleinen Sandbucht. Ein schmuddelig weißer Klotz direkt am aufgewühlten Meer, umgeben von einem hohen Zaun. Auf der anderen Straßenseite parkte ein Wagen der *Carabinieri* zwischen bewachsenen Gartenmauern. Zwei Beamte lehnten rauchend am Kotflügel.

Elena hielt etwas entfernt auf dem Seitenstreifen. Während der Fahrt hatte sie sich eine kleine Lüge zurechtgelegt, um am Pförtner vorbeizukommen. Sie hätte lieber alleine ihr Glück versucht, aber Michele wollte Elena auf keinen Fall ohne Begleitung in diesen Kerker gehen lassen.

Mehrfach mussten sie klingen, bis schließlich ein Mann die schwere Eingangstür des Gebäudes öffnete und durch die stählernen Gitterstäbe zu ihnen schaute.

»Was ist los?«

»Wir würden gerne *Don* Francesco sprechen!«, rief Elena durch die Gitterstäbe.

Der Pförtner schüttelte verständnislos den Kopf.

»Ich bin Journalistin aus Deutschland!«

Er guckte, als habe er nicht verstanden, Elena wiederholte noch einmal langsam und laut: »Journalistin! Deutschland!«, und wedelte mit ihrem internationalen Presseausweis.

Den hatte sie seit Jahren nicht mehr gebraucht, aber aus

purer Gewohnheit – oder Nostalgie? – immer wieder verlängern lassen und nie aus ihrem Portemonnaie aussortiert. Als ob dieser Akt der endgültige Abschied gewesen wäre von ihrer Leidenschaft als Fotojournalistin. Als ob sie mit dem Ausweis auch einen Teil ihres Selbst aussortiert hätte. So trug sie diesen eingeschweißten Zettel, der sie früher oft genug gerettet und ihr viele Türen geöffnet hatte, weiterhin ständig mit sich herum.

Endlich bewegte sich der Pförtner misstrauisch in ihre Richtung zum Gatter.

»Journalistin?«, er studierte den Ausweis ausgiebig, wusste offensichtlich aber nicht, was er damit anfangen sollte. Er schaute Elena an und dann Michele.

»Wer ist er?«

»Mein italienischer Mitarbeiter«, sagte Elena und Michele nickte ein wenig unterwürfig. Der Pförtner schaute irritiert.

»Was wollen Sie von *Don* Francesco?«

»Es geht um eine Reportage über Immigration. Uns wurde *Don* Francesco als ein besonders engagierter Mann empfohlen. Er ist im Haus?«

Elena fühlte sich in ihrem Element. Sie hatte sich früher zu ganz anderen Einrichtungen Zutritt verschafft. »Warten Sie einen Moment.«

Der Pförtner verschwand mit ihrem Presseausweis, wenige Minuten später surrte das Tor und sprang auf. Sie betraten einen kahlen Eingangsraum mit einigen billigen Plastikstühlen. Durch eine vergitterte Glastür konnten sie einen langen, neonbeleuchteten Flur hinunterschauen. Junge schwarze Männer saßen auf Matratzen am Rand, spielten Karten, dösten, starrten an die Decke.

Ein mittelgroßer, etwas aus der Form geratener Mann

kam den Flur hinunter Richtung Glastür. Vielleicht Mitte sechzig, raspelkurz geschorene, graubraune Haare, Jeans, dunkler Rollkragenpullover. Ein Holzkreuz baumelte ihm um den Hals. Sollte das *Don* Francesco sein? Er hielt bei den Kartenspielern kurz an, sagte etwas, lächelte und klopfte einem der jungen Männer kumpelhaft auf die Schulter. Dann zog er einen Schlüsselbund aus der Tasche, schloss von innen die dicke Glastür auf und hinter sich wieder zu.

»*Buona sera*«, er reichte Elena und Michele die Hand, musterte sie freundlich. »Sie sind Journalisten und wollten mich sprechen?«

Elena musste sich einen Moment sammeln. Der sah ja vollkommen normal aus. Diesen *Padre,* bei dem man angeblich nicht einfach vorbeigehen dürfe, der nicht irgendwer sei, den hatte sie sich zugeknöpft und reserviert vorgestellt. Vielleicht nicht unbedingt in einer Kutte, aber sicherlich auch nicht in Jeans. Sehr sympathisch.

»Entschuldigen Sie bitte, dass wir uns nicht angemeldet haben, aber ich hatte keine Ahnung, wie ich Sie sonst erreichen könnte«, erklärte Elena erleichtert.

Sie sei Fotojournalistin der deutschen Zeitschrift *Mondo*, was ungefähr die Übersetzung für »Weite Welt« war, und Immigration sei ein Thema, das ganz Europa betreffe, besonders natürlich Italien. Nach den vielen negativen Schlagzeilen über ertrunkene Flüchtlinge suche Elena nun nach positiven Beispielen, nach Menschen, die sich für Flüchtlinge engagierten. Eine Bekannte des *Questore* habe ihr freundlicherweise seinen Namen genannt. *Don* Francesco schaute interessiert.

»Das wäre sicherlich mal eine andere Geschichte. Sehr aufmerksam, dass Sie dabei an mich denken, aber es gibt noch viele andere, die sich engagieren. Ich, genauer: Wir alle, die hier arbeiten, versuchen in diesem Haus nur, das Beste aus einer aussichtslosen, verzweifelten Situation zu machen. Und das ist, in dem engen Rahmen der Gesetze, meistens leider viel zu wenig.«

»Immerhin tun Sie etwas«, nahm Elena den Faden auf. »Was geschieht mit den Menschen, die bei Ihnen ankommen?

»Spätestens nach 60 Tagen verlassen sie unser Haus, länger dürfen sie nicht hierbleiben. Dann werden einige abgeschoben, sind aber oft ein halbes Jahr später wieder hier. Andere bekommen nur die Aufforderung, Italien innerhalb von fünf Tagen zu verlassen. Die tauchen meistens unter.«

»Haben Sie zu denen Kontakt?«

Der *Padre* legte Elena lächelnd die Hand auf die Schulter und unterbrach sie.

»Entschuldigen Sie bitte, aber Sie sehen ja selbst, was hier los ist«, er zeigte in den Flur. »Ich habe leider überhaupt keine Zeit, zwischen Tür und Angel Interviews zu geben. Wir sind überfüllt, gerade gestern haben wir aus dem Auffanglager auf Lampedusa neue Flüchtlinge übernommen. Ich hoffe, Sie haben Verständnis.«

»Aber könnten wir einen Termin machen?«, bat Elena.

»Im Prinzip ja, aber ich warne Sie vor den bürokratischen Hürden: Sie müssen Ihr Anliegen schriftlich anmelden. Ohne Genehmigung darf ich niemanden durch das Haus führen, zumal Sie doch sicher auch mit den Betroffenen sprechen wollen.«

»Natürlich, das gehört dazu.«

»Um es kurz zu machen: Ich kann das leider nicht alleine entscheiden. Die Sicherheitsvorschriften sind so, wie sie sind. Aber wenn Ihr Antrag vorliegt, werde ich gerne meinen Teil beitragen, damit er genehmigt wird.«

Er hob entschuldigend die Hände. Elena nickte, sie hatte nicht ernsthaft erwartet, dass sie einfach so durch das Heim spazieren und nach Grace Ausschau halten könnte. Überhaupt Grace. Sie hatte aus dem Augenwinkel einen genervten Blick von Michele aufgefangen, der sie daran erinnerte, dass sie nicht wegen einer glorreichen Reportage hier waren. Es ging um Grace.

»*Padre*, ich hätte noch eine andere, eher persönliche Bitte. Während meiner Recherche bin ich auf die Geschichte einer jungen Frau aus Nigeria gestoßen. Sie wurde in Lecce von der Polizei aufgegriffen, als sie mit dem Zug aus Rom ankam. Seitdem ist sie verschwunden. Ihre Schwester lebt in Lecce und sucht sie verzweifelt. Könnte es sein, dass die junge Frau bei Ihnen, hier in diesem Zentrum ist?«

Der *Padre* schüttelte den Kopf. »Über die Menschen, die wir hier aufnehmen, darf ich Ihnen nichts sagen.«

Er machte eine kleine Pause. »Sie ist alleine, ohne Kinder oder ihren Mann nach Italien gekommen, verstehe ich das richtig?«

Elena nickte. »Ich vermute. Zumindest hat ihre Schwester nichts davon erzählt. Sie heißt Grace und ist erst 19 Jahre alt.«

»So jung, mein Gott. Aus Nigeria als Frau alleine unterwegs nach Italien – was das bedeutet, können wir uns hier gar nicht vorstellen.«

Er seufzte, schüttelte den Kopf. »Ich würde Ihnen wirklich gerne helfen, aber wir haben so viele afrikanische Immigranten und die erzählen Ihnen alle eine grauenhafte Geschichte, jeder eine andere. Ob Ihre Grace hier war, kann ich Ihnen nicht mit Sicherheit sagen.«

»Die Polizei sagte, Grace sei hierhergebracht worden«, mischte sich jetzt Michele ungeduldig ein. Der *Padre* schaute ihn erstaunt an.

»Sind Sie sicher?«

»Sagt zumindest ihre Schwester«, bestätigte Elena.

»Wenn sie vorher in Rom war, ist es genauso möglich, dass die Polizei sie dorthin zurückgeschickt hat«, erklärte der *Padre*. Elena schaute ihn ratlos an. Michele beharrte: »Aber wenn nicht, dann müsste sie doch hier sein?«

»Nein«, entgegnete *Padre* Francesco und ergänzte geduldig: »Es tut mir wirklich leid, aber sie kann überall sein.«

Er blickte entschuldigend von Michele zu Elena, die nun beide schwiegen. »Wir machen es so«, schlug der *Padre* vor, »Sie lassen mir Ihre Telefonnummer da und ich frage bei meinen Mitarbeitern noch einmal nach. Vielleicht weiß jemand etwas. Dann melde ich mich. Auch mich bewegen diese Schicksale immer wieder.«

Regen prasselte auf die Windschutzscheibe. Meer, Horizont, Wolken – alles eine einzige graue Suppe. Paolo Conte schnarrte aus dem CD-Player »*Cerco l'estate tutto l'anno e all'improvviso eccola qua!* …« – das ganze Jahr suche ich den Sommer, und plötzlich ist er da! Elena sang leise den Refrain mit: »*Azzurro! Il pomeriggio è troppo azzurro e lungo per me.*«

»Ah, wie ich mich danach sehne!«, Elena lächelte Michele auf dem Beifahrersitz zu. Der verzerrte sein Gesicht kurz zu einem Lächeln und versank wieder in sein Schweigen. Kein Kommentar, kein Wort, wie versteinert, seitdem sie das Heim verlassen hatten.

»Michele, was ist los?«

»*Tutto bene,* bin nur müde.«

»Wie fandest du den *Padre*?«

Michele starrte aus dem Seitenfenster und maulte: »Der hat dich um den Finger gewickelt.«

»*Scusa?*«, Elena schüttelte verständnislos den Kopf. »Hör mal, eine Reportage aus so einem Zentrum wäre doch wirklich interessant, wenn mich der *Padre* unterstützt, was meinst du?«

»Ja, stimmt schon«, Michele lehnte das Gesicht an das Autofenster, schloss die Augen. »Aber bis du endlich nach Grace gefragt hast, von wegen: ›eine Frage – eine Antwort‹.«

»Jetzt wissen wir zumindest, dass sie wahrscheinlich nicht im Heim ist, und vielleicht findet *Don* Francesco ja noch etwas heraus.«

Sie schaute auf die Uhr. »Wir könnten noch schnell bei der Polizei vorbeifahren und dort nach Grace fragen.«

»Wenn du meinst, mach ruhig. Ich muss zu Antonio, in der Osteria helfen, und vorher meine Tasche zu Gigi in den Laden bringen.«

Elena setzte Michele an der Porta San Biagio ab. »*Grazie*, Michele! Wir sehen uns morgen!«, rief sie ihm hinterher. Doch er drehte sich nicht mehr um, hob nur kurz die Hand zum Gruß.

14

Die *Questura,* ein schmuckloser gelb verputzter Bau aus der faschistischen Epoche, zog sich in einem langen Bogen um die Straßenecke. Davor quälte sich die nachmittägliche Autoflut stockend und hupend aus vier Richtungen in den neu angelegten Kreisverkehr. Auf den Straßen außerhalb des *centro storico* herrschte zu bestimmten Tageszeiten eine Mischung aus Nichts-geht-mehr und purer Anarchie. Ausgerechnet vor der *Questura* lag eines dieser Verkehrsknäuel, das auch durch einen neu angelegten Kreisel nicht wirklich entflochten werden konnte, weil den meisten Autofahrern nicht ganz klar war, wer nun eigentlich Vorfahrt hatte. Die, die drin waren? Die, die reinwollten? Konfusion bei denen, die im Kreisel alle paar Meter bremsten, um höflich – oder ängstlich – einen Drängler reinzulassen, und denen, die ohnehin der Meinung waren, sie hätten wo auch immer Vorfahrt, und einfach geradeaus durchzogen, als ob gar kein Kreisel existierte. Schließlich gab es noch die Mehrheit der Autofahrer, die sich mal so, mal so durchwurschtelte, wie man es an jeder anderen normalen Straßenkreuzung auch tat.

Vor der *Questura* waberte der Smog wie immer nach dem Ende der Mittagspause. Auf dem Bürgersteig kommentierten die Motorradpolizisten in schmucken blauen Uniformjacken, grauen eng anliegenden Hosen und schwarzen kniehohen Stiefeln mit lässigen Gesten das Verkehrsgeschehen.

Elena schob sich an ihnen vorbei durch den Eingang zur Pförtnerloge und schaute durch das Loch im Panzerglas:

»Könnten Sie mir freundlicherweise sagen, wer zuständig ist für Immigranten aus Afrika?«

Der Pförtner verstand nicht. »Wollen Sie Anzeige erstatten?«

»Ich suche eine junge Frau, eine verschwundene Afrikanerin.«

»Also eine Vermisstenanzeige?«

»Nein, eigentlich nicht. Nur ...« Ja, was wollte sie eigentlich?

»Setzen Sie sich mal da vorne hin. Gleich kommt ein Kollege raus.«

Auf den Plastikstühlen zwischen einer undurchsichtigen Glastür und dem Kaffeeautomaten warteten bereits eine Frau mit Hündchen und Handtasche auf dem Schoß, ein älterer Herr, der im zerfledderten *Corriere dello Sport* blätterte, und ein junger Mann, der an seinem ständig piependen *telefonino* rumfummelte und Nachrichten tippte. Elena setzte sich dazu und wartete. Und wartete. Nach einer halben Stunde öffnete sich die Tür. Eine junge Frau schob einen Kinderwagen heraus, hinter ihr schaute ein Beamter in die Runde der Wartenden. Der ältere *Signor* faltete die Sportzeitung zusammen und stand auf. Das konnte dauern, wenn der offensichtlich einzige zuständige Beamte in diesem Tempo die Fälle bearbeitete.

Elena war jetzt schon in Erklärungsnot bei Onkel Gigi. Wie sollte sie ihm ihre lange Abwesenheit erklären, wenn er fragte? Und er würde fragen, garantiert. Für ein »kleines Geheimnis vor Weihnachten« war sie schon jetzt zu lange unterwegs und der Onkel wäre von ihren Nachforschungen vermutlich gar nicht begeistert. Was würde eigentlich

Michele dem Onkel über ihren Ausflug erzählen? Sie hatten sich nicht mehr abgesprochen. Mist.

War Michele tatsächlich ein bisschen eifersüchtig gewesen? Das konnte Elena kaum glauben; putzig, wirklich putzig. Aber sie musste zugeben, dass der Gedanke ihrer angekratzten Seele schmeichelte. Wirklich ein netter, junger Kerl. Witzig, einfühlsam, originell. Aber jung. Sehr jung.

Elena beschloss, nach Hause zu gehen. Just in diesem Moment schlenderte der *Commissario* mit den Spiegeleieraugen durch die Eingangshalle und stieg die Treppe hoch. Elena änderte spontan ihren Entschluss. Sie hatte ein Faible für schräge Persönlichkeiten und dieser *Commissario* war zweifellos, nun, zumindest eigenwillig und würde vielleicht unbürokratisch helfen. Sie folgte ihm in den ersten Stock und klopfte an die Tür, hinter der er verschwunden war.

»*Commissario* Cozzoli?«, sie schaute vorsichtig in ein kleines Büro, das fast komplett mit einem wuchtigen Schreibtisch ausgefüllt war, auf dem sich ein Telefon, eine Schreibunterlage und ein Becher mit Stiften verloren. Aus einem Regal dahinter quollen Akten und Papierstapel, die so aussahen, als seien sie ohne System reingestopft worden und warteten nur auf einen Altpapiercontainer.

»Bitte?«, Cozzoli hatte gerade seinen Mantel an einen Haken gehängt und starrte sie an. Elena schob sich durch die Tür und schloss sie hinter sich.

»Entschuldigen Sie die Störung, aber mir ist nicht klar, wer in der *Questura* für mein Anliegen zuständig ist.«

Der *Commissario* spazierte um den Schreibtisch herum, ließ sich ächzend auf dem quietschenden Chefsessel nieder und murmelte, »Ja, ja, das geht hier einigen so.«

Er zog eine Schublade auf, nahm ein Döschen Pfefferminzpastillen heraus, schüttelte einige in seine Hand und warf sie sich in den Mund. »Sie auch? Nein? Also bitte, worum geht's? Ja, setzen Sie sich. Bitte.«

Elena erzählte von ihrer Suche nach Grace, die in Lecce sein müsste, aber nicht mehr aufzufinden war, nicht einmal im Immigrantenheim.

»Waren Sie dort?«

»Ja.«

»Und haben Sie mit dem *Padre*, wie heißt er noch ...?«

»Francesco. *Don* Francesco, ich habe mit ihm gesprochen.«

»Und?«

»Er hat keine Idee, wo Grace sein könnte.«

Cozzoli zuckte mit den Schultern. »Wissen Sie, wie viele illegale Immigranten es gibt, die ohne Papiere in Italien leben und irgendwo auf Nimmerwiedersehen untertauchen?«

»Aber Grace hätte sich bestimmt bei ihrer Schwester gemeldet«, wandte Elena ein.

»Gut, hat sie aber nicht. Sagen Sie mir: Was bitte soll ich dabei tun?«

»Wird in der *Questura* nicht irgendwo festgehalten, wenn Immigranten auf der Straße ohne gültige Papiere angetroffen werden?«

Er verdrehte genervt die Augen, die wie Tennisbälle herumkugelten, hob hilflos die Hände und schaute Elena schläfrig an.

»Gibt es denn nirgendwo eine Liste der Flüchtlinge, die sich im Immigrantenheim aufhalten?«, bohrte Elena nach.

Der *Commissario* gab ein erschöpftes »*Boh?*« von sich, was so viel wie »Keine Ahnung!« bedeutete. »Wissen Sie, ich bin erst seit ein paar Wochen hier, ich war vorher in Mailand.

In den Schubladen der Lecceser Kollegen kenne ich mich ehrlich gesagt noch nicht aus. Ich arbeite mich noch ein.« Er klapperte ungeduldig mit seinen Pfefferminzpastillen. »Erst mal bin ich mit der Suche nach dem Schänder des Krippenspiels befasst. Danach sehen wir weiter.«

Cozzoli verschränkte die Finger, streckte die Arme vor sich aus und räkelte die Schultern. »Aaah ja!«

Er legte die Ellenbogen auf den Schreibtisch, lehnte sich leicht nach vorne und plötzlich fokussierten die Augen des *Commissario* sie derart durchdringend, dass Elena auf ihrem Plastikstuhl erschrocken wackelte. »Darf ich fragen, warum Sie sich für die junge Dame aus Nigeria überhaupt interessieren? Sie sehen nicht gerade afrikanisch aus. Und Italienerin sind Sie auch nicht, oder?«

Dieser Laserblick! Elena wünschte sich, dass sie niemals, in ihrem ganzen Leben nicht, von diesem Mann ernsthaft verhört werden würde.

»Nein, nein, ich bin aus Deutschland.«

»Hab ich es mir doch gedacht ...«, grummelte der *Commissario* und trommelte mit den Fingern auf seinem Pfefferminzdöschen.

»... und Grace ist die Schwester des Hausmädchens einer guten Freundin von mir«, erklärte Elena umständlich, aber präzise.

»*Allora, Signorina,* Ihr Engagement ist wirklich sehr ehrenwert«, schloss Cozzoli und stand auf. »Sie dürfen mir Ihre Adresse und Telefonnummer verraten, wenn ich etwas höre, melde ich mich oder schicke einen Kollegen vorbei.«

15

Der Himmel war nichts als schwarze Tiefe, die Luft feucht und kalt. Grace zitterte, verkroch sich in dem Daunenmantel, den die Männer ihr gegeben hatten. Der stämmige kleine Kerl in der Lederjacke, dessen Kahlkopf direkt auf den massigen Schultern zu sitzen schien, packte Grace am Arm und drückte sie auf die Rückbank des dunklen Wagens.

Er schlug die Tür zu, setzte sich nach vorne auf den Beifahrersitz und zündete sich eine Zigarette an. »*Vai!*«, kommandierte er den Fahrer. Das Stahltor in der Mauer glitt zur Seite. In einer rasanten Kurve zog der Wagen auf die Straße und sirrte durch die Nacht. Grace fühlte das weiche Leder der Sitze an ihren kalten Händen. Ihre Beine zitterten in den Nylonstrümpfen, sie zog den Mantel fest über ihr dünnes Kleid. Wo brachten die Männer sie hin? Die sahen nicht aus wie Polizisten. Zumindest würden sie sie nicht zum Flughafen bringen und nach Nigeria zurückschicken. Wenigstens das nicht.

Oder kannten sie die Leute aus Rom? Hatten sie sie beobachtet, als der Freier sie zum Bahnhof fuhr und ihr aus Mitleid eine Fahrkarte gekauft hatte? Wollten sie Grace nach Rom zurückbringen? Bei dem Gedanken schauderte sie. Nein, das durfte nicht wahr sein. Sie war geflüchtet, hatte es bis Lecce geschafft, sogar Blessings Stimme gehört, sie war so dicht an ihrem Ziel gewesen. Der Albtraum der vergangenen Monate konnte nicht umsonst gewesen sein. Sie hatte alles ausgehalten und sie war irgendwo in der Nähe von dieser Stadt, Lecce. In der Nähe von Blessing.

Irgendwann flogen Lichter vorbei, Silhouetten von Häusern. War das Lecce? Gut möglich, sie waren nur kurz gefahren. Der Wagen wurde langsamer, kurvte zwischen eng stehenden Häusern mit hohen, dunklen Fenstern hindurch und hielt schließlich vor dem halbrunden Tor eines verwitterten großen Palazzo. Sie rollten in einen feierlich erleuchteten, mit Efeu bewachsenen Innenhof, wo der Wagen vor einer breiten Treppe parkte. Licht schimmerte durch die Lamellen einiger Fenster im ersten Stock.

Die Autotür wurde aufgerissen, der Kahlkopf zerrte Grace raus, stieß sie quer über den Hof zu einer niedrigen Tür, einige Stufen hinunter, und schubste sie schließlich am Ende eines modrigen langen Ganges in eine Kammer. Fahles Licht schien von einer Neonleuchte voller Spinnweben, in der Ecke stand ein Bett mit Matratze und Wolldecke. Grace schaute den Kahlkopf an. Warum war sie erst von der Polizei festgenommen, in ein Zentrum für Immigranten gebracht und nun von irgendwelchen Männern in dieses Loch verschleppt worden? Ihre Stimme zitterte.

»Where am I?«

Er hielt ihr Kinn mit seinen wurstigen Fingern fest, taxierte sie kurz und spuckte ihr ins Gesicht. Sie zuckte zusammen, wollte sich das Gesicht abwischen, aber mit einem Ruck verdrehte der Kerl ihr Handgelenk. Sie sank auf die Knie und hörte ihn irgendetwas zischen, in dieser fremden Sprache, die sie nicht verstand. Sie kauerte auf dem Steinboden, schaute nicht hoch. Er ließ sie los, verpasste ihr einen Tritt in die Rippen. Dann hörte sie seine Schritte, die Tür fiel donnernd ins Schloss. Er war weg.

Das Mädchen zog sich am Bettpfosten hoch. Sie war eine Hure, nichts weiter. Eine Hure, die man kaufen, angrabschen und benutzen durfte – das war ihr neues Leben, ihre Zukunft in Italien. Es war nur ein anderes Zimmer der Hölle, aus der sie in Nigeria geflüchtet war. Grace ekelte sich vor sich selbst. Niemals würde sie das alles irgendjemandem erzählen können. Niemals. Nicht mal Blessing? Vielleicht.

Grace hatte keinen Moment gezögert, als ein Freund ihres Cousins sie gefragt hatte, ob er sie nach Italien bringen solle. Sie könne dort als Kindermädchen arbeiten, hatte er versprochen. Ihre Eltern und Großeltern, Onkel, Tanten und Cousins hatten für ihre Reise nach Italien das Geld zusammengekratzt, auch Blessings Geld. Ihre Schwester hatte es in Italien geschafft, warum sollte sie kein Glück haben?

Diese Reise durfte nicht umsonst gewesen sein. Wochenlang durch die Wüste, zusammengepfercht mit jungen Männern und wenigen Frauen auf der Ladefläche eines alten Pick-ups. Nachts waren sie durch das Nichts gerumpelt, hatten sich eng aneinandergedrängt, um sich vor der Kälte zu schützen. Tagsüber hatten sie sich vor der Sonne und der Polizei versteckt, hinter Dünenkämmen und in Wadis, weit jenseits der ausgefahrenen Pisten, immer in Angst, verhaftet und zurückgeschickt zu werden.

Endlich hatten sie Tunis erreicht. Der Freund ihres Cousins, der sie nach Italien bringen sollte, verschwand, nachdem er ein Schiff für sie gefunden hatte. Das Meer lag glatt und leuchtend blau vor ihnen, voller Verheißung. Doch in der Nacht kam ein Sturm auf, sie stürzten in Wellentäler, sahen schäumende Gischt auf sich zurollen. Grace hörte noch das Kreischen der Frauen, die versuchten, ihre Kinder festzuhalten. Die Gebete, in den Himmel gewimmert. Am Morgen hatte der Sturm sich gelegt. Drei Männer, zwei Frauen und vier Kinder waren ertrunken. Es gab kein Trinkwasser mehr und nichts zu essen.

Todesstille lag über dem Boot, das steuerlos im Meer trieb. Stundenlang. Am Abend tauchte aus dem Nichts ein Schiff auf. Italienische Fischer brachten sie an Land. Zumindest gaben sie sich als Fischer aus. Aber warum kannten sie einige Namen? Fragten, ob Grace an Bord sei?

Noch immer zitterte sie bei der Erinnerung an diesen Albtraum auf See. Aber sie hatte überlebt. Sie hatte überlebt. Sie hatte überlebt.

Grace schaute sich um. Nackte Mauern, ein verstaubtes Fenster mit verrostetem Gitter davor. Sie musste rauskommen aus diesem Loch. Irgendwie. Ihr einziger Schatz war die Telefonnummer ihrer Schwester, die hatte sie in ihr Gehirn eingebrannt.

Sie hörte Schritte, rutschte vom Bett. Ein knochiger Mann in dunklem Anzug mit gelöster Krawatte stand in der Tür, schwenkte eine Champagnerflasche.

»*Come here!*«, er grinste schmierig, näherte sich Schritt für Schritt. »*You want drink?*«, er zog Grace mit einem Ruck an sich heran und drückte ihr mit der anderen Hand die Flasche auf die Lippen. Der Champagner lief kühl über ihren Hals, sickerte durch ihr Kleid. Grace wich zurück. Er drängte sie an die Wand. Öffnete seinen Gürtel.

»*Come here! Want to work?*«

Sie sah seine Lippen in Zeitlupe auf sich zukommen, roch

seinen verrauchten Atem, der sich mit Aftershave mischte. Spürte, wie sie zitterte, unbändige Angst aufstieg. Dann schaltete sich ihr Gehirn aus. Kurzschluss. Sie dachte nicht mehr. Fühlte nur noch. Betrachtete ihr Knie, das mit voller Wucht in seine Eier rammte, sodass der Kerl rückwärts torkelte. Die Flasche, die über den Boden kullerte, ihre Hand, die danach griff, die weit ausholte und sie blindwütig auf seinen Kopf donnerte. Er sackte zusammen, knallte auf die Bettkante.

Grace stand fassungslos vor dem bewusstlosen Körper, der langsam vom Bett auf den Boden glitt. Sie musste weg. Tastete sich rückwärts zur Tür, taumelte durch den Gang zur Treppe, stolperte die krummen Stufen hoch, stieß die Tür zum Innenhof auf und kroch an die efeubewachsene Mauer gedrückt zum Torbogen. Ihr Herz raste, warum konnte sie nicht aufwachen aus diesem Albtraum? Einfach die Augen aufmachen und ... Stimmengewirr und Lachen erfüllten den Hof, als ob jemand einen Lautsprecher angeschaltet hätte. Die Haustür am Treppenaufgang war geöffnet worden, ein Mann trat heraus und schaute in den Hof. Grace hockte wie ein Kaninchen in einer dunklen Nische, versuchte ihre Angst zu kontrollieren, ihr Körper schien zu flattern, ihr Atem holperte in kurzen, heftigen Zügen, als ob sie ersticken würde.

Der Dicke in der Lederjacke kam aus der Wohnung, lief die Treppe hinunter und stapfte über den Hof zum Eingang des Kellers. Grace hatte keine Zeit mehr. Gleich würde er seinen Kumpel finden. Sie schaute sich um, sie saß in der Falle.

Ein Surren. Eine göttliche Hand zog das Hoftor auf.

Die dunkle Limousine, mit der sie gekommen war, rollte wieder in den Hof. Grace zog sich die hochhackigen Schuhe von den Füßen und glitt lautlos aus dem Tor. Dann rannte sie, rannte barfuß über das feuchte, kalte Pflaster, über eine erleuchtete, menschenleere Piazza und in die nächste Gasse hinein. Sie spürte ihre nackten Füße nicht mehr, sie rannte um ihr Leben.

16

Irgendwann schaffte es die Stimme, durch ihren felsenschweren Schlaf zu dringen.

»Mammaa!«. Elena grunzte, drückte ihr Kissen ans Ohr, hoffte auf Erbarmen und nuschelte: »Hm-ja-gleich-nur'n-Momen'.«

»Da ist ein Mann mit komischen Augen und der sagt, *polizia!*«

Der Blitz schlug ein. Elena saß senkrecht.

»Ich komme! Moment! Wo ist *Zio* Gigi?«

»Weg. Im Laden, glaube ich.«

Ben flitzte im hellblauen Bärchen-Schlafanzug aus dem Salon zur Haustür. Elena hörte ihn in seinem frisch gelernten Kinderitalienisch »*Momento!*« krähen, eine Männerstimme grummelte irgendetwas und offensichtlich versagten jetzt Bens Sprachkenntnisse.

Ihr Kopf fühlte sich an wie Pudding. Der Wein gestern Abend. So konnte das nicht weitergehen. Zu süß und zu viel. Eine Spezialität, hatte Onkel Gigi gesagt, *Primitivo di Manduria*. Ein Dessertwein. Sie hatten ihn sich genehmigt, nachdem der Onkel mit seiner Nichte ein bisschen geschimpft hatte, weil sie erstens nicht Mittag gegessen hatte und zweitens vom Erdboden verschluckt gewesen war. Kein *messaggio* und auf dem *telefonino* mal wieder nur die freundliche Stimme »Teilnehmer derzeit nicht erreichbar«.

Dazu hatte Michele, als er »*Finalmente!*« auftauchte,

schlicht geschwiegen und Gigis flammende Neugier an sich vorbeiziehen lassen. Wie ein Kampfkünstler, der seinem Gegner im richtigen Moment einen Schritt aus dem Weg geht und ihn seelenruhig gegen die Wand rennen lässt. Was Gigi nicht gerade entspannte.

»Elena kommt später.« Mehr war aus Michele nicht rauszukriegen.

Als Elena endlich kam, blieb ihr nichts anderes übrig, als zu beichten und Gigis Lamento einzustecken. »Meine Liebe, was hast du mit dieser Nigerianerin zu tun? Unverbesserlich, wie früher. In jede Schlacht für Frieden auf Erden galoppieren. Aber mich mit der heißen Pasta sitzen lassen.«

Onkel Gigi war wirklich ein bisschen beleidigt. Elena linste unter ihren Locken hervor und wandte vorsichtig ein: »Ich habe einen Weihnachtsbaum gekauft, eine richtige Tanne. Für uns. Übermorgen ist doch Weihnachten.«

Das rührte Gigis Herz. Er begann sofort durch den *open space-eeh* zu stolzieren, um einen würdigen Platz zu finden. Anschließend gab es doch noch Pasta und einige *polpette* und für die weihnachtliche Vorfreude eben jenen Dessertwein.

Elena schlüpfte in ihre Jeans, griff T-Shirt, Rollkragenpullover, wo waren nur die Socken?, und tapste zur Haustür.

»*Buon giorno, Signora*«, grüßte Pantaleo Cozzoli und betrachtete die schlaftrunkene Gestalt vor sich. »Entschuldigen Sie bitte die Störung. Aber Ihr *telefonino* war ausgeschaltet und ich wollte möglichst schnell mit Ihnen sprechen.«

»Ja, bitte«, Elena winkte ihn herein und ging vor ihm in die Küche. Cozzoli folgte ihr langsam, schaute sich neugierig um und warf einen Blick durch die offen stehende Schiebetür in Elenas Chaos aus Kisten- und Farbeimern.

»Wohnen Sie dort?«, der *Commissario* schaute mitleidig wie ein Bernhardiner durch seine Brille.

»Demnächst, ja. Keine Sorge, sieht schlimmer aus, als es ist.«

Erstaunlich, das hätte ungefähr so auch Gigi mit seiner *niente-problema* Mentalität sagen können.

»Ich mache schnell Kaffee. Wollen Sie auch einen? Mit Milch?«

»*Si, grazie,* keine Milch, aber einen halben Löffel Zucker.«

Cozzoli setzte sich an den Küchentisch. »Entschuldigen Sie bitte, dass ich gestern nicht genauer nachgefragt habe«, begann der *Commissario* vorsichtig. »Haben Sie ein Foto von dieser Nigerianerin? Oder würden Sie sie erkennen?«

»Ich kenne sie ja gar nicht persönlich. Haben Sie sie gefunden?«

»Möglicherweise.« Cozzoli schaute angespannt auf Ben, der seine neuen antiken Rennwagen auf dem Küchentisch um die Wette rollern ließ. »Könnten Sie den Jungen vielleicht ...«

Elena schob dem *Commissario* ein Kaffeetässchen und den Zuckertopf über den Tisch und bat Ben: »Gehst du dich bitte anziehen? Und Zähne putzen?«

Ben maulte.

»Okay, ich nehme dich auch gerne im Schlafanzug zu Onkel Gigi in den Laden – kein Problem.«

Das wirkte, Ben zog ab.

»Setzen Sie sich bitte«, sagte der *Commissario*. Elena ließ sich auf einen Stuhl sinken. Was wurde das hier? Cozzoli rührte und rührte und rührte in seinem Kaffee. Dann sagte er: »Zwei Beamte der Nachtschicht, die das Krippenspiel auf der Piazza Sant'Oronzo bewachen, haben mich heute Morgen verständigt. Sie mussten ihren Posten verlassen, weil sie von Bewohnern des *centro storico* wegen Ruhestörung gerufen wurden.«

»Und? Was ist daran so tragisch?«

»Nichts, nur dass Unbekannte die Gelegenheit genutzt haben, um im Amphitheater tote Hühner mit den Köpfen nach unten über der Jesuskrippe aufzuhängen.«

Cozzoli rührte noch ein wenig in seiner Tasse herum, dann stürzte er den *caffè* in zwei Schlucken hinunter.

»Man könnte diese toten Hühner als ein satanistisches Zeichen deuten«, er seufzte genervt. »Mit diesen Spinnern musste ich mich schon in Milano herumschlagen, gelangweilte *ragazzi*, die ihre Eltern ärgern wollen. Ich will gar nicht an den Bischof und den Bürgermeister denken. Das gibt wieder einen Tanz.«

»Was haben Ihre toten Hühner bitte mit Grace zu tun?« Elena goss dem *Commissario* den Rest aus der *caffettiera* in seine Tasse, langsam wurde sie ungeduldig.

»Entschuldigen Sie, ich schweife ab. Ist sonst nicht meine Art, aber dieser Morgen ...«, er schaufelte verdrießlich zwei Löffel Zucker in sein Tässchen, rührte und rührte und fand zu seiner offiziellen Tonlage zurück.

»Die beiden Polizisten haben eine junge Afrikanerin gefunden. Sehr übel zusammengeschlagen. Die Täter konnten fliehen. Wir versuchen, das Opfer zu identifizieren.«

»Sie ... ist sie tot?«

»Sie lebt, aber es sieht nicht gut aus. Sie liegt im Koma. Ziemlich böse Verletzungen, da hat sich jemand richtig ... wären die Beamten nicht rechtzeitig gekommen, läge sie jetzt nicht im Krankenhaus. Aber, wie gesagt, wir wissen noch nicht, wer sie ist.«

»Oh Gott, ich muss ihre Schwester anrufen.« Elena sprang auf, doch der *Commissario* hielt sie zurück.

»Nichts überstürzen, bitte. Haben Sie kein Foto von der Frau, die sie suchen? Die, die wir gefunden haben, ist wirklich kein schöner Anblick, schwer zu verkraften für eine nahe Verwandte. Ein Foto würde für eine erste Überprüfung ausreichen.«

***

Foto? Schön wär's. Natürlich hatte Blessing kein Foto von ihrer Schwester. Sie starrte Elena und den *Commissario* fassungslos an, als sie vor der Haustür standen. Was stellten sich die Leute eigentlich vor, mit welcher Art von Gepäck man aus Afrika in Italien einreiste? Blessing wollte ihre Schwester sehen. Sofort.

Am Telefon hatte Elisabetta einen langen Moment gebraucht, um zu verstehen, dass Elena zwar dringend Blessing sprechen wollte, aber nein, nicht zum Putzen, nicht zum Kisten auspacken. »Ja, sei beruhigt, ich brülle, wenn ich Hilfe brauche. Aber jetzt gib mir endlich Blessing! Die Polizei hat vielleicht Grace gefunden.«

Elisabetta verschluckte sich und flüsterte ins Telefon:

»Woher weißt du das? Warum weiß die Polizei von Grace? Und von Blessing? Elena, wir hatten doch verabredet ...«

»Elisabetta, das ist doch jetzt vollkommen egal. Ich hole Blessing in einer Viertelstunde ab.«

Sie legte auf, ohne eine Antwort abzuwarten. Dann suchte sie nach dem Zettel mit der Telefonnummer von *Don* Francesco. In ihrer Jackentasche fand sie ihn, zerknüllt, aber noch lesbar.

»Natürlich komme ich. Kein Problem, ich bin in zwanzig Minuten im Krankenhaus.«

Vielleicht würde er die Afrikanerin wiedererkennen, kannte sie aus dem Immigrantenheim. Einen Versuch war es wert.

***

Blessing stieß einen Schrei aus, als sie ihre Schwester sah. Dann brach sie weinend am Krankenbett zusammen.

Graces Kopf war komplett verbunden, ihre Augen blaurot geschwollen. Schädelfraktur, gebrochener Kiefer, mehrere Rippenbrüche. Vermutlich hatte Grace sich gewehrt. Sie lag im Koma, Schläuche hielten sie am Leben. Die Ärzte wagten keine Prognose.

Elena nahm Blessing in den Arm und führte sie auf den Flur. Dort erwartete sie der *Commissario* mit einem Polizeibeamten und *Don* Francesco, der heute in schwarzer Hose und Pullover mit weißem Collarhemd darunter schon eher aussah wie ein Priester. Er begrüßte Elena mit einem stummen, mitfühlenden Nicken, schob Blessing, die völlig abwesend war und Elena fast aus dem Arm rutschte, einen Stuhl hin.

Der *Padre* ging mit Cozzoli in das Krankenzimmer. Er blieb vor dem Bett stehen. Faltete die Hände zum Gebet, verweilte stumm und bekreuzigte sich. Sein Gesicht war leichenblass geworden, als er langsam aus dem Zimmer kam.

»Wer hat das getan?«, die Stimme des Geistlichen zitterte, er lehnte sich an die Wand, schaute aus dem Fenster über das weite Land, hin zum bleigrauen Himmel.

»Diese unschuldige junge Frau so zuzurichten ... Haben Sie irgendwelche Hinweise, *Commissario?*«

Der hob nur fragend die Schultern. »Haben Sie sie vorher schon einmal gesehen?«

Der *Padre* schüttelte den Kopf. »Entschuldigen Sie. Ich bin wirklich fassungslos. Gibt es hier vielleicht einen Schluck Wasser?«

Cozzoli schaute den Gang hinunter, es war keine Krankenschwester zu sehen, nur ein Getränkeautomat hinter der Glastür am Flurende. Er sammelte einige Münzen aus seiner Hosentasche und reichte sie seinem Beamten.

»Pinto, hast du auch noch Kleingeld?«

Der Beamte nickte, nahm Cozzolis Münzen und marschierte los. Der *Padre* schaute ins Leere, Cozzoli ging gedankenverloren fünf Schritte vor. Fünf zurück. Warf einen Blick auf Blessing, die schluchzend an Elenas Schulter lehnte, und auf den *Padre,* der reglos am Fenster stand und in den Regen starrte. Der *Commissario* setzte die nächsten fünf Schritte vorwärts. Und fünf wieder zurück.

Endlich kam Pinto mit einem Arm voll kleiner gekühlter Wasserflaschen zurück und verteilte sie. Cozzoli wandte sich an den *Padre.*

»Und? Können Sie sich erinnern? War sie in Ihrem Immigrantenheim?«

Er schüttelte den Kopf. »Sie ist ja kaum noch zu erkennen, trotzdem, ich glaube nicht, dass ich sie vorher schon gesehen habe. Fürchterlich, wirklich fürchterlich sieht sie aus. Wer kann diesem Mädchen das angetan haben?«

»Der bislang einzige Hinweis ist die Kleidung des Mädchens. Sie hatte zwar eine Daunenjacke, aber darunter trug sie, nun ...«, Cozzoli räusperte sich, schaute auf Blessing, die ihn mit ihren rot verheulten Augen alarmiert anschaute. »Sie war, für eine Winternacht, äußerst leicht bekleidet. Schmales Kleid mit Schlitz und tiefem Ausschnitt, zerrissene Netzstrümpfe, sie scheint barfuß gerannt zu sein, die hochhackigen Schuhe lagen neben ihr. Die Kleidung sah aus, als ob sie alles schon länger getragen hätte. Könnte sein, dass sie im Rotlichtmilieu unterwegs war. Haben Sie eine Ahnung, ob Ihre Schwester ...«

Doch Blessing war in Ohnmacht gefallen.

17

Es war still im großen Palazzo. Niemand zu Hause. Ein Moment nur für sie allein. Elena fiel auf Gigis Chaiselongue, streckte sich aus. Wie ein zu schnell gedrehter Film wirbelten die Bilder durch ihren Kopf. Grace mit zertrümmertem Gesicht, der souveräne *Padre* fassungslos. Blessing, die zwar wieder zu sich kam, aber während der Rückfahrt im Auto ununterbrochen ihr Mantra gejammert hatte, sie sei schuld, sie sei schuld an allem.

Als Elisabetta die Haustür geöffnet hatte, war Blessing heulend an ihrer *Signora* vorbei in ihr Zimmer am Ende des langen Flures getorkelt. Elisabetta schaute ihr fragend hinterher. »Vielleicht erst mal einen Tee zur Beruhigung?«, schlug Elena vor, und tatsächlich bewegte sich Elisabetta in ihre Designerküche und machte sich auf die Suche nach Teebeuteln. Als sie endlich in Blessings kleinem Zimmer saßen, mit Kamillentee, aufgebrüht von Elisabetta persönlich, stammelte Blessing: »Sie haben mit ihr das Gleiche gemacht wie mit mir!«

Stockend erzählte Blessing, wie sie vor einigen Jahren in Nigeria für eine Arbeit im Haushalt nach Italien gelockt worden war. In Rom erwartete sie jedoch eine »Madam«, eine ehemalige nigerianische Prostituierte, die Frauen aus Nigeria bestellte und in Italien auf den Strich schickte. Eine verbreitete nigerianische Version des Frauenhandels, die auf einem weit verzweigten Netz aufgebaut ist, in dem es weder Chefs oder Chefinnen, sondern viele Teilhaber gibt, die untereinander über beste und vor allem geheime Wege der Kommunikation verfügen, kreuz und quer durch die Wüste und über das Meer.

»Frauen als Zuhälter?«, Elena hatte schon einiges über Frauenhandel gehört, aber das konnte sie nicht glauben.

»Doch, das gibt es«, versicherte Elisabetta. Was wusste die denn von solch unangenehmen Dingen des Lebens? Die Freundin aus gutem Hause schaute Elena scharf an: »Meine Liebe, auch ich bin nicht vollkommen unbedarft. Und du warst lange genug meine Freundin, um mein bescheidenes, aber doch vorhandenes Helfersyndrom am Leben zu erhalten.«

Blessing war gerettet worden. Eine Nigerianerin, die in Rom eine Initiative gegen Frauenhandel gegründet hatte, hatte sie auf der Straße angesprochen und ihr Mut gemacht, auszusteigen. Natürlich musste Blessing damals aus Rom verschwinden. Über eine Agentur, die Hausangestellte vermittelte, lernte sie Elisabetta kennen.

»Blessing hat mir damals ihre Geschichte erzählt«, sagte Elisabetta, »aber selbstverständlich weiß in Lecce niemand außer uns beiden etwas davon. Und – mit Ausnahme von dir – soll das auch so bleiben.«

»Ich habe auch meiner Familie von dieser Schande nichts erzählt«, wimmerte Blessing. »Jetzt ist meiner Schwester das Gleiche passiert, und ich bin schuld.«

Elena schreckte hoch. Ein Telefon klingelte. *Ihr* Telefon klingelte. Sie war eingenickt in dieser köstlichen Stille im Palazzo. Warum hatte sie das *telefonino* nicht abgestellt? Sie fingerte es aus ihrer Tasche: »*Pronto?*«

»Elena?«

»*Si.*«

»Ich bin es. Aron.«

Aron? Aron! Wo kam der denn her?

»Hallo«, sagte Elena.

»Störe ich dich?«

»Ja-nein, nein«, Elena schluckte, ihr Herz hämmerte, sie presste ein »Wie geht's?« heraus.

»Ganz gut so weit. Und euch?«

»Auch. Alles okay. So weit. Viel zu tun.«

»Klar. Ich auch.«

»Wie immer also.« Damit hatte Elena ihm die erste Spitze versetzt. Wie immer, natürlich hatte Aron viel zu tun.

»Und sonst?«

»Alles okay«. Aron wagte sich einen Satz vor: »Na ja, schon komisch so.«

Und fügte noch einen hinzu: »Ist ja Weihnachten morgen.«

»Mmhh«, murmelte Elena, klar, Weihnachten wurde selbst Aron besinnlich. »Und was machst du dann so an Weihnachten?«

Im gleichen Moment hätte sie sich am liebsten die Ohren zugehalten, die Antwort wollte sie gar nicht hören. Aber sie kam.

»Ja, mittags zu meinen Eltern. Abends werde ich, also werden wir, wir werden zusammen essen. Nichts Großartiges.«

Oh, dieses Weichei! Wer war denn wir? Sollte er doch sagen: ›Marlene kocht‹ – denn das tat sie garantiert, und zwar äußerst raffiniert – ›und dann werden wir fein vögeln, Schlückchen Schampus dazu‹ – Marlene denkt garantiert auch dran, noch ein Bier in den Kühlschrank zu stellen,

falls es länger dauert – ›und morgens dann gemütlich ausschlafen.‹ Zum Kotzen billig. Sollte er doch sagen, wie es war. Aber Aron fragte nur harmlos:
»Und ihr?«
»Was wir?«, fauchte Elena.
»Was macht ihr?«
Was sollte sie dazu bitte sagen? Ich werde auf der Leiter stehen und vier oder fünf Meter hohe Wände verputzen und mit meinem quietschvergnügten Onkel eine bunt blinkende Lichterkette in einen nadelnden Tannenbaum hängen? Wenn es ganz wild wird, kommt auch noch meine Tante, die Nonne, und bringt uns ihren Segen vorbei. Und ansonsten wüsste ich gerne, welches Arschloch die Schwester des nigerianischen Hausmädchens meiner Freundin fast totgeschlagen hat? Entzückende Weihnachten.
»Also wir, ja, also Gigi kocht morgen Abend und am 25. gibt es zum Frühstück Geschenke.«
»Ach, erst am 25.?«
»Ja. Das ist hier so in Italien.«
»Ah«, Aron machte eine Pause, atmete und nahm Anlauf für die nächsten Sätze.
»Hör mal, Elena ...«
»Ja?«
»Also, ich finde, wir sollten mal reden. In Ruhe. Über alles, so. Ich könnte mich zum Beispiel übermorgen, am 25. ins Flugzeug setzen und ...«
»NEIN!«, Elena japste.
»Elena, ich bitte dich, ich könnte euch ein paar Tage besuchen, ganz entspannt.«
»Nein, Aron! Du kommst nicht hier reingeschneit und spielst den Weihnachtsmann. Wir haben noch nicht ein-

mal unsere Kisten ausgepackt. Für Ben ist das hier ein großes Abenteuer und ihm geht's bis jetzt wirklich prima – falls dich das interessiert. Mir geht's im Übrigen auch gut so und du machst hier nicht den Überraschungstiger. Vergiss es!«

»Aber wir sollten mal in Ruhe reden. Über alles.«

»Nee, ehrlich, Aron, ich habe gerade keinen Gesprächsbedarf. Nicht jetzt.«

»Ist ja gut, reg dich nicht auf. Aber wenn *du* früher reden wolltest, musste das immer sofort sein, jetzt will ich übermorgen reden ...«

»Wenn's denn so gewesen wäre!«, Elenas Stimme schlug Kapriolen. »Du hast doch immer den Drückeberger gegeben. ›Weiß gar nicht, was du schon wieder hast‹, das war der längste Satz, den du zu bieten hattest. Ansonsten hast du die Zähne nicht auseinandergekriegt. Was hab ich gewühlt, um mal klare Worte von dir zu hören und nicht dieses ewige Genuschel. Jahrelang! Und jetzt ist eben *basta*! Ich will nicht mehr, kann nicht mehr, *capito*?«

»Ja, ja schon gut. Aber können wir nicht wie vernünftige, erwachsene Menschen ...«

»Pass auf Aron, ich habe keine Ahnung, ob Affären mit Sekretärinnen vernünftig und erwachsen sind. Wenn du damit dein Leben erfrischst, bitte. Aber dann lass mir und Ben unser kleines, unvernünftiges Abenteuer am Ende von Italien – okay?«

Pause. Elena begann, ihr explosiver Ausfall leidzutun. Irgendjemand musste jetzt etwas sagen. Also Elena. Typisch, dachte sie, typisch, typisch, typisch, so war das immer und sie sagte gefasst:

»Pass auf, komm im neuen Jahr. Okay? Dann ist alles ein bisschen entspannter.«

»Ja, ist wohl besser. Ich melde mich dann wieder, wenn ich meinen neuen Kalender vor mir habe ...«

Damit war das Gespräch beendet.

Unglaublich, dieser Überfall. Elena lief durch Gigis Wohnung. Eine Zigarette, das wär's jetzt. Hatte der Onkel nicht irgendwo Zigaretten für beziehungstechnische Bruchlandungen versteckt? Aus dem Nichts heraus war Aron wie ein fauler Apfel mit einem satten »Wupp« in den Palazzo von Onkel Gigi geplumpst. Einfach so. Wo war ihr iPod mit der Wiedergabeliste »Doll & Dreckig«, die sie sich in die Ohren dröhnte, wenn ihr der Faden riss? In einer der Reisetaschen, die noch ungeöffnet herumstanden, in der auch einige Bücher, Bilder und ihre Kamera waren. Dinge, die hier irgendwo einen Platz finden sollten.

Sie stand in der Schiebetür, betrachtete die maroden Wände, zwischen denen ihre neue kleine Wohnung wachsen sollte. Es war Zeit, anzufangen.

Ben und Gigi kamen nach Hause, beobachteten, wie Elena wütend Putz von den Wänden kratzte, aßen schnell einen Teller Pasta, sahen sie auf der Leiter die knubbelige Wand mit Stuck neu glätten und verschwanden still. Manchmal war Gigi bewundernswert rücksichtsvoll.

***

Es klingelte an der Haustür, als Elena gerade stolz, erschöpft und innerlich ausbalanciert die frisch ausgebesserten Wände im ersten Zimmer wie ein Kunstmuseum betrachtete. Ihre alten Jeans und das ausgebeulte Sweatshirt waren mit Mörtel vollgekleckst, ihre Haare staubgrau, ihr Gesicht entspannt. Ein erstklassiges Work-out. Zwar kein

Feintuning für Bäuchlein, Beine, Po, aber perfekt für Elenas höchstpersönliche Problemzonen. Morgen früh würde der Spachtel trocken sein und sie könnte das erste Zimmer streichen. Sonnig gelb.

Es klingelte noch einmal. Elena lief summend zur Tür, öffnete und wurde prompt weggespült von einem mächtigen italienischen Redefluss.

»Diese Treppen zu Ihnen, *Signora*, die ... fff ... sind nichts mehr für mich, ffuh«, schnaufte eine kleine massive *Signora*, Ende sechzig mit hochtoupiertem dunklen Haar, schwarzem Lidstrich, langen Wimpern und erstaunlicher Oberweite im tief ausgeschnittenen Kunstfellkragen.

»Verzeihen Sie die Störung, ich wollte mich nur entschuldigen, es tut mir unendlich leid, es wird nicht wieder vorkommen, Maestro macht das sonst nie, ich schwöre! Hat sich der Kleine sehr erschreckt?«

Sie wankte auf beängstigend hohen Absätzen, lehnte mit einem Arm am Türrahmen, während sie mit dem anderen ein struppiges goldblondes Hündchen festklemmte.

Elena guckte verwirrt auf diese Erscheinung, die einfach nicht zu reden aufhörte.

»Ich habe mich noch gar nicht vorgestellt: Cosima.«

Sie reichte Elena ihre zerfurchte Hand mit einem samtweichen Druck und verkündete: »Wir sind nämlich Nachbarinnen!«

Nach dieser wundervollen Überraschung gönnte sie sich eine Atempause und strahlte Elena erwartungsvoll an.

»Von unten aus dem Erdgeschoss, wenn Sie rauskommen gleich links. Und das ...«, sie zeigte auf den kleinen, dicken Strubbel im Arm, »das ist Maestro. Glauben Sie mir, eine Seele von Hund. Ich weiß gar nicht, was heute in ihn gefahren ist.«

Elena guckte immer noch sprachlos, Cosima hielt einen Moment irritiert inne:

»Sie sprechen doch italienisch, oder?«

Sie nickte.

»Und sind die Mutter dieses hübschen kleinen Jungen mit den rotblonden Locken?«

Elena nickte noch einmal. »Und worum geht es?«

Munter erklärte Cosima nun, dass Maestro, während sie ihr Mittagsschläfchen gehalten habe, Ben auf der Piazza angekläfft und der sich vor Schreck auf *Signor* Gigis Arm geflüchtet habe. Gigi war offensichtlich ziemlich sauer gewesen über die Attacke, »dabei ist er so ein freundlicher *Signor*, auch wenn er, nun ja, aber das spielt ja keine Rolle ... Jeder wie und mit wem es ihm gefällt, nicht?«

Im Übrigen sei *Signor* Gigis Gefährte ja nun auch ein sehr ansehnlicher, kultivierter Mann, Opernsänger, wie sie gehört habe, aus Genua? Ob Elena ihn kenne? Jedenfalls, nach dem Mittagsschläfchen habe ihre Freundin Rosella aus der Nachbarwohnung von Maestros ungebührlicher Kläfferei berichtet, unverzeihlich, wirklich.

»Wie geht es denn dem Kleinen? Ist er da?«

Sie guckte neugierig in die Wohnung. Dann fiel ihr Blick auf Elena: »Oh, Sie renovieren selbst? Ich kenne den Palazzo ja noch von früher, das scheint jetzt alles völlig anders ...«

Cosima schob sich einen halben Schritt in die Wohnung und Elena hatte keine andere höfliche Wahl:

»Wollen Sie einmal schauen?«

»Ich will aber nicht stören«, sagte Cosima freudig und stand bereits im *open space-eeh*.

»Ich bin für heute sowieso fertig«, ergab sich Elena. Man konnte sich seine Nachbarschaft nicht aussuchen und in so einem kleinen Städtchen sollte man sie tunlichst pflegen. Auch wenn Cosima offensichtlich eine der alten Huren war, von denen Gigi erzählt hatte. Aber Cosimas Erinnerungen aus dem früheren Leben dieses Palazzo könnten durchaus Unterhaltungswert haben.

Kurz darauf saßen die schrille Nachbarin und die eingestaubte Handwerkerin am Esstisch und stießen mit Gigis *limoncello* auf gute Nachbarschaft an. Cosima spülte den Likör im Mund hin und her, schluckte und spitzte die faltigen, roten Lippen. Sie legte die Hand auf Elenas Arm.

»Meine Liebe, ich muss Ihnen noch etwas beichten«, sie schaute Elena sehr tief in die Augen: »Ich habe die Zahlen Ihrer Autonummer auf meinem Lottoschein getippt. Sie sollen mir Glück bringen.«

Elena wagte kein Grinsen. Die Sache mit den Zahlen schien eine höchst bedeutende Angelegenheit zu sein. Vielleicht hatte sich Cosima tatsächlich nur deshalb hier heraufgeschleppt?

»Ich hoffe, dass Sie nichts dagegen haben. Falls ich gewinne, beteilige ich Sie natürlich.«

»Keine Sorge«, beruhigte Elena ihre Nachbarin und goss *limoncello* nach. Nun waren sie Verbündete.

Nach dem Likör spürte Elena deutlich, dass sie seit dem Vormittag nichts gegessen hatte. Sie stöberte im Kühlschrank und im Küchenregal, fand eingelegte Paprika und Auberginen, einige *polpette* vom Vortag, etwas Käse und pikante Salami, dazu noch Oliven, *taralli*, knusprige kleine Teigkringel mit Fenchel, kleine *pizzette* und frisches Brot. Genau die richtigen Kleinigkeiten für den späten Nachmittag, befand Elena und deckte den Tisch. In Italien isst man schlecht allein, das hatte Elena nicht zuletzt von ihrem Onkel gelernt. Cosima schien das auch zu finden und so öffnete Elena noch eine Flasche Rotwein und erfreute sich zunehmend am Geplapper ihrer ungewöhnlichen Nachbarin.

Als Michele später erschien und die frisch gespachtelten Wände bewunderte, waren die beiden Damen bereits per du, leicht beschwipst und Cosima war darüber informiert, warum Elena zu Weihnachten im feuchtkalten Lecce bei ihrem Onkel einzog und nicht in der wohlig geheizten Hamburger Doppelhaushälfte mit ihrem Mann feierte, genauer: ihrem bestenfalls halben Mann.

Im Angesicht einer alten Hure, der kaum ein menschlicher Abgrund wirklich fremd war, hatte Elena erstaunlich locker ihre Geschichte erzählt. Cosima war zwar eine Plappertante, aber ihre Art zuzuhören war professionell mitfühlend, ihre Reaktion unaufgeregt und pragmatisch und Elenas kleines Drama bekam plötzlich eine völlig neue Perspektive.

»Willst du ihn wiederhaben?«, fragte Cosima, während sie Maestro für einen Fitzel Mortadella Männchen machen ließ.

»Glaube nicht.«

»Dann sei dieser Marlene-Sekretärin dankbar, dass sie ihn dir abnimmt.«

Michele setzte sich mit einem Weinglas an den Tisch und Elena lud ihn ein, zuzugreifen.

»Cosima, das ist übrigens Michele. Ein junger Maler aus Rom, der im *Fichi d'India* kellnert.«

»*Piacere*«, Cosima hob ihre Hand zum Gruß und wackelte süßlich lächelnd mit den Fingerspitzen. »Noch ein Flüchtling in Lecce? Wie nett.« Sie klimperte mit ihren angeklebten Wimpern.

»Musst du heute nicht in die Osteria?«, fragte Elena.

Er verneinte mit dem Zeigefinger, während er kaute und

eine weitere Aubergine aufgabelte. »Ruhetag. Hmm, wunderbar, mit Zitrone und Minze, fast so gut wie die meiner Mutter«, er schaute mit einem Blinzeln zu Elena, stippte das Brot in die Marinade und mümmelte zufrieden. »Bei Gigi ist man wirklich bestens aufgehoben.« Er wischte sich das Öl aus den Mundwinkeln, trank einen Schluck Wein. »Wie war es im Krankenhaus?«

»Nicht schön, gar nicht schön.« Elena senkte die Stimme: »Es war tatsächlich Grace«, und wandte sich zu Cosima: »Eine Afrikanerin wurde vergangene Nacht zusammengeschlagen – hast du davon gehört?«

»Natürlich«, antwortete Cosima – was für eine Frage, wie hätte es anders sein können?

»Hörte sich schlimm an. War sie aus dem Milieu?«

»Keine Ahnung. Ihre Schwester befürchtet, sie sei zur Prostitution gezwungen worden.«

»*Santo cielo,* was sind das heute für Zustände. Zu meiner Zeit hatte das Geschäft noch eine gewisse Klasse, Niveau. Wir kannten uns alle in unserer Gasse und haben auf eigene Rechnung gearbeitet. Da gab es persönliche Beziehungen. Und heute? Guck mal in die Zeitung! In den *Osservatore,* dieses wohlerzogene Lokalblättchen. Guck da mal unter den gewerblichen Anzeigen. So etwas hatten wir nicht nötig!«

Cosima schnaubte, offensichtlich hatte Elena eines ihrer Lieblingsthemen erwischt.

»Da tummeln sich die Mädels heute. Schwarze mit dicken Titten, Thaimäuse, blondierte Schreckschrauben aus dem Osten. Diese Hühner sind alle illegal hier, aber das interessiert ja niemanden. Kommen und gehen und werden nachgeliefert. Eine Invasion ist das!«

Cosima hatte sich in Rage geredet, zur Beruhigung

zupfte sie mit den Fingern ihre Frisur zurecht, schob ihr Glas in Richtung Elena, die gehorsam nachschenkte.

»*Beh!* Was soll's, ich bin froh, dass ich raus bin aus dem Tagesgeschäft. Meine Stammkunden, die kennen auch innere Schönheit.«

Michele verschluckte sich an einem Brotkanten, starrte die genießerisch lächelnde Cosima an und spülte die Krumen im Hals mit einem kräftigen Schluck Wein runter. Elena war auf die Stammkundennummer dank Gigi ja vorbereitet, konnte also gelassen weitererzählen:

»Blessing ist zusammengebrochen bei ihrem Anblick, grausam, wirklich. Selbst *Don* Francesco war absolut fassungslos.«

»*Don* Francesco?«, fragte Michele leicht gereizt.

»Ja sicher, ich habe ihn angerufen und er ist sofort gekommen. Aber er hat sie nicht erkannt. Kein Wunder, Grace sieht grauenhaft aus. Der *Padre* war wirklich schockiert.«

»Das glaub ich gerne«, spöttelte Cosima, »ist ja auch nur ein Mann und ...« Sie lächelte süßlich.

»Klar, *Don* Francesco, den kennst du natürlich auch näher«, scherzte Michele und schob sich genüsslich grinsend noch ein paar *Taralli* in den Mund. Cosima schaute ihn pikiert an, auch sie hatte ihre Berufsehre. Sie war inzwischen wieder auf *limoncello* umgestiegen und bediente sich selbst. Dann hob sie etwas beleidigt zu einer historischen Belehrung an.

»Junger Mann, zu uns kamen früher alle. Und wenn ich alle sage, meine ich alle – abgesehen von *Signor* Gigi und seinen Freunden. Leider«, ein leichter Seufzer, sie senkte die Stimme vertrauensvoll. »Aber, nun ja, der *Padre,* der war schließlich auch mal jung.«

Sie lächelte vieldeutig und schaute von Elena zu Michele, die beide Mühe hatten, ihre Gesichtszüge zu kontrollieren.

»Natürlich ist er früher durch unsere Gasse geschlichen. Begleitete damals immer irgendeinen wichtigen Priester, der nebenan bei den Nonnen in der Klosterkirche predigte. Francesco war damals so eine Art Priester-Lehrling, was weiß ich, auf jeden Fall hat er sich auf dem Rückweg eines Tages wohl verlaufen oder der andere Priester hat ihm einen dezenten Hinweis gegeben ...«

Cosima lachte tief und rau wie ein alter Dieselmotor, beugte sich über den Tisch und raunte: »Redet natürlich niemand drüber, wissen hier aber alle. Zumindest die alten Huren, die früher im Vico del Sole gearbeitet haben. Unser kleiner *Padre* hatte natürlich immer Schiss, dass die Nonnen von nebenan ihn entdecken. Aber für uns war er einträglicher als jede Kollekte, hat sehr anständig bezahlt, ist ja klar, aber konnte er sich leisten, er stammt ja aus einer Lecceser Familie mit Stammbaum bis dort hinaus. Keine Ahnung, wieso der Priester werden wollte.«

Sie wiegte glucksend den Kopf mit dem Haarturm.

»Und? Kommt er immer noch?«, fragte Elena.

»Der kommt, da bin ich mir sicher!«, röhrte Cosima los und ihr Dieselmotor fuhr satt hoch bei diesem kleinen dreckigen Witz, »aber nicht mehr bei uns!«

Das fand selbst Elena komisch, lag vielleicht an diesem Tag, der geladen war wie ein nahendes Gewitter, am Stress der letzten Wochen, am Mama-Leben mit permanent angezogener Handbremse, jedenfalls brach Elena in ein befreiendes Lachen aus wie schon lange nicht mehr. Atemlos wischte sie sich die Tränen von der Wange.

»Huhuhu, oh Gott, war der blöde«, gackerte sie weiter.

Michele fühlte sich unbehaglich, er war zu spät eingestiegen ins Weibergelage. Er saß etwas steif am Tisch, bemühte sich krampfhaft zu lächeln:

»Ja und dann? Ist das nie rausgekommen?«

Cosima fächelte sich Luft zu: »Das wurde am Ende eine blöde Geschichte. Er hat sich verliebt.«

»Wie süß!«, schwärmte Elena und kicherte wieder los. »Warst du die Glückliche?«

Cosima stürzte ihren *limoncello* runter, schaute kurz erstaunlich nüchtern in die Runde und versuchte aufzustehen.

»Und jetzt ...«

Sie stützte sich am Tisch ab. »Puh, jetzt muss ich gehen. War sehr nett mit euch. Auf gute Nachbarschaft.«

»Komm, ich bringe dich runter«, bot Michele an. Cosima würde allein kaum heil die Treppe runterkommen.

»Junger Mann, das ist sehr charmant.« Cosima stand, schwankte und nuschelte etwas beleidigt: »Aber ich bin noch immer in meine Wohnung gekommen.«

Sie wagte einen Schritt und richtete ihren Blick konzentriert in Richtung Haustür. Maestro guckte unter dem Tisch hervor und fiepte. »Aber du könntest Maestro nehmen. Ich habe keine Lust, dem jetzt noch hinterherzulaufen.«

»Was war denn hier los?«, *Zio* Gigi sank erschöpft mit dem schlafenden Ben über der Schulter auf die Chaiselongue. »Ich habe Michele auf der Treppe getroffen, mit diesem fetten Kläffer unterm Arm, und Cosima, die singend an seiner Schulter hing und dieses Pizzica-Lied vor sich hin trällerte, ›... *e ninnà ninnà ninnà, beddha l'amore e ci lu sape fa*‹.«

»Was für ein Lied?«

»Das ist ein Gassenhauer, Volksgut aus dem Salento, im Dialekt: ›Schön ist die Liebe und wer sie zu machen versteht‹«. Gigi grinste: »Hast du dich mit Cosima angefreundet?«

»Kann man so sagen, ja«, kicherte Elena und schaute verliebt ihren goldig gelockten Engel an, wie er so hübsch und friedlich an Gigis Schulter schlummerte. Dem ging es richtig gut bei seinem Großonkel. Sie nahm ihren Sohn vorsichtig hoch und trug ihn in seine kuschelige Nische am Kamin.

Erstaunlich entspannt, die Kleine, fand der Onkel befriedigt. Was scherte ihn dann ein leer gefressener Kühlschrank? Cosima schien einen gesunden Einfluss auszuüben – ausgerechnet die Hure mit ihrem blöden Köter. Die war so ziemlich die Letzte gewesen, an die er gedacht hätte, um Elena aufzumuntern.

Michele kam noch einmal zurück, es war schließlich sein freier Abend, und grinste unverschämt.

»Gutes Kampfgewicht, die Dame. Habe sie abgelegt, ganz galant. Ihr die Schuhe ausgezogen, sie zugedeckt und dafür einen Gute-Nacht-Kuss gekriegt. Mission erfüllt.«

Er setzte sich zu Elena und Gigi an den Kamin.

»Was für ein Tag für dich, meine Kleine«, seufzte *Zio* Gigi, der gerade alles über Grace im Koma, Aron am Telefon und Cosima mit dem *Padre* erfahren hatte.

»Wir kaufen morgen mal den *Osservatore* und gucken die Kleinanzeigen an, von denen Cosima gesprochen hat«, schlug Elena vor. »Falls Grace tatsächlich in Lecce angeschafft hat, war sie vielleicht auch annonciert.«

»Es reicht, mit offenen Augen durch das *centro storico* zu gehen«, murrte Gigi. »Hier gibt es Prostituierte aus aller Welt. Will nur keiner wissen.«

»Und wo wohnen die? Werden sie versteckt? Weiß das auch jeder? Nur zufällig die Polizei nicht?«, ereiferte sich Elena. »Grace hätte sich bei Blessing gemeldet, wenn sie die Möglichkeit gehabt hätte. Die ist nicht freiwillig wohin auch immer verschwunden.«

Bella mia«, wandte der Onkel betont sanft ein, »ich möchte ebenfalls gerne wissen, wer diese junge Frau zusammengeschlagen hat. Aber das ist nicht dein Job, dafür gibt es einen *Commissario*. Halte dich da raus und lass andere die Welt retten.«

»Dieser *Commissario* ist bislang nicht gerade als investigativer Schnellmerker aufgefallen. Er hätte ja von selbst auf die Idee kommen können, bei *Don* Francesco mal nachzubohren. Der kennt sich nun wirklich bestens in der Immigrantenszene aus.«

»... und in der Hurengasse!«, spottete Michele. »Ich glaub's nicht, der wohltätige *Padre*, so fromm wie ein Kater!«

»Lass ihn doch sein, wie er will, Herr im Himmel«, mischte sich Gigi ein. »Er ist wahrhaftig nicht der Einzige, der das Zölibat eher entspannt nimmt. In Lecce gibt's auch einen schwulen *Padre*. Das wissen nur wenige, viele vermuten zwar was, aber offen redet niemand drüber. Fertig. Dafür trägt der Typ dem Bischof den dicksten Klingelbeutel vorbei, weil alle in seiner hübschen Kirche heiraten wollen.«

»*Va bene, va bene*«, wiegelte Michele ab, der Gigis Hang zu weit ausschweifenden Vorträgen in den wenigen Tagen ihrer Bekanntschaft bereits ausgiebig genossen hatte, und stand auf. An der Tür drehte er sich noch einmal lächelnd um: »Elena, kleiner Spaziergang? Regnet gerade nicht.«

18

Antonio schaltete mit der Fernbedienung den Ton des Fernsehers aus. Tatsächlich, irgendwer klopfte da unten ziemlich energisch an die Tür der Osteria. Das hörte sich nicht nach Donata an, die manchmal ihren Schlüssel vergaß, wenn sie zu ihrer Cousine rüberging. Nein, die hätte angerufen. Er zog sich aus dem Sofa hoch, stöhnte: »*Porca miseria*, nicht mal am Ruhetag hat man seine Ruhe«, und schlurfte zur Treppe, die von der Wohnung im ersten Stock in die Osteria hinunterführte.

Kaum hatte Antonio die Tür geöffnet, schob ihn ein quadratisch gebauter Kerl mit Glatze und Lederjacke in den Gastraum zurück.

»*Buona sera, Signor* Rizzo, dürften wir freundlicherweise einen Augenblick Ihres kostbaren Ruhetages mit Ihnen verbringen und einige Dinge klären?«

Hinter dem Lederjackentyp erschien ein eleganter älterer Herr mit zurückgekämmtem, silberschimmerndem Haar, dunklem Wintermantel, einem Kaschmirschal und feinen Lederhandschuhen.

»Entschuldigen Sie die Störung, *Signor* Rizzo. Sie erinnern sich an mich? Es ist schon einige Zeit her, dass wir uns gesehen haben, aber ich hatte nie Anlass zur Klage. Unsere kleine Vereinbarung lief ja immer problemlos.«

Antonio spürte Wärme in sich aufsteigen, seine Hände wurden feucht. Es war also so weit. *Avvocato* Galloso bemühte sich höchstpersönlich zu ihm, dem kleinen Wirt, der viele Jahre brav gezahlt und immer ein oder zwei, meist unfähige Kellner durchgeschleppt hatte. Jahrzehntelang. Kurz nach der Geschichte mit Lucia hatte es angefangen und war irgendwann zur Gewohnheit geworden. *Pizzo*, Schutzgeld, gehörte zu den monatlichen Kosten wie Strom und Wasser. Nicht der Rede wert, so hielten es auch die anderen Wirte. Aber Antonio hatte einen Entschluss gefasst.

»Du weißt, warum wir hier sind?«

»Ich vermute, wegen des Kellners, aber ...«

»*Appunto*. Ich sehe, du hast verstanden. Du mochtest ihn nicht, richtig? Ich weiß, er hat sich schlecht benommen. Nun, das hätten wir doch klären können.«

Hinter seinem Rücken stolzierte dieser quadratische Lederjackenkerl herum, hatte sich eine Zigarette angesteckt und betrachtete die Familienfotos. Antonio stand abwartend vor dem *Avvocato*, er hatte ihm keinen Platz angeboten und hatte das auch nicht vor. *Avvocato* Galloso fuhr fort mit seiner eisigen, geschliffenen Stimme:

»Wir hätten andere, freundliche Jungs, die die Arbeit gerne erledigen würden. Außerdem bist du mit deinen Zahlungen im Rückstand, obwohl dein Laden gut läuft. Hast du Probleme, von denen ich nichts weiß? Brauchst du Hilfe?«

Antonio rieb sich nervös die Hände, aber dann sagte er so ruhig wie möglich:

»*Avvocato*, ich werde nicht mehr zahlen.« Bevor er den Satz beendet hatte, hörte er es schon klirren. Gallosos Begleiter war mit seiner Pranke durch ein Regal voller Gläser gestreift.

»*Oh, mi scusi*«, entschuldigte er sich grinsend und drückte seine Zigarette im Hochzeitsfoto der Eltern aus. Antonio versuchte, nicht hinzusehen.

»Im Übrigen bin ich sehr zufrieden mit meinem neuen Kellner.«

Rumms, ein Stuhl flog quer durch den Raum und nahm eine Deckenlampe mit.

»Aber mir gefällt das alles gar nicht, wie du dir denken kannst«, säuselte der *Avvocato*. »Vermutlich wird es deiner Schwester nicht gefallen. Lucia ist nicht mehr die Jüngste und ohne deine bescheidene Zuwendung könnte sie ein Problem bekommen.«

Das genau war der Punkt.

»Meine Schwester ist tot!«, platzte Antonio heraus. »Lucia ist gestorben, ohne dass ich es wusste, ohne dass ich sie noch einmal gesehen hätte!«

Antonio stand direkt vor dem *Avvocato,* seine Augen funkelten wild: »Du hast mich jahrzehntelang verarscht!«, brüllte Antonio. »Von wegen New York – du hattest keine Ahnung, wo Lucia ist! In Rom! Sie war in Rom und hat in all den Jahren keine einzige Lira von mir gesehen. Keine einzige, obwohl ich dir das Geld angeblich für sie gegeben habe.«

Der *Avvocato* wich einen Schritt zurück. Krracks – das war ein Fußtritt in die Küchentür, jetzt schepperte es richtig, Töpfe und Pfannen flogen herum, Donata würde einen Herzinfarkt bekommen.

»Nun, eine kleine Notlüge, um die Zahlungsmoral zu sichern. Hat doch gut funktioniert, oder? Bei deinen Kollegen ist das aufwendiger. Wollen wir mal hoffen, dass deine Anwandlungen keine Nachahmer finden, das wäre für alle Beteiligten höchst unangenehm.«

Die Stimme des *Avvocato* wurde jetzt leise, sehr leise: »Pass auf, Rizzo, pass gut auf«, zischte er. »Ich bin kein Unmensch, ich lasse dich in Ruhe Weihnachten und Neujahr feiern, aber wenn du deine Meinung bis Mitte Januar nicht geändert hast, rücken wir dir deine Möbel mal richtig gerade. Das hier war dann nur ein bescheidener *aperitivo*. *Capito?*«

Antonio rührte sich nicht. Und hielt dem Blick des *Avvocato* stand.

»Und dieser neue Kellner – der verschwindet hier. Habe ich mich klar ausgedrückt?«

Der *Avvocato* drehte sich um, ohne eine Antwort abzuwarten.

»Diego, es reicht für heute. *Signor* Rizzo hat verstanden. Wir können gehen!«

19

Die Nacht war kühl und sternenklar, als ob nie ein Wölkchen den Himmel getrübt hätte. Das Leben schien ins Städtchen zurückgekehrt zu sein. Durch die Porta San Biagio schlenderten Paare mit und ohne Kinderwagen, schnatternde Grüppchen von Freundinnen, die Handtäschchen und lange Stiefel perfekt aufeinander abgestimmt hatten, Jungs mit vollkommen überflüssigen Sonnenbrillen, aber auch einige ältere Herrschaften – alle schienen endlich Luft schnappen zu wollen nach dem Dauerregen und irgendjemanden traf man immer während einer *passeggiata* vom alten Stadttor hinunter Richtung Piazza Sant'Oronzo, vorbei an einigen Bars und Restaurants, die in der Gasse eröffnet hatten, seitdem sie für Autos gesperrt worden war.

»Hier war früher abends absolut gar nichts los!«, staunte Elena. Sie und Michele ließen sich mit den anderen Bummlern treiben, vorbei am *Road 66*, der Studentenkneipe, die es schon immer gegeben hatte, auch Gigi hatte sich in jungen Jahren dort herumgetrieben. Rockmusik hämmerte aus der Tür und vermutlich standen mehr Gäste mit Zigarette und Bier draußen auf der Straße als drinnen an den hölzernen Kneipentischen. Die Kneipe war so legendär wie ihr Name.

»Heißt es nicht *Route 66*?«, fragte Michele.

»Nun sei mal nicht kleinlich, Michele«, spöttelte Elena.

»Straße ist Straße und wahrscheinlich ist das in Lecce noch niemandem aufgestoßen. Ob *Route* oder *Road 66,* beides riecht nach großer weiter Welt.«

»Für einen Winterabend in der Woche ist in diesem Provinzkaff aber deutlich mehr los als auf so mancher Piste in der großen weiten Welt«, bemerkte Michele.

»Ich weiß überhaupt nicht mehr, was abends in Provinzkäffern oder sonst irgendwo in der großen weiten Welt los ist. Ich komme mir selbst in Lecce schon vor wie im Dschungel einer Großstadt.«

Sie blieb stehen und schaute sich um. Sah junge Leute auf den Stufen der barocken Kirche San Matteo plaudern, in ihre *telefonini* hineinschwatzen und gucken. Einfach gucken, wer vorbeispazierte. So konnte man also auch den Abend verbringen. Sie schaute zu Michele. Seine Augen – diese Augen müssten verboten werden, sofort! – unter den dunklen, kräftigen Brauen blinkten und sprühten wie Wunderkerzen.

»Mit einem Kind tickt das Leben eben ein bisschen anders«, versuchte Elena nüchtern zu erklären und damit das Blinken auszuknipsen. Michele zuckte nur mit den Schultern. Sie schlenderten weiter.

Auf der Piazza Sant'Oronzo verloren sich ein paar wenige Spaziergänger. Michele und Elena lehnten sich über die Brüstung und schauten hinunter ins Amphitheater. Die toten Hühner waren entfernt worden, die Figuren standen alle wieder an ihren Plätzen, nur Maria fehlte.

»Soll ich dir ein Geheimnis verraten?«, fragte Michele.

»*Avanti!*«, ermunterte ihn Elena.

Er schaute sich um, ob jemand sie belauschte, lehnte seine Schulter an ihre und flüsterte in ihr Ohr: »Ich war hier, als die Krippe auseinandergenommen wurde.«

Elena war irritiert und sich nicht sicher, ob sie fassungslos oder belustigt gucken sollte.

»Warst du etwa da unten und hast ...?«

»*No, no!* Zumindest erinnere ich mich nicht. Ich war komplett abgefüllt, hatte mit meinem Onkel eine Flasche *limoncello* geleert. Ich vertrage das Zeug einfach nicht, schon gar nicht in diesen Mengen, aber wir hatten ein bisschen was zu klären.«

Die goldenen Lämpchen des Weihnachtssterns legten einen Schimmer auf Micheles glatte braune Haare, die er zu einem Pferdeschwanz zusammengebunden hatte. Zwei Grübchen tauchten neben seinen Mundwinkeln auf.

»Danach hab ich einen klassischen Filmriss gehabt. Ich weiß, ziemlich blöde, ist mir zum letzten Mal beim Abschlussfest meiner Schule passiert.«

»Was ja so lange noch nicht her ist«, warf Elena ein.

»Doch, doch, *principessa*. Täusche dich nicht«, ein umwerfendes Lächeln flog zu Elena hinüber.

»Am Morgen danach habe ich mich erst an nichts erinnert. Aber als ich die Fernsehbilder sah, dämmerte mir, dass ich hier gewesen war. Ich habe sogar irgendwelche Jungs gesehen, die aus dem Amphitheater rausgeklettert sind, habe mir aber nichts Böses dabei gedacht. In der Nacht habe ich sowieso nichts mehr gedacht, war derartig abgefüllt und stinkwütend auf Antonio.«

»Auf diesen knuddeligen Wirt? Wieso ist der überhaupt dein Onkel? Obwohl du nicht mal *Zio* sagen musst?«

»Oh Elena, du fragst und fragst, dabei könnten wir diesen schönen Abend genießen. Komm, wir gehen ein bisschen spazieren und gucken uns mal in der Gegend um, wo Grace gefunden wurde.«

»Das wird meinem Onkel aber gar nicht gefallen«, protestierte sie, »und erst musst du mir das mit deinem Onkel erklären. Als er mit Gigi über deine Wohnung verhandelte, habe ich von seinem genuschelten Kartoffelitalienisch nämlich so gut wie nichts verstanden.«

»Nicht so respektlos, das ist Dialekt!«, Michele hakte Elena wie selbstverständlich unter und zog sie mit sich.

»Ich erzähle dir alles. Alles, was du willst. Nun kommen Sie schon, Mrs Holmes. *Zio* Gigi sieht's ja nicht.«

Der Spaziergang dauerte länger als erwartet. Eine gute Stunde saßen die beiden vor dem überwältigenden Portal der Basilika Santa Croce, unter Drachen, Löwen und Monstern, Putten, Gnomen und Mischwesen aus Tierkörpern mit menschlichen Fratzen. Die wagemutigen Steinmetze, die all diese Wesen in den Sandstein gemeißelt hatten, mussten wahrhaftig durch Himmel und Hölle gereist sein.

Dass Michele seine Geschichte ausgerechnet an diesem Ort erzählte, vor dem feierlich ausgeleuchteten Prunkstück des Lecceser Barock, war vielleicht etwas pathetisch, aber dem Anlass durchaus angemessen. Micheles nächtlicher Besuch der Weihnachtskrippe verhielt sich zu der Geschichte, die er nun zu bieten hatte, wie eine Knallerbse zum Chinaböller.

Er zog die Postkarte aus seiner Tasche, die er ständig bei sich trug und so sorgsam hütete, wie Lucia es fast dreißig Jahre lang getan hatte. Wie eine kostbare Erinnerung, der letzte Schimmer eines anderen Lebens, das nicht im Meer des Vergessens versinken sollte.

»... Ich hoffe, es geht dir und dem kleinen Michele gut. Alles ist wie geplant gelaufen, auch dein Bruder ahnt nichts ... Bleib, wo du bist – in Sicherheit! Dies ist der Rat und die Bitte einer Freundin ... Ich umarme dich, M.«

Er erzählte, wie ihn der Zufall in die Osteria seines Onkel geschubst hatte, und von dem Pakt, den sie geschlossen hatten: Michele blieb, jobbte, hatte aber offiziell keinen Onkel oder sonstige Verwandte in Lecce.

»Warum darf bitte niemand erfahren, dass er dein Onkel ist?«

»Ehrlich gesagt, ich weiß es nicht. Nicht genau jedenfalls. Ich vermute, er schämt sich. Meine Mutter, seine Schwester, ist aus Lecce abgehauen, Jahrzehnte später taucht plötzlich ein unbekannter erwachsener Neffe auf – das macht keine *bella figura*. Was sind das für Verhältnisse in dieser alteingesessenen Osteria, in diesem braven katholischen Städtchen?«

»Aber zumindest die Gäste von früher wissen doch, dass es Lucia gab und sie irgendwann abgehauen ist«, wandte Elena ein.

»Aber keiner redet drüber. Es ist lange her. Ich würde die ganze Geschichte aufkochen.«

»Du liebe Güte, in welchem Jahrzehnt leben wir denn? Was ist so dramatisch an dieser Familiengeschichte?«, meinte Elena leichthin.

Michele stand auf, stapfte die Treppenstufen zum Portal hinauf und wieder hinunter und bohrte die Hände in seine Jackentasche. Kein Mensch war auf der Piazza vor Santa Croce, kein Ton drang aus den umliegenden Häusern, den Gassen, die im fahlen Licht der Straßenlaternen verschwanden. Michele kam langsam zurück, setzte sich wieder auf die rund getretenen Stufen. Er schien einen Entschluss gefasst zu haben.

»Elena, ich habe immer gedacht, mein Vater sei ein amerikanischer Tourist gewesen, ein One-Night-Stand. Kurz und undramatisch. Nicht mal eine Affäre, so war meine

Mutter eben manchmal. Aber Antonio hat erzählt, dass sie schon schwanger war, als sie aus Lecce wegging. Genauer: Sie ist vor ihm, vor ihrem Bruder geflüchtet. Antonio wollte sie zwingen, irgendeinen alten Cousin zu heiraten. Heute tut ihm das alles fürchterlich leid, aber damals war er ein junger Mann, frisch verheiratet und nach dem Tod seines Vaters das neue Familienoberhaupt. Er hatte am Sterbebett seines Vaters versprochen, sich um seine kleine Schwester zu kümmern. Er wollte die Familienehre retten.«

»Zwangsverheiratung, das wäre mir auch unangenehm. Wenn rauskommt, dass du der Sohn der hübschen Lucia bist, werden sich viele Stammgäste erinnern, wer alles mit Lucia geschäkert hat. Verheiratete Frauen werden dich inspizieren und nach Ähnlichkeiten mit ihren Männern suchen. Oh, ich ahne Dramen ... Moment mal, warum durfte deine Mutter deinen wahren Vater nicht heiraten?«

»Keine Ahnung«, seufzte Michele.

»Du suchst ihn. Bist du deswegen hier?«

Michele nickte.

»Kennt Antonio ihn?«

»Er sagt, nein. Aber er hat Angst. Angst, weil ich hier bin. Donata würde mich am liebsten persönlich in den nächsten Zug nach Rom verfrachten.«

»Aber wie willst du deinen Vater finden, wenn Antonio angeblich nichts weiß?«

Er zuckte mit den Schultern. »Keine Ahnung. Vielleicht sagt Antonio doch was, wenn ich länger bleibe. Vielleicht entspannt sich Donata und verrät was, damit ich endlich verschwinde. Oder ich finde diese M., die Postkartenschreiberin. Es muss doch irgendeine alte Freundin von meiner Mutter geben, irgendjemanden, der mir erklären kann, warum sie nie wieder zurückgekommen ist. Warum sie mich angelogen hat. Warum sie hier in Gefahr gewesen wäre.«

Michele erinnerte sich an Lucias Panikattacken, an den Duft von Lavendel. Er wollte dieses verborgene Leben seiner Mutter endlich verstehen.

»Außerdem hätte ich immer schon gerne einen echten Onkel gehabt. So einen wie Antonio.«

Elena nickte. Da saß sie nun mit dem nächsten Geheimnis. Hatte einen Pakt mit Cosima und den Glückszahlen und einen Pakt mit Michele, dem Neffen inkognito.

»Komm, wir gehen weiter.« Michele zog Elena hoch, hielt ihre Hand fest und schaute sie einen langen Augenblick an. »Weißt du inzwischen, wo bei dir die Sonne aufgeht?«

Nicht zum Aushalten, dieser lange Blick, diese Frage. Elena musste flüchten. »Wir hatten noch etwas vor«, sagte sie entschlossen und ging los.

»*Va bene,* Mrs Holmes.«

»Und nenn mich nicht Mrs Holmes.«

»In Ordnung, *principessa.*«

Michele war erleichtert. Er hatte sein Geheimnis geteilt und er vertraute Elena. Die hatte sich inzwischen von dieser Frage und dem zu langen Augenblick erholt und fühlte sich fast schon beschwipst, während sie neben Michele durch die kühle, klare Nacht stromerte. So leichtfüßig wie schon lange nicht mehr. Ach, sie hängte sich einfach mal an Micheles Arm.

»Wie alt bist du eigentlich?«

»29.«

29! Sie hatte es geahnt. Der konnte fast ihr Sohn sein, da gab es kein Vertun. Sie blieb trotzdem mutig im Arm hängen. Der war ganz genau auf der richtigen Höhe.

»Und du?«

»Gerade 40 geworden.«

»Also 40.«

»So kann man es auch sagen.«

»Und was hast du hier so vor, im Winter in Lecce?«

»Siehst du doch: entspannen, über das Leben nachdenken ...«

Sie waren fast an der monumentalen Porta Napoli angekommen, konnten dahinter den angestrahlten Obelisken erkennen, der schon außerhalb der Altstadt stand, schmal und weiß in einer Flucht mit dem Torbogen des alten Stadttors. Doch vorher bog Michele rechts ab, in eine zunächst breite Gasse, die sich kurz darauf verjüngte und sich in einem erneuten Gassengewirr verlor.

»Hier muss sie irgendwo gefunden worden sein.«

Eine enge Gasse endete unvermittelt hinter einem Knick vor einem Portal.

»Wenn Grace weggelaufen ist und sich in so einer Gasse verstecken wollte, saß sie in der Falle.«

»Hat Cozzoli eigentlich gesagt, wer die Polizei gerufen hat? Vielleicht war das mit den Hühnerlieferanten im Amphitheater abgesprochen?«

»Ach Michele, das halte ich für sehr fantasievoll. Ich vermute, es waren Nachbarn, die Grace schreien gehört haben. Aber meinst du, hier wohnt überhaupt noch jemand?«

Die Häuser reihten sich unregelmäßig aneinander, einige guckten etwas hervor, andere lagen zurück und öffneten mit dem Nachbarhaus eine kleine Piazza. Wie überall im *centro storico* verliefen die Gassen krumm und schief, wurden weiter und enger, knickten ohne jede vorhersehbare Logik ab. Ein Gewusel von Gassen, Durchgängen und versteckten Höfen, die jeden Fremden verwirren mussten.

Und fremd fühlen konnte man sich schon, wenn man nur am anderen Ende des *centro storico* lebte.

Einige schmiedeeiserne Straßenlampen leuchteten matt in der Abendluft. Sämtliche Fenster waren dunkel, viele mit verschlossenen Lamellen oder Fensterläden, die schief in den Angeln hingen und schon lange nicht mehr geöffnet worden waren. Die Fassaden waren feucht und bröckelig, das Straßenpflaster löcherig. In diese Ecke war offensichtlich noch kein Investor vorgedrungen.

Elena und Michele schlenderten weiter, nahmen die grobe Richtung nach Hause, bis sie plötzlich Stimmen und Gelächter hörten und hinter der nächsten Kurve eine muntere Gruppe elegant gekleideter Herren an ihnen vorbeispazierte.

Michele und Elena schauten sich verwundert an. »War das eine Fata Morgana?«

Elena schüttelte den Kopf: »Die waren echt.«

Sie drehten um und folgten der feinen Gesellschaft auf eine kleine Piazza. Die Herrschaften hielten zielstrebig auf einen lang gestreckten Palazzo zu. Die Fassade war verwittert, die hohen schlanken Balkontüren im ersten Stock verrammelt, das schmiedeeiserne Balkongitter verrostet. Das verrottete Portal mit einem steinernen Familienwappen darüber schien seit Jahren niemanden mehr zu interessieren. Wäre da nicht ein kleiner Halogenstrahler gewesen. Die Herren warteten einen Augenblick, das Tor öffnete sich, sie verschwanden dahinter, das Tor schloss sich – elegant lautlos, da quietschte nichts – und der Spuk war vorbei.

»Ich weiß ja nicht, was du denkst, aber ich hätte so einen seriösen Herrenclub hier nicht vermutet.«

»Nicht wirklich«, stimmte Elena zu. »Und schon gar nicht zu dieser Uhrzeit.«

Kein Namensschild, nichts deutete an dem einst herrschaftlichen Eingang darauf hin, dass hier noch jemand wohnte. Nur das Licht unter dem Wappen.

»Sieht nach einer geschlossenen Gesellschaft aus«, vermutete Elena, als Michele sie im gleichen Moment zur Seite riss.

Eine dunkle Limousine schnurrte um die Ecke, bremste ab und rollte auf das Tor zu. Als es sich langsam öffnete, zerrte Michele an Elenas Hand.

»Los, komm, wir gucken da mal rein!«

»Bist du wahnsinnig?«

»Los jetzt!«

»So ein Blödsinn – ich ...«

Michele griff entschlossen ihre Hand und sie schlichen gebückt hinter dem Auto in den Torbogen unter dem Vorderhaus, drückten sich in einen Treppenaufgang – und staunten.

Sie hatten durch das morsche Tor eine andere Welt betreten, den strahlend ausgeleuchteten *Patio* eines prächtigen, frisch restaurierten Stadtpalastes mit gesäuberten sandfarbenen Mauern, an zwei Seiten mit Efeu bewachsen. Die Fenster im ersten Stock waren hell erleuchtet, Kronleuchter glitzerten, Herren in Anzügen standen in Gruppen zusammen, dunkelhäutige und asiatisch anmutende Mädchen in knappen Kleidchen bewegten sich mit Tabletts durch die Menge, Stimmengewirr drang nach außen, manchmal ein hohes Lachen.

Ein Mann mit lockigen gegelten Haaren eilte die Treppenstufen von der Loggia hinunter in den Hof und begrüßte den Herren mit silbergrau schimmerndem Haar, der gerade aus der Limousine gestiegen war.

»*Buona sera, Avvocato* Galloso. *Tutto bene?*«

»*Si, grazie.* Hier läuft alles? Die Herren amüsieren sich?«

»Bestens. Keine Zwischenfälle, nur erfahrene Mädchen heute.«

»*Bene, bene.*« Er wandte sich zu seinem Fahrer. »Diego, du kannst fahren, ich rufe dich an, wenn ich dich brauche.« Er wollte die Treppen hinaufsteigen, als ihm noch etwas einfiel. Er drehte sich um und rief: »Schau noch mal nach, ob beim Rizzo in der Osteria alles ruhig geblieben ist.«

Bevor sich das Tor hinter der langen Limousine wieder geschlossen hatte, huschten Elena und Michele wieder hinaus. Sie hasteten durch die Nacht, durch diese mittelalterlich gezogenen Gassen und Wege mit den stummen Häusern. Sie kannten ihr Ziel.

20

»Nichts sei gewesen. Alles in Ordnung, hat er behauptet«, erzählte Elena aufgebracht, »und dabei panisch aus dem Fenster geguckt.«

»Wenn ich nachts um zwei aus dem Bett geklingelt werde, gucke ich auch nicht entspannt wie ein junger Frühlingsmorgen«, wandte Gigi ein.

Aber nein, Elena und Michele waren sich einig: Nichts war in Ordnung gewesen, als sie gestern Nacht bei Antonio Rizzo angeklopft hatten.

»Der sah überhaupt nicht verschlafen aus. Hat uns weggeschickt, wir sollten ihn in Ruhe lassen, er hätte seinen Schlaf nötig und heute brauchte Michele gar nicht zu kommen. Es gäbe keine Reservierungen, auch für die nächsten zwei Tage nicht, würde sich also nicht lohnen, die Osteria überhaupt zu öffnen.«

»Warum soll er Weihnachten nicht drei Tage schließen? Der Mann darf sich und seiner Frau mal etwas gönnen. Nicht wahr, Elena?« Der *Zio* schaute seine verschlafene Nichte scharf an, die ihr müdes Gesicht in die Sonne hielt – jawohl: in die Sonne! Die blasse Wintersonne schenkte dem Plätzchen vor Gigis Laden an diesem trockenen kalten Weihnachtsmorgen einen warmen Lichtfleck.

»Ab und zu soll man sich etwas gönnen«, hob Gigi erneut an. »Die beiden schuften und schuften, und für wen? Für ihre beiden Kinder in Milano? Die kriegen von so einer provinziellen Osteria höchstens Albträume. Keine Ahnung haben die da oben in Milano! Dabei liegt genau diese echte, einfache, regionale Küche ab-so-lut im Trend! Donata müsste eigentlich ...«

»*Zio*, du schweifst ab«, murmelte Elena – und holte den Onkel zurück in den Lehnstuhl vor seinen Laden. Sobald es nicht regnete – ob Sommer, ob Winter –, erweiterte Gigi Leben und Handeln vor sein Schaufenster, eine Art Trödelvorgarten zwischen Fußgängerzone und dem etwas zurückgesetzten Laden. Der Platz reichte gerade für einige Kisten mit Büchern und Bildern, einen Tisch mit Trödel und einige Stühle. Gigi dümpelte im Lehnstuhl hin und her, plauderte mit Passanten, Freunden und Touristen und verkaufte ganz nebenbei seinen Kram.

Der Onkel verstummte und hob Ben auf seine Knie. Elena und Michele saßen warm eingemummelt in zwei Cocktailsesseln, auf einem runden Tischchen standen leere Cappuccinotassen und ein Teller mit zerknüllten Servietten und den Krümeln der *cornetti,* die Gigi aus dem *Caffè del Duomo* gegenüber hatte servieren lassen.

»Ihr seid sicher, der *Avvocato* hat von ›diesem Rizzo‹ gesprochen?«, kam Gigi auf ihr eigentliches Thema zurück.

»Absolut.«

»Wisst ihr beiden Wahnsinnigen eigentlich, wer *Avvocato* Alberto Santoro Galloso ist?«

»Anwalt, stinkreich, unangenehm«, vermutete Michele knapp.

»Ungefähr. Dem Mann gehören mindestens eine Baufirma, zwei Ferienanlagen an der Küste und ein Hotel in Lecce. Ein kleiner König in Stadt und Provinz. Nur dass der Titel *Avvocato* nichts heißen muss. In Lecce gibt es mehr Anwälte als Mülleimer. Vermutlich hat sich Galloso den

Titel irgendwie organisiert, aber wenn in gewissen Kreisen vom *Avvocato* gesprochen wird, ist er gemeint.«

»Gehört ihm dieser ›verrottete‹ Palazzo?«, fragte Michele.

Das war tatsächlich eine interessante Frage, auf die Gigi keine Antwort wusste.

»Kann mir gut vorstellen, dass er für seine Geschäftsfreunde gerne mal ein Fest veranstaltet«, vermutete Gigi.

»Das sah mir eher nach einem Edelpuff aus«, warf Elena ein.

»Das eine schließt das andere ja nicht aus, aber falls es ein Bordell sein sollte, ist das auf jeden Fall illegal. Derlei Einrichtungen sind in Italien nämlich verboten.«

»Willst du dich nicht mal darum kümmern, wem dieser Palazzo eigentlich gehört?«, bat Elena.

Gigi kannte dank seiner ständigen Schnüffelei nach Antiquitäten die Geschichte vieler Palazzi – und oft auch ihrer verzweifelten Erben, die nicht wussten, wie sie jemals das Geld aufbringen sollten, wenigstens das Dach der oft denkmalgeschützten, maroden Immobilien zu retten. Doch in seinem weit verzweigten Kundenstamm fanden sich einige *Signori,* die ohne großes Aufsehen fünfstellige Schecks bei ihm ausstellten. Oder das entsprechende Geldbündel aus dem Jackett zogen wie andere Leute Taschentücher.

»Elena, ich hatte nicht vor, mich einzumischen.«

»Ach, das ist für dich doch nur eine Fingerübung, mit deinen Kontakten …«, schmeichelte die Nichte, schnippte mit den Fingern und strahlte ihn an, soweit ihr das in ihrem verschlafenen Zustand möglich war – um drei war sie im Bett gewesen und um acht vom unternehmungslustigen Ben wach geküsst worden.

»Ich könnte mal das Familienwappen inspizieren und

mich umhören«, gab Gigi nach. Elena legte ihren Kopf befriedigt zurück und schloss die Augen wieder. Nach einer kurzen Pause hörte sie Gigi sagen: »Elena, wolltest du nicht schon immer einen Palazzo in Lecce kaufen?«

»Wieso?«, murmelte Elena.

»Ich könnte mich in deinem Namen als Kaufinteressent um dieses offensichtlich leer stehende, renovierungsbedürftige Objekt kümmern.« Gigi hatte also doch noch Feuer gefangen.

»Ich hatte nichts anderes von dir erwartet«, lobte Michele. »*Signora* von Eschenburg ist begeistert. Ich wusste, du würdest deine charmante Nichte nicht ohne persönlichen Beistand die Lecceser Unterwelt erkunden lassen.«

»In diesem Sinne ...«, sagte Gigi und erhob sich. »Ich gehe jetzt einkaufen und überlasse euch den Laden für eine Weile. Wenn etwas ist, mein *telefonino*, liebe Elena, ist eingeschaltet.«

Gigi nahm Ben an die Hand und die beiden spazierten los. Zum Bäcker und Gemüsehändler, in die *salumeria* und vermutlich den Spielzeugladen – überall würden verzückte Verkäufer, Damen wie Herren, dem kleinen *biondo* etwas zustecken und verträumt seine Löckchen kraulen, bevor Gigi überhaupt begrüßt, geschweige denn bedient wurde. Ein besseres Training für Bens Italienisch konnte es nicht geben.

Kaum war der Onkel verschwunden, rollte Michele genüsslich den *Osservatore* auseinander.

Die Titelseite hatte an diesem 24. Dezember Schwierigkeiten, sämtliche Schlagzeilen unterzubringen. »Afrikanerin überfallen – im Koma!« Der Artikel berichtete dramatisch, wie ein älteres Ehepaar von Schreien aus dem Schlaf gerissen worden war. Geistesgegenwärtig hatten sie die Polizei gerufen – und damit das Leben der jungen Frau gerettet. Sie hätten aus dem Fenster geguckt, aber niemanden gesehen, nur Schreie gehört.

Die Polizeigewerkschaft nutzte die Gelegenheit und beklagte wenig weihnachtlich die Verfügung des Bürgermeisters, einen Streifenwagen mit zwei Beamten an der Krippe zu stationieren. Es war der einzig verfügbare gewesen, als der Notruf einging. »Wir haben weiß Gott anderes zu tun, als Tag und Nacht ein Krippenspiel zu bewachen.« Außerdem gebe es zu wenig Personal, zu wenige Streifenwagen etc.

Im Zentrum des doppelseitigen Berichts stand ein minimalistisches Interview mit *Commissario* Pantaleo Cozzoli, verziert mit einem gruseligen Foto, auf dem sich der Kamerablitz in den Brillengläsern spiegelte – statt Augen hatte der *Commissario* zwei weiße Flecken im Gesicht und erinnerte an einen Zombie. Ein derartig boshaftes Foto war vermutlich die Antwort der Redaktion auf den wenig kooperativen *Commissario:* Er dankte den aufmerksamen Anwohnern und bat um Mithilfe bei der Aufklärung. *Basta e buon natale.*

Kein weiterer Kommentar, nicht einmal zu der erneuten Krippenschändung, die Redaktion vermutete gar »Satanisten in der Krippe?« und brachte Fotos der aufgehängten Hühner sowie des vertraut-verzweifelten Duos Bischof-Bürgermeister. »Cozzoli könnte eine Imagekampagne gebrauchen. Der bekommt gerade ordentlich Druck«, bemerkte Michele. »Die haben sich nicht wirklich nach einem *Commissario* aus Milano gesehnt. Wurde er eigentlich zwangsversetzt?«

»Keine Ahnung, aber einen besonders dynamischen Eindruck hat er bei mir nicht hinterlassen«, meinte Elena und unterschlug die Schrecksekunde, als Cozzolis Laserblick sie ohne Vorwarnung gnadenlos durchbohrt hatte.

Im *Osservatore* war jedenfalls die feierliche Stimmung des 24. Dezembers im Eimer. Die rettete nicht mal die hübsche Geschichte aus der Werkstatt des Künstlers, der aus Pappmaschee einen Ersatz für die zertrümmerte Mutter Maria gefertigt hatte. Heute, in der Heiligen Nacht, sollte die neue Figur bereits im Stall sitzen, wenn das Jesuskind feierlich in die Krippe gelegt werden würde.

Michele blätterte einige Seiten weiter. »So weit, so langweilig. Nach der Abteilung *crime* kommen wir nun zum Sex und zu den weiteren pikanten Kleinigkeiten.« Zwischen Sportteil und Kinoprogramm fand Michele die kommerziellen Kleinanzeigen.

»Cosima hat nicht untertrieben: ›Unvergessliche Massagen‹ sind noch das Harmloseste, was hier angeboten wird«, feixte Michele. »Süße Thai, jung, will mit dir erste Erfahrungen teilen ... Linda, XXL, nur für kurze Zeit in Lecce ... so geht es weiter. Unglaublich.«

Elena riss ihm die Zeitung aus der Hand und stöberte selbst durch Anzeigen. Eine halbe Seite Kleingedrucktes, das unbeholfen nach Massage und Wellness klingen sollte, aber mit plumpen Hinweisen gespickt war.

»Guck mal«, triumphierte Elena. »»Neu in Lecce: Heiß wie die Sonne Afrikas. Zeig ihr, was du kannst – sie wird dich nicht enttäuschen!‹ Das könnte doch Grace sein! Zumindest eine Afrikanerin, Michele, da rufst du an!«

»Ich soll da anrufen?«

»Wer denn sonst? Ich vielleicht? Oder etwa Gigi? Nein, nein, das ist dein Job, *bello mio!*«

»Jetzt sofort?«

»Wann sonst?«

Michele sah Elena zweifelnd an: »Und was soll ich sagen?«

»Was weiß ich, was Männer in solchen Situationen sagen.«

»Ja, ich vielleicht?«

Er guckte sie hilflos an, ein Blick, der bei *Mamma* um Nachsicht bettelte.

»Los jetzt! Da ist eine Frau aus Afrika annonciert, hast du das verstanden? Gestern Nacht hast du noch 007 mit mir gespielt, jetzt sei ein Mann.«

»Okay, okay, Baby!«

Michele nahm sein *telefonino* und tippte die Nummer ein. Lauschte und sagte mit einer Stimme, als ob er ein Auto kaufen wollte: »Michele Rizzo, ich habe mit Interesse Ihre Anzeige im *Osservatore* vom 24.12. gelesen. Bitte rufen Sie mich zurück.«

Er legte erleichtert auf. »Anrufbeantworter. Hier ist Yasmin, ich rufe dich zurück blablabla ... Noch keine Sprechstunde so früh am Tag.«

»Oder sie kann nicht mehr zurückrufen. Vielleicht klingelst du einfach alle Anzeigen durch, die sich afrikanisch anhören, und verabredest dich. Hier sehe ich noch eine afrikanische Löwin ... Vielleicht wissen sie etwas über Grace«, schlug Elena vor und stand auf. Michele guckte sie leicht panisch an.

»Nur reden«, beruhigte sie ihn. »Woher sie kommen, wie lange sie schon in Lecce sind, ob sie Grace kennen ...«

»Weißt du, was das kostet?«

»Woher soll ich das wissen? Frag doch Cosima nach den Tarifen für ›nur reden‹. Wir machen halbe-halbe, vielleicht beteiligt sich ja auch Gigi.«

Elena nahm ihre Tasche.

»Und du, was machst du jetzt?«, fragte Michele, dem offensichtlich nicht wohl war bei dem Gedanken an seine Tagesaufgabe.

»Das Licht und die Zeit nutzen, um meine Wände zu streichen.«

»Du bist so vernünftig. So organisiert«, seufzte Michele.

»Deutschland-Training. Hat durchaus Vorteile, wenn man Dinge nicht nur anfangen, sondern in absehbarer Zeit auch beenden will.«

Michele verdrehte die Augen. »So gefällst du mir am allerbesten, unvergleichlich«, damit versenkte er sich in die Zeitung. Doch der *Signora tedesca* fiel noch etwas ein.

»Vergiss deinen Onkel Antonio nicht. Bei dem solltest du dich für unsere nächtliche Ruhestörung entschuldigen. Vielleicht sagt er ja doch, was los war. Ansonsten viel Spaß mit den Damen, wir sehen uns.«

21

Tatsächlich genoss Elena diesen ersten Tag, an dem sich nur wenige Wölkchen am blauen Himmel zeigten. Der Wind hatte gedreht und den Regen weggeblasen, einfach so. Kalt war es trotzdem, aber da war Licht, glasklares Licht, und das *centro storico* strahlte in warmem Honiggelb.

Sie ging durch die kleine Stadt, es war Weihnachten und Elena fragte sich, wo sie hier eigentlich war. Wie mit fremden Augen betrachtete sie ihre Umgebung, sie lief durch die falsche Kulisse im falschen Theater. Sie gehörte hier irgendwie - noch? - nicht hinein.

Das ist Lecce, sagte sie zu sich selbst. Süditalien. Hier wirst du jetzt wohnen. Absurd, unwirklich fühlte sich das an. Sie war überhaupt noch nicht angekommen.

Vor der alten Stoffhandlung auf dem Corso Emanuele blieb sie stehen. Im Schaufenster sah sie sich als kleines Mädchen in dem tomatenroten Kleid mit dem hüpfenden Rock, das ihre Großmutter für sie zum siebten Geburtstag genäht hatte, zusammen mit einer Haarschleife, die wie ein flügelschlagender Schmetterling in ihren braunen Locken wippte. Es war eines der wenigen Kleider gewesen, in denen Elena sich selbst so richtig hübsch gefunden hatte. Den Stoff hatten sie hier ausgesucht, in diesem Laden, in dem sich die Stoffballen noch immer in Regalen bis unter die Decke stapelten. Sie wäre so gern wieder in die Leichtigkeit, das Entzücken des kleinen Mädchens hineingeschlüpft.

Elena hatte nicht geahnt, wie viel Kraft der Umzug kosten würde. Nicht nur das Abschiednehmen, auch das Ankommen. Gut, dass sie die Entscheidung ohne grüblerisches »Was wäre wenn« getroffen hatte. Sie war einfach losgerannt – nichts wie weg. Jetzt konnte sie unmöglich wieder zurück, nur weil sie ins Stolpern geraten war. Und in ihrem Leben war sie noch nie den gleichen Weg zurückgegangen, auf dem sie gekommen war.

Beschwingt schlenderte sie durch die Arkaden hinter dem Amphitheater. Zwei Katzen sonnten sich auf den ausgetretenen breiten Stufen. Leer gefressene Plastikteller standen auf den Steinen am Eingang, offensichtlich kümmerten sich Nachbarn um die wilden Katzen.

Als Elena über die Piazza vor der Kirche Santa Chiara ging und sich wieder einmal fragte, wer eigentlich all die Kirchen in Lecce besuchen sollte, hörte sie ihren Namen.

»*Buon giorno, Signora* Elena!«

Don Francesco reichte ihr die Hand mit einem sonnigen Lächeln. »Ein frohes Weihnachtsfest wünsche ich Ihnen. Sie sind nicht in Deutschland während der Feiertage?«

»Ich bin ja gerade erst angekommen«, entgegnete Elena, »und in Lecce ist es doch wunderschön! Zumindest sobald die Sonne herauskommt.«

Der *Padre* nickte, umschloss ihre Hand für einen Moment, als ob er sie segnen wollte. »Ich möchte Ihnen noch einmal für Ihre Hilfsbereitschaft gegenüber der Nigerianerin und ihrer Schwester danken. Ich war wirklich schockiert im Krankenhaus, solche Brutalität habe ich in Lecce noch nicht erlebt. Geht es Ihrer Bekannten besser?«

»Soweit ich weiß, unverändert. Ihre Schwester ist jeden Tag im Krankenhaus.«

»Richten Sie ihr freundlicherweise meine besten Wünsche aus. Und bekommen Sie bitte keinen falschen Eindruck von unserer Stadt. Hier werden Menschen aus anderen Ländern in der Regel sehr freundlich aufgenommen.«

»Das glaube ich Ihnen gerne. Ich kann es aus eigener Erfahrung bisher nur bestätigen.«

Elena hörte sich selbst sprechen. Warum stelzte sie gegenüber dem *Padre* eigentlich so fürchterlich brav durch ihre Sätze? Wie eine echte von Eschenburg.

»Freut mich, dass Sie sich wohlfühlen in Lecce. Werden Sie und Ihr italienischer Mitarbeiter, wie hieß er noch gleich ...?«

»Michele.«

»Genau, werden Sie und Michele länger bleiben?«

»Ob Michele länger bleibt, weiß ich nicht, aber ich plane zumindest das nächste Jahr.«

»So lange, sehr interessant. Dann sollten wir uns auf jeden Fall treffen, um über Ihre Reportage zu sprechen. Wegen der Fotogenehmigung machen Sie sich mal keine Gedanken, das kriegen wir schon hin.«

»Sehr gerne, ich melde mich im Januar bei Ihnen.«

»Wann immer Sie wünschen. Frohe Weihnachten.«

Alles wird gut, dachte Elena. In ihrem Bauch kribbelte die Idee, wieder journalistisch zu arbeiten. Endlich. Porträts von Immigranten, die Geschichten ihrer Flucht erzählen, ihr Leben in Italien. Angefangen bei Blessing und – hoffentlich – Grace.

***

Es wurde ein wahrhaftig besinnlicher Weihnachtsabend. Elena und Ben behängten die Tanne mit bunten glitzernden Kugeln und Lametta und verlegten die Kabel der Lichterkette, die auf jeden Knopfdruck anders blinkte. Mal hektisch in fünf Farben, mal dämmerten in Zeitlupe nur die roten Leuchten, wurden dann überblendet von den grünen, dann wieder rot – sehr dramatisch –, oder es hüpfte blau-gelb-blau-gelb hin und her. Ben war begeistert und durfte zwischen den Effekten hin und her und hin und her knipsen, bis Elenas Augen »Bildstörung« meldeten. Sie las Weihnachtsgeschichten und »Karlsson vom Dach« vor, das Feuer im Kamin duftete nach Tannennadeln, Gigi schnibbelte und köchelte gut gelaunt, der würzige Geruch des Lammbratens zog durch den *open space-eeh*. Die Welt war in Ordnung.

Dann sagte Ben: »Ich will Papa anrufen.«

Elena zuckte zusammen. Kurzer Stromschlag. Nichts passiert. »Klar, Benny! Prima Idee!« Durchatmen. Ruhig bleiben. Ganz. Entspannt. Anrufen.

»Hallo Aron. Frohe Weihnachten. Benny möchte dich sprechen.«

Sie reichte das Telefon wie eine heiße Kartoffel an Ben weiter, bevor ihr Mann antworten konnte.

»Hallo Papa«, krähte der ins Telefon, »ich habe eine tolle Lichterkette!«

Kinder waren nicht taktisch, sie sagten, was sie zu sagen hatten und fertig. Danach folgten kinderknappe Antworten: »Toll«, »Ja«, »Nein«, »Weiß nicht« und »Tschüss!«. Ben legte auf.

»Wann gibt es Geschenke?«

»Eigentlich kommt der Weihnachtsmann in Italien ja erst am Tag nach Jesu Geburt, also morgen«, erklärte Elena, »aber ich glaube, er hat sich total beeilt und kommt bei uns heute noch vorbei.«

Der Grund für die Eile saß in Genua. Gigi hatte unter wortreichen Entschuldigungen erklärt, dass er am 24. noch den Nachtzug nach Genua nehmen müsse. Ettore hatte sich höchst unwillig gezeigt, nach Lecce zu kommen.

»Ich will deine neue familiäre Eintracht nicht stören. Sei unbesorgt«, hatte der Tenor dezent verschnupft am Telefon verlauten lassen. »Wir sehen uns dann mal wieder.«

Also würde Gigi durch die Heilige Nacht nach Genua reisen. Elena war das recht. Sie freute sich, mal wieder ein paar Tage mit Ben allein zu sein. Auch am Weihnachtsabend zeigte Ben vor zehn Uhr keine Zeichen von Müdigkeit dank einer Flasche Coca-Cola zur Feier des Tages und der Aufregung um den neuen ferngesteuerten Hubschrauber, der den ganzen Abend um die karge Weihnachtsbaumspitze und durch den *open space-eeh* gesurrt war, bis er dank ausgelutschter Batterie endlich eine Bruchlandung auf der Kochinsel hinlegte. »Kein Problem, den schrauben wir wieder zusammen, kein Problem, Benny, *ci penso io*. Da kümmere ich mich drum.«

Nach dieser Total-Italianisierung durch den Onkel würde Elena ihren Sohn in den nächsten Tagen mal wieder an deutsche Sitten und Gebräuche gewöhnen. Vom Müsli am Morgen bis zur Acht-Uhr-abends-ab-ins-Bett-Regel.

22

Micheles Weihnachtsabend verlief weniger besinnlich. Yasmin, die afrikanische Sonne, rief zurück. Sehr gerne könne er sie besuchen, am späten Nachmittag vielleicht? Auch die afrikanische Löwin erwartete ihn gerne und noch eine dritte afrikanische Schönheit war an diesem Weihnachtsabend frei für »unvergessliche Momente«.

Auf dem Weg zu seinen Verabredungen schaute Michele in der Osteria vorbei. Die Fensterläden waren geschlossen, die Tür verriegelt. Er klopfte an. Nach einer Weile steckte Antonio den Kopf heraus.

»Ah, du bist es, Michele.«

Der Wirt öffnete die Tür nur einen Spalt, ließ seinen Neffen nicht eintreten, sondern schob sich heraus und lehnte die Tür hinter sich an.

»*Tutto bene, Zio?*«

»Antonio, nicht wahr? Antonio«, er blickte sich um, ob jemand sie hören konnte. »Alles in Ordnung, wir räumen ein bisschen um und auf, nutzen den Tag. Wie geht es dir?«

Er war ein grottenschlechter Lügner, das lag wohl in der Familie.

»Wenn ihr aufräumt, dann helfe ich euch.«

»Nein, nein, auf keinen Fall! Nicht nötig.« Antonio tätschelte dem besorgten Neffen die Wange, der aber drängte sich an seinem Onkel vorbei in den Gastraum.

»Wie sieht es hier denn aus?«

Er stand vor zusammengefegten Scherben und der zertrümmerten Küchentür. »Wer hat hier randaliert?«

»Michele, bitte. Bald habe ich die Sache geregelt, dann wird alles anders.«

»Hör zu *Zio*, ich habe gestern Abend einen unangenehmen Kerl gesehen, der bei dir nachschauen sollte, ob alles ruhig ist. Der sah nicht so aus, als ob du mit dem irgendetwas auch nur im Ansatz freundlich regeln könntest. Und wenn ich mich hier umsehe ...«

Der Onkel wurde bleich, fasste Michele am Arm und flüsterte:

»Was hast du mit diesen Leuten zu tun, Michele?«

»Was hast *du* mit diesen Leuten zu tun?«, erwiderte Michele gereizt. »Warum hast du solche Angst? Warum darf niemand wissen, wer ich bin?«

Der Onkel setzte sich langsam und erschöpft auf einen Stuhl. »Komm, setz dich.«

Kurz nach Lucias Verschwinden, ihre Postkarte aus New York war gerade angekommen, war der *Avvocato* das erste Mal in der Osteria aufgetaucht. Erstaunlicherweise wusste er von Lucias Schwangerschaft, ihrer Flucht und dem Aufenthalt in New York. »Dort sollte sie bleiben, mitsamt ihrem Balg. Es gibt, sagen wir mal, einflussreiche Leute, die sie in Lecce mit ihrem Kind nicht dulden werden«, ließ der *Avvocato* unmissverständlich wissen. Antonio möge also bitte die Verantwortung übernehmen und monatlich eine kleine karitative Summe zur Verfügung stellen, die seiner Schwester mit dem Kind das Überleben auf der anderen Seite des Atlantiks sicherte.

»Ich habe keine Ahnung, woher er das alles wusste. Aber seitdem habe ich jeden Monat gezahlt. Angeblich leitete er einen Teil des Geldes an Lucia weiter. Ich habe mich damit getröstet, dass ihr genau genommen die Hälfte der Osteria gehörte.«

»Die Geschichte hast du geglaubt?«

»Was hätte ich tun sollen? Donata fand, wir sollten zahlen. Sie hatte sich nie mit Lucia verstanden. Die waren so unterschiedlich wie Gigi und seine heilige Schwester Benedetta. Donata ist sehr gläubig, sie war damals auf die Idee mit diesem alten Cousin gekommen, der Lucia heiraten sollte. Ein uneheliches Kind in der Familie, das war für Donata undenkbar. Was sollten die Leute denken, was in der Osteria getrieben wurde ...?«

Also zahlte Antonio. Das war der Anfang. Dann erfüllte er kleine Gefallen, schleppte diesen und jenen Kellner durch, die im besten Fall tölpelig herumstanden, kaufte den neuen Kühlschrank bei jenem Bekannten des *Avvocato*, neue Töpfe bei einem anderen und so ging es weiter.

All die Jahre. Donata fand, es sei gut so. »Lucia lebt ihr Leben, wir haben unseres.« Und irgendwann redeten sie nicht mehr darüber. Außerdem zahlten die meisten anderen Wirte ebenfalls Schutzgeld. Wer sich nicht dran gewöhnte, hatte schnell nur noch einen verkohlten Haufen Schrott statt einem Restaurant. Diese wahrhaftig ›heiße‹ Phase der Achtzigerjahre war inzwischen zwar Vergangenheit, doch die Wirkung hielt an.

»Du hast dich nie gefragt, woher der *Avvocato* die Geschichte von Lucia wusste? Wolltest nie mal in New York nach ihr suchen? Hast dich nie gefragt, wer eigentlich mein Vater ist?«, Michele war aufgesprungen, stemmte die Arme auf den Tisch. Er hatte plötzlich eine fürchterliche Ahnung, wer sein Vater sein könnte.

»Doch, natürlich, Michele. Aber was hätte ich tun sollen? Ich hatte selbst zwei kleine Kinder. Galloso war damals schon einflussreich. Mit seiner Familie wollte sich niemand anlegen.«

»Lenk nicht ab, *Zio*. Wenn Lucia nicht einmal dir verraten hat, wer mein Vater ist«, Michele wurde laut, ballerte entrüstet mit der flachen Hand auf den Tisch, »warum - weiß - es - der - *Avvocato?*«

Er stierte seinen Onkel wütend an.

»Was hätte es verändert? Erst gestern habe ich verstanden, dass er gar keine Ahnung hatte. Er wusste nicht, dass sie tot ist. Woher sollte er also wissen, wo sie gelebt hat? Er will natürlich, dass alles weiterläuft wie bisher. Aber ich werde nicht mehr zahlen. Schluss, aus, *basta*. Ich regele die Angelegenheit, versprochen. Nur, bis dahin bleibt alles noch unter uns.«

»Ich werde ...«

»Du wirst gar nichts, Michele. Du bist die denkbar schlechteste Person, die mir helfen könnte. Ich werde das regeln, glaub mir. Dann wird alles gut.«

Als Michele Antonio verließ, bedauerte er insgeheim, dass er nicht ein wenig kräftiger war, um die Sache kurz und knackig persönlich zu beenden. Warum hatte der *Avvocato* von Lucias Schwangerschaft gewusst? Falls dieser Mafioso wirklich sein Vater ... Michele gruselte sich, den Gedanken zu Ende zu denken. Mit wem hatte sich seine Mutter nur herumgetrieben? Sie war kein Mauerblümchen gewesen, aber mit diesem skrupellosen Kerl, diesem schleimigen Fisch ...? Michele musste Antonio nach Lucias Freundinnen fragen. M., diese ominöse Schreiberin der Postkarte, musste doch irgendjemand gekannt haben. Sie wäre vermutlich die Einzige, die ihm die ganze Wahrheit erzählen könnte.

Yasmins Wohnung lag in einem Viertel der Altstadt nahe der Chiesa del Carmine, deren wuchtige barocke Fassade zwischen den Palazzi hoch in den Himmel wuchs. Michele ging über die Piazza Tancredi, an der hellgelben Sandsteinmauer eines ehemaligen Klosters entlang, in das vor Kurzem das Rektorat der Universität eingezogen war. In den Gassen gegenüber prangten keine Familienwappen oder mächtige Portale. Wie ein Häuflein zusammengeschobener Würfel duckten sich schmale, niedrige Häuser, poröse Mauern lagen unter bröckelndem Putz, Heiligenbildchen steckten in den Fensterrahmen.

In seinem bisherigen Leben wäre Michele nie auf die Idee gekommen, sich um irgendwelche Prostituierten zu kümmern. Frauen aus aller Welt, in Lecce. In Lecce! Es ging nicht um Rom, Neapel oder Milano. Es ging um ein Kaff am Ende von Italien, wo die Familie noch Familie war und die Kirche noch etwas zu sagen hatte.

Michele stand unschlüssig vor einer Aluminiumtür mit Milchglasfenster. Nur reden, beruhigte er sich noch einmal. Augen zu und rein. Er drückte den Klingelknopf neben dem leeren Namensschild. Die Tür sprang auf, eine schmale Treppe führte steil in den ersten Stock. Am Treppenabsatz wartete eine junge, kräftige Afrikanerin in kurzem roten Rock und knapper weißer Bluse. Er betrat ein schlichtes Zimmer, das durch ein Bett fast vollständig ausgefüllt war. Ein Toilettentisch mit Spiegel, ein Stuhl, ein kleiner Fernseher.

»Bist du Yasmin?«, fragte Michele. Sie nickte und schloss die Tür hinter ihm. Eine Nachttischlampe und der Fernseher beleuchteten das Zimmer.

»Das Bad ist dort.« Sie zeigte auf einen Vorhang und setzte sich auf den Stuhl. Michele schüttelte den Kopf.

»Ich will nur reden.«

Sie schaute ihn an, hatte offensichtlich nicht verstanden. Michele wiederholte, langsam und ruhig, und machte die übliche Geste für Geld mit Daumen und Zeigefinger.

»60 Euro.«

Michele gab ihr das Geld und sie begann, ihre Bluse aufzuknöpfen. Er fuchtelte mit den Händen.

»Stopp. Reden. Nur reden!« Sie lächelte wieder ungläubig. »Reden, nichts anderes!«, betonte Michele noch einmal. Sie ließ zu seiner Erleichterung die Bluse Bluse sein und setzte sich aufrecht hin.

»Sprichst du lieber Englisch?«, fragte er.

Sie nickte. »Ich bin noch nicht lange in Italien«, entschuldigte sie sich und lächelte, aber Italien sei sehr schön. Wirklich, auch Lecce, eine sehr schöne Stadt. Das klang wie auswendig gelernt, ein Text, den sie vermutlich für jeden Freier brav runterbetete.

»Bist du aus Nigeria?« Sie nickte freundlich.

»Kennst du in Lecce andere Frauen aus Nigeria?«

Sie zögerte, schaute ihn misstrauisch von der Seite an.

»Eine Grace?«

Sie taxierte ihn, dann nahm sie eine Nagelfeile und begann langsam, die pink glitzernden Fingernägel abzurunden.

»Grace liegt im Krankenhaus. Sie wurde fast totgeschlagen.«

Yasmin schaute kurz erschrocken hoch, ihre Mundwinkel zuckten, aber sie sagte nichts, starrte auf ihre Fingernägel. Michele fuhr langsam fort: »Ich möchte wissen, wer das getan hat. Sie wollte zu ihrer Schwester in Lecce, aber ist nie dort angekommen«, fuhr Michele fort. »Wahrscheinlich hat die Polizei sie festgenommen. Aber im Immigrantenheim kennt sie niemand, obwohl die Polizei angeblich alle Illegalen dorthin bringt. Der Leiter, *Don* Francesco, sagt, er habe Grace nie gesehen. Aber irgendwo muss sie doch gewesen sein?«

Sie schaute ihn stumm an, lächelte verkrampft und wandte sich wieder ihren Fingernägeln zu. Michele machte noch einen Versuch.

»Wie bist du denn nach Italien gekommen?«

Sie konzentrierte sich auf den kleinen Fingernagel, gab ihm einen letzten Schliff.

»Hat dich der *Avvocato* hergebracht?«

Yasmin sprang auf. »Was geht dich das an? Was willst du überhaupt?« Ihre Stimme vibrierte hysterisch, sie wollte ihn loswerden. »Ich habe nichts mit dieser Grace zu tun! Warum willst du das alles wissen? Wer schickt dich?«

Sie wich zurück, hatte Angst, pure Angst.

»Ich, niemand, ich …«, Michele war erschrocken, wollte sie beruhigen, warum vertraute sie ihm nicht? »Ich kenne nur Blessing, ihre Schwester, und wollte … helfen – irgendwie.«

Raus aus diesem trostlosen Kabuff, dachte Michele, aber diese Frau war nicht freiwillig hier und er konnte doch nicht so tun, als ob nichts wäre.

»Falls dir etwas einfallen sollte«, er drehte sich zur Tür um, »oder du selbst Hilfe brauchst: Du hast meine Telefonnummer, kannst mich jederzeit anrufen.«

Er verließ das kleine Zimmer, spürte, wie ihr Blick ihm folgte. Sie war gefangen in diesem Zimmer, wurde vermutlich kontrolliert. Ihm war sein ganzer Auftritt peinlich. Er war Maler, kein Menschenrechtsaktivist, aber konnte doch jetzt nicht so tun, als hätte er nichts gesehen. Aber wie, bitte, sollte er dieser Yasmin helfen, sollte sie tatsächlich anrufen? Du bist echt ein Supertyp, schimpfte Michele mit sich. Du würdest dich nicht mal trauen, einen Fahrraddieb vom Sattel zu zerren, aber Frauenhändler, Mafiosi und was sonst noch alles hochgehen lassen – du bist wirklich wahnsinnig.

23

»Hör mal, das ist nicht mein Milieu. Ich habe da nichts verloren!«, schimpfte Michele, während Elena auf der obersten Leiterstufe balancierte und mit einem Pinsel behutsam den Stuckrand nachzog. Michele saß auf dem Boden und lackierte die Fußleisten. Der erste Raum hinter der Schiebetür war sonnig gelb gelungen, hier würde Ben schlafen. Allein, weil es eine gute Entschuldigung sein würde, die Schiebetür zu schließen. Außerdem konnte sich Bens Spielzeug aus dieser zentralen Position sowohl in Gigis Reich wie in Richtung Elenas Schlafgalerie verbreiten.

»Mir haben diese Auftritte als Freier gereicht, das brauche ich nicht noch einmal.« Michele hatte sich den Rest des Weihnachtsabends mit einer Flasche Wein und seinen Ölkreiden in die kleine Wohnung hinter Gigis Laden verzogen. Keine der drei Frauen hatte irgendwie angedeutet, wie sie nach Italien gekommen war und warum gerade nach Lecce.

»Eigentlich haben sie überhaupt nichts gesagt, als ob der Klapperstorch sie über Lecce fallen gelassen hätte.«

»Waren sie im Immigrantenheim?«, wollte Elena wissen.

»Keine Ahnung. Dort kommen sie ja nur hin, wenn sie während ihrer Flucht von der italienischen Polizei aufgegriffen werden. Ich habe den Eindruck, ihre Einreise wurde professionell organisiert.«

Elena kletterte vorsichtig die Leiter herunter, begutachtete von unten kritisch die Linie zwischen der gelben Wand und dem weißen Stuck und schob die Leiter ein paar Meter weiter. Michele robbte mit seinem Farbtopf hinterher.

»Wer nicht abgeschoben wird, darf das Immigrantenheim nach spätestens 60 Tagen verlassen. Zum Abschied bekommen sie die offizielle Aufforderung auszureisen und spazieren in die Freiheit«, ergänzte Elena.

Michele setzte sich hin, schaute kritisch zu Elena hoch, die wieder auf der obersten Leiterstufe balancierte und waghalsig mit ausgestrecktem Arm und langem Pinsel gerade einen dunklen Fleck an der Decke erreichte, den sie behutsam mit weißer Farbe betupfte.

»Das nenne ich wahre ... Präzisionsarbeit«, spöttelte Michele. »Versuch es doch einfach mit einer Rolle.«

»Hör mal, du Oberspezialist, mir ist neulich der ganze Putz entgegengefallen, als ich die Decke rollen wollte. Jetzt tupfe ich eben.« Schlaue Sprüche konnte sie gerade gut gebrauchen. Fehlte noch die »deutsche Wertarbeit«. Aber Michele kam zurück zur italienischen Immigrationspolitik.

»Das ist wirklich ein schlechter Scherz. Erst lassen sie die Leute im Meer absaufen. Die, die trotzdem ankommen, werden behandelt wie Schwerverbrecher, aber klammheimlich laufen gelassen, damit sie den Italienern ihre Tomaten pflücken oder Männer mit billigem Sex versorgen.«

»Du bist ja richtig radikal, Michele!«, rief Elena, aber Michele war noch nicht fertig.

»Hast du dir mal überlegt, was das alles kostet, um das heilige Europa vor dem schwarzen Mann zu schützen? Allein diese Heime? Die Küstenwache mit allen Booten, Überwachungssystemen und Personal – für das Geld könnte man ziemlich viele Leute durchfüttern.«

Elena stimmte ihm zu: »Die, die durch das Netz flutschen, tauchen unter, arbeiten für Hungerlöhne oder sie suchen Bekannte, die schon hier sind und ihnen helfen könnten. So wie Grace vermutlich zu Blessing wollte, zu ihrer erfolgreichen Schwester. Nur dass ihre, nennen wir sie mal freundlich ›Arbeitgeber‹, damit nicht ganz einverstanden waren. Die scheinen nicht zimperlich mit den Mädchen umzuspringen.«

Michele nickte. Keine der drei Frauen, die er besucht hatte, hatte etwas gesagt, außer, dass Italien schön sei und Lecce auch.

»Die hatten alle Angst. Dabei bin ich doch höflich, sehe sympathisch aus ...«

Michele blickte nach oben, aber Elena war in ihren Stuckstreifen vertieft.

»... oder etwa nicht?«

»Doch, doch, absolut«, bestätigte Elena. »Aber trotz deines überaus freundlichen Wesens wissen wir immer noch nicht, wo Grace war, bevor sie zusammengeschlagen wurde, und ich fürchte, solange sie im Koma liegt, werden wir nicht weiterkommen.«

Elena stieg die Leiter runter, drückte den Deckel auf dem Farbeimer fest. Es war Zeit, bei Elisabetta Weihnachten zu feiern.

»Ich kratze nebenan noch ein bisschen Putz, wenn du erlaubst?«

»Wie könnte ich dieser Bitte widerstehen?«, lächelte Elena. Flirtete sie hier gerade?

***

Es war angerichtet im Palazzo Di Cataldo. Im Salon glänzte ein prächtiger, in Silber und Blau geschmückter Tannenbaum – Elena streifte ihn im Vorbeigehen, sehr zufällig, da nadelte definitiv nichts. War also einer von der praktischen Sorte. Hinter dem nachtblauen Sofa war die Flügeltür zum Esszimmer geöffnet. Eine lange Tafel wartete auf Elisabettas Eltern, Großeltern und Schwiegereltern, ihre drei Brüder mit Frauen und jeweils zwei bis drei Kindern, die bereits unüberhörbar das Kinderzimmer auseinandernahmen. Elisabettas junge Schwägerin hielt untrennbar Händchen mit ihrem zukünftigen Gatten. Sie hatten soeben, offensichtlich sehr verliebt und wie allseits erwartet, ihre Hochzeit im September angekündigt.

Elisabetta, die strahlende Gastgeberin im schwarzen Hosenanzug im Marlene-Dietrich-Stil mit glatt zurückgesteckten Haaren, war in ihrem Element. Weniger in der Küche natürlich, das war noch nie ihr Terrain gewesen; dafür hatte sie heute zusätzlich zu Blessing noch einen Koch und zwei junge Mädchen engagiert. Sie nahm Elena, die sich mühevoll die größten Farbkleckse von den Händen geschrubbt hatte, am Arm, flüsterte nebenbei: »Sehr schön, dieses Gelb. Kinderzimmer?«, und schob ihre Freundin – »Woher weißt du das denn?« – charmant durch die Verwandtschaft – »Nicht zu übersehen, meine Liebe, vor allem am Ohrläppchen« – und stellte ihr zunächst *Nonno* Guglielmo vor, den Großvater ihres Mannes Stefano. Ein eleganter *Signor,* dessen lichtes weißes Haar in schön drapierten Wellen fast die Schultern berührte.

»Ah, aus Deutschland! Schönes Land!«, brüllte er Elena an. »Verstehen Sie denn Italienisch, *Signora*?«

»Sicher, *Nonno*«, versuchte Elisabetta die Lautstärke zu dämpfen, »aber sie versteht Italienisch genauso gut, wenn du nicht schreist.«

»Natürlich, natürlich, *complimenti, Signora,* Ihr Italienisch ist wundervoll!«

Elisabetta ließ freundlicherweise nicht zu, dass *Nonno* Guglielmo diese charmante deutsche *Signora* zu sich auf das Sofa zog.

»Ich hatte schon befürchtet, du hättest ihn mir als Tischherren zugedacht.«

»Keine schlechte Idee eigentlich«, meinte Elisabetta süffisant. »Aber ich stelle dir erst einmal die Neuzugänge in unserer Familie vor. Meine Eltern kennst du noch ...« Ihre Mutter Elvira war entzückt, Elena nach so vielen Jahren wiederzusehen: »Und dein kleiner, blonder Sohn!« Sie klatschte in die Hände vor Begeisterung: »So gut erzogen, da sieht man gleich den Unterschied zu Italien.«

Vater Salvatore drückte Elena resolut die Hand, sie fühlte sich an ihren eigenen Vater erinnert.

»Schön, dass du wieder in Lecce bist. Gefällt es dir? Du bleibst erst einmal?«

Elena nickte, wechselte drei freundliche Sätze, dann zog Elisabetta sie weiter. »Meine Brüder kennst du ja noch, oder? Aber ihre Frauen, pass auf: Federica, die von Raffaele, die weiß überhaupt nicht, was für ein Goldstück sie sich geangelt hat. Schubst ihn hin und her, tu dies, tu das, furchtbar.«

»Na komm, Raffaele hättest du ja am liebsten selbst geheiratet.«

Das hörte Elisabetta einfach nicht, aber tatsächlich war ihr, als jüngstem Kind und einzigem Mädchen nach drei Brüdern, Raffaele immer am Nächsten gewesen. Seine Frau, welche auch immer er genommen hätte, hatte mit Elisabetta garantiert nichts zu lachen.

Gnädig bis wohlgesinnt war Elisabetta dagegen ihren

beiden anderen Schwägerinnen. Laura, die gertenschlanke Frau des ältesten Bruders Bernardo, und die mollige Roberta, Frau des mittleren Bruders Andrea, hatten beide erst vor wenigen Monaten ihr zweites beziehungsweise drittes Baby bekommen und erörterten die Wiederherstellung der Figur nach der Geburt.

»Also, du bist doch in perfekter Form«, säuselte Roberta mit unüberhörbarem Neid.

»Aber du siehst diesen Bauch hier nicht«, Laura kniff sich pingelig ein Röllchen aus dem Bauch.

»Ich bitte dich, was willst du?«, mischte sich Elisabetta ein und wandte sich Roberta zu: »Und du siehst doch auch schon wieder aus wie vorher.«

Pause. Einen Tick zu lang, diese Pause. »Nein, wirklich, toll, nach drei Kindern! Die gehen ja nicht spurlos vorbei.«

Elisabetta entschuldigte sich, die Küche rief nach ihr. Sie ließ Elena bei den Schwägerinnen stehen, die ihr ungeahnte Einblicke in Problemzonen und häusliche Katastrophen des Lecceser Bürgertums gestatteten, beispielsweise Lauras erhöhten Verbrauch polnischer Hausmädchen.

»Vier polnische *ragazze* in einem Jahr, stellt euch das bitte vor. Ich kann nicht mehr«, sie stöhnte theatralisch.

»Nummer eins: Heimweh – nichts zu machen. Weg war sie, von heute auf morgen. Nummer zwei: unfähig, den Staubsaugerbeutel zu wechseln, von der Zubereitung eines essbaren Tomatensugo gar nicht zu reden. Nummer drei kam im Sommer an, wurde also gleich ins Haus am Meer verfrachtet, das nach dem Winter auf Hochglanz gebracht werden musste. Kein Wort Italienisch, superkurzer Rock, zusammengequetschter Busen in zwei Nummern zu kleiner Korsage, blau lackierte, angeklebte Fingernägel. Die hat sich im Job vertan, dachte ich, aber *pazienza,* das würde sich beim Fensterputzen schon klären. Aber die hat das Meer gesehen und war verschwunden. Kam abends wieder, rosarot verbrannt wie ein Schweinchen, Sonnenstich, Fieber, Gejammer – die konnte gleich wieder gehen.«

Nummer vier war nach sechs Wochen schwanger gewesen und hatte sich nur noch übergeben. »Danach habe ich die Agentur gewechselt und nun eine Filipina im Haus. Auf Empfehlung einer Freundin, die auch eine hat. Absolut Gold wert«, beendete Laura erschöpft ihre Geschichte. Elena bemühte sich um einen unverbindlichen Gesichtsausdruck, etwas Originelles konnte sie nicht beitragen, und gerade als sich die beiden ihr mit einem »Und du, wie ...« zuwandten, piepte Elenas *telefonino*. Sie zog es dankbar aus der Tasche: *Zio* Gigi.

»Ich kann nicht lange reden«, beeilte sich Gigi. »Ettore macht gerade die Diva«, und fasste alles so kurz zusammen, wie es ihm nur möglich war: Der Zug nach Genua hatte eine satte Verspätung eingefahren, und bevor sich Gigi deshalb langweilte, hatte er ein wenig in Lecce herumtelefoniert, Weihnachtswünsche verteilt und nebenbei noch das Kaufinteresse seiner Nichte kundgetan, »für diesen komplett verrotteten Palazzo, ausgerechnet. Ja, ja, sie schlägt ganz nach mir, aber falls du etwas weißt ...«, so war es hin und her gegangen, bis ihn eben einer seiner zahlungskräftigsten Kunden zurückgerufen hatte.

»Und jetzt rate, wem der Palazzo gehört. Denke das Unmögliche!«

Elena ging zu einem der hohen Fenster im Salon, um ungestört zu sein.

»Was weiß ich, wem der Palazzo gehört. Du bist der Experte!«

Sie schaute hinunter in den verborgenen Garten des Palazzo hinter hohen Mauern. Gelb und orange leuchteten die Zitronen und Apfelsinen aus den dunkelgrünen Wipfeln, die kahlen, verschlungenen Äste eines Feigenbaumes wiegten sich im Wind, unter einer wuchernden Bougainvillea an der Gartenmauer stand eine verschnörkelte Gartenbank – wer sich hier wohl heimlich geküsst und ewige Liebe geschworen hatte?

»*Pronto?!* Hörst du mich? *Pronto?*«

»Ja, natürlich. Jetzt sag schon, *Zio,* bevor dein Freund wieder beleidigt ist, wem gehört der Palazzo?«

»Du wirst es nicht glauben.«

»Das erwähntest du bereits.«

»Halt dich fest.«

»Ich bin hinreichend gewarnt. Wer?«

»Ich habe mir das Familienwappen angeschaut: Es handelt sich um den Palazzo der Familie Perrone, erbaut im 16. Jahrhundert. Mein Informant hat mir bestätigt, dass dieser riesige Stadtpalast noch immer im Besitz der Familie Perrone ist, allerdings gab es mal Gerüchte, man wolle verkaufen. Die Besitzerin heißt *Signora* Maria Luisa Perrone, seit ihrer Hochzeit Maria Luisa Quarta, aber sie hat ihren Mädchennamen nie abgelegt.«

»*Va bene,* noch stehe ich, *Zio*. Das Essen wird kalt, wer bitte, soll das sein?«

Doch Gigi drehte genussvoll eine weitere Runde, dies war sein Auftritt.

»Die Dame ist wohlhabende Witwe, irgendetwas über 80 und hat drei Söhne. Roberto, Giacomo und ... was meinst du?

»*ZIO!* Ich habe keine Ahnung!«

»Francesco.«

»Francesco?«

»Francesco. *Esattamente.* Genauer: Francesco Quarta. Die Dame hat zwei erfolgreiche, raffgierige Söhne: einen Banker, einen Anwalt und dazu noch einen dritten, einen *Padre.* Klingelt es?«

Gigantischer Triumph in Gigis Stimme. »Mutter Maria Luisa, die Mutter von *Don* Francesco!«, brüllte Gigi zur Sicherheit noch einmal, sie sei die Besitzerin des verfallenen Palazzo, in dessen Hinterhof so frivol gefeiert wurde.

»Es wäre also interessant, ob sie noch so helle ist, dass sie weiß, was in ihrem Elternhaus getrieben wird, oder ob sich einer ihrer drei Söhne um das Anwesen kümmert. Und wenn ja, welcher?«

»Nicht schlecht, *Zio.* Ich bin ehrlich beeindruckt.«

»Ja, nicht?«, Gigi schien Feuer gefangen zu haben. Seine Neugierde, die bei verwunschenen Palazzi und ihren Geschichten ohnehin stets aufflackerte, schien zu einem munteren Feuer entflammt. Hatte er jemals darauf bestanden, dass die Polizei und niemand anderes ermitteln sollte? Papperlapapp, im Gegenteil: Er schmiedete Pläne.

»Elisabetta soll jetzt mal ihre Kontakte spielen lassen und sich mit der alten Dame unterhalten. Und noch was: Dieses Fest, das ihr gesehen habt, war keine einmalige Veranstaltung. Und ich will da rein.«

»Wo rein?«

»In den Palazzo Perrone, zu einer dieser diskreten Partys. Nur für Herren. Zumindest die Gäste sind nur Herren. Du lagst vermutlich nicht falsch mit deinem Edelpuff.«

***

Zwischen Braten und Dessert suchte Elena nach Blessing. Sie schaute vorsichtig in die Küche. Obwohl ein Koch hier gerade diverse *antipasti* sowie vier Hauptgänge mit Beilagen zubereitet hatte, sah die Küche schon wieder cool und clean aus, in Weiß gehalten mit hochglänzenden anthrazitfarbenen Oberflächen, einem langen Kochtresen mit Barhockern in der Mitte, einem runden Tisch in Chrom und schwingenden, rauchfarbenen Plexiglasstühlen in S-Form.

Blessing, zur Feier des Tages in einem dunklen Rock mit weißer Schürze, klappte den Geschirrspüler zu. Drei Torten und Kleingebäck standen auf dem Servierwagen bereit. Sie sah müde aus, schaute auf die Uhr. Zehn Minuten Pause bis zum Dessert. Sie zog eine Packung Zigaretten aus der Rocktasche und öffnete die Balkontür.

»*Buon natale*«, grüßte Elena und folgte ihr nach draußen. »Wie geht es dir? Wie geht es Grace?«

Blessing schloss die Augen, zog lang und tief an der Zigarette, blies den Rauch mit zurückgelegtem Kopf in den Himmel. Es gab nichts Neues. Die Ärzte hatten Hoffnung, aber konnten nicht sagen, wann Grace aufwachen würde.

»Ich hätte meine Geschichte erzählen müssen. Stattdessen habe ich einfach nur Geld nach Nigeria geschickt und gebetet, dass nichts passiert.«

Sie sprach ruhig, gefasst. Angestrengt. Dieses Ungebändigte, das sonst in ihrem lebhaften Ausdruck, ihren kraftvollen Gesten gelegen hatte, schien ausgelöscht. Als Elena von Micheles erfolglosen Besuchen bei den nigerianischen Frauen in Lecce erzählte, schüttelte sie nur den Kopf.

»Entschuldigen Sie, *Signora* Elena, aber warum haben Sie mich nicht vorher gefragt?«, Blessing sah Elena direkt an. »Natürlich sagen die nichts. Selbst wenn sie etwas wissen. Sie, *Signora*, können sich nicht vorstellen, was für eine Angst die haben. Alle. So wie ich, bis heute, weil ich geflüchtet bin. Ich sollte 60 000 Euro für die Reise nach

Italien bezahlen. Dafür hätte ich lange auf den Strich gehen müssen. Ich hatte Glück, konnte aussteigen, schicke seitdem Geld nach Hause und bete, dass meine Familie nicht schikaniert und das Geld nicht einkassiert wird. Denn wenn die Frauen in Europa nicht gehorchen, werden die Eltern und Geschwister in Nigeria bestraft. Das Netz der Menschenhändler, Schlepper und Madams funktioniert perfekt.«

»Ich verstehe«, meinte Elena schuldbewusst.

»Nein, *Signora*, Sie verstehen nicht. Bei uns in Nigeria gibt es nicht nur die katholische Kirche und die Moslems. Es gibt auch Voodoo-Priester, die hohes Ansehen genießen. Bevor ein Mädchen nach Europa geschickt wird, legt sie einen Voodoo-Schwur ab. Sie wird niemals, unter keinen Umständen, verraten, wie sie Italien erreicht hat, wer sie gebracht hat. Sie verspricht in Europa jede, wirklich jede Arbeit zu machen. Sie können Voodoo lächerlich finden, aber wir sind damit aufgewachsen und glauben daran.«

Elena nickte nur. Es stimmte schon, was wussten sie und Michele von Nigeria? Nichts. Stattdessen hatten sie möglicherweise die Frauen in Gefahr gebracht.

24

Gigi und Michele setzten zum Sprung in die Höhle des Löwen an. Gigi hatte einen Tag vor Silvester ein Kunststück vollbracht: Er war zusammen mit Michele auf der Gästeliste des Palazzo Perrone gelandet. Antonio brauchte nichts davon zu erfahren. Es war Ruhetag und der Wirt ohnehin noch leicht verschnupft, weil Michele sich nicht zum weihnachtlichen Familienessen eingefunden hatte, auf dem er als »guter Freund von Gigi« vorgestellt werden sollte.

Details ließ sich Gigi über sein Husarenstück – »ja, das atmet einen Hauch von Genialität, da habt ihr recht« – nicht einmal mit viel Bauchpinselei aus der Nase ziehen. Nur so viel: Der Onkel hatte den Kunden, der kurz vor Weihnachten im Vorbeigehen die 20 000-Euro-Kommode gekauft hatte, mal so unter Herren gefragt, was Gigi seinem Künstlerfreund aus Rom in Lecce denn so bieten könne. Er selbst kenne sich, aus verständlichen Gründen, nicht so gut in bestimmten Kreisen aus. Wie und warum auch immer, am Ende erschien Gigi bestimmten Kreisen vertrauenswürdig genug, eine exklusive Einladung in den Palazzo Perrone zu erhalten.

Gigi schleppte den jungen Künstlerfreund zum Ankleiden in seinen begehbaren Kleiderschrank. Der war noch immer erstklassig ausgestattet, da Gigi nicht den Hang hatte, etwas vorschnell wegzuwerfen. Die meisten guten Stücke von früher waren mittlerweile zwar deutlich zu knapp für Gigis Bauchumfang, aber man konnte ja nie wissen.

»Kommt alles wieder: Dieses violette Hemd mit dem großen Kragen – das ist doch wieder topaktuell!«, Gigi wedelte damit vor Michele herum, raunte: »Die Farbe passt erstklassig in Elenas Wohnzimmer ...«, und zwinkerte derartig penetrant mit dem rechten Auge, als habe er einen nervösen Krampf.

»Entspann dein Gesicht, Gigi, ich habe schon verstanden«, Michele klopfte ihm auf die Schulter. »Gefällt mir trotzdem nicht.«

Michele schlüpfte in eine dunkle Wollhose, hielt die Luft an und zog den kaum vorhandenen Bauch ein, während Gigi ihn wohlwollend beobachtete: eindeutige Tendenz zum Waschbrett, das sollte er Elena bei Gelegenheit wissen lassen.

»Booh, Gigi«, lachte Michele, ließ die Hose auf den Boden rutschen und gab dem Bäuchlein des Onkels einen Klaps, »du warst ja wirklich mal ein zarter Hering. Ich habe keine Chance in der Hose!«

»Nein, die geht sowieso gar nicht, viel zu konservativ für heute Abend und für dich als Künstler sowieso. Dein Outfit muss nonchalant und einen Hauch schrill daherkommen, irgendetwas zwischen Disco und Oper. Probier das violette Hemd an, *avanti!*«

Eine gute Stunde später hatten die beiden mit Elena eine Flasche Prosecco geleert, eine Modenschau wie Debütantinnen vorm Abschlussball hingelegt und verließen gut gelaunt, gegelt, rasiert und parfümiert das Haus.

***

Michele sah die Augen des *Avvocato*, grüne Augen, die ihn taxierten. Erstaunt? Zuckte da eine leichte Irritation durch sein professionelles Gastgeberstrahlen? Michele dachte wieder an seine Ähnlichkeit mit Lucia, an seine Rizzo-Grübchen, die ihn schon bei Donata verraten hatten. Aber Galloso kontrollierte seinen Ausdruck sofort und kam ihnen gelassenen Schrittes, mit geöffneten Armen entgegen, als sie den Saal betraten. Ein gigantischer Kronleuchter hing von der hohen, gewölbten Decke, an den Wänden war das Mauerwerk aus hellen Sandsteinquadern freigelegt, dekoriert mit großformatigen modernen Gemälden, höchst abstrakt in dunklem Rot und Braun gehalten. »Furchtbares Zeugs!«, ätzte Michele. »Da hat ein Provinzler mit dicker Hose wohl mal richtig moderne Kunst an die Wand hängen wollen.«

Es war kurz nach Mitternacht. Kleine Gruppen hatten sich um Stehtische geschart. Lounge-Musik untermalte die Gespräche der Herren. Ungezwungen, heiter, aus einem entfernten Raum hallten Applaus und Johlen; die Party im Palazzo Perrone schien Fahrt aufzunehmen.

Michele zog sein *telefonino* aus der Brusttasche, schien schnell noch eine SMS zu tippen, als der *Avvocato* sie wie Freunde begrüßte, die sich viel zu lange nicht mehr gesehen hatten.

»*Signor* Giuseppe Mazotta, ich freue mich, Sie endlich hier begrüßen zu dürfen. Wir hatten ja noch nicht das Vergnügen miteinander. Erstaunlich, nicht wahr? In so einer kleinen Stadt.«

Avvocato Galloso hielt salbungsvoll Gigis Hand und spielte den unterwürfigen Hund. Doch es war klar, dass er zuschnappen könnte, wenn ihm danach wäre. Er musterte Michele, fragte schließlich: »Haben wir uns nicht schon einmal gesehen? Sie sind – Künstler? Sie malen?«

Er nickte stumm.

»*Signor* ...?«

»Michele.«

»Michele ...?« Der *Avvocato* schaute ihn fragend an und hielt dabei seine Hand umschlossen.

»Michele, einfach Michele«, diese Antwort hatte er eingeübt. Immer wieder vorm Spiegel trainiert und mit Gigi auf dem Weg in den Palazzo Perrone wiederholt. Jetzt war die Antwort tatsächlich halbwegs natürlich herausgekommen. Michele. Ohne Rizzo am Ende. Künstler eben.

Er guckte so nett, wie er mit viel Anstrengung nett gucken konnte. Ihm war dieser Galloso zuwider, ekelhaftes Gesabber, was der hier von sich gab.

»Ach, Künstler bringen immer so eine erfrischende Inspiration in unsere leider oft sehr trockene Geschäftswelt. Ich würde mir gerne bei Gelegenheit Ihre Sachen einmal anschauen.«

Er lachte trocken. Dann nahm er Gigi zur Seite, wisperte, kicherte kurz obszön und drückte ihm etwas in die Hand. Gigi nickte großmütig.

»Giuseppe, sagen Sie, ich habe da ein Projekt«, fuhr er nun vertraulich fort. »Ein verfallenes Herrenhaus in Meernähe, daraus wird ein exklusives Ressort mit individuell gestalteten Zimmern. Dafür suche ich noch ausgewählte Antiquitäten ... vielleicht sprechen wir im Laufe des Abends einmal darüber?«

»Kein Problem«, Gigi gab sich jovial, ganz der entspannte Geschäftsmann. Der *Avvocato* klopfte ihm auf die Schulter.

»Also bitte, meine Herren. Wir sind hier, um uns zu entspannen. Lassen Sie es sich richtig gut gehen. Wir sehen uns später noch.«

Er mischte sich wieder unter die Gäste und war im nächsten Moment verschwunden, wie vom Erdboden verschluckt.

Michele und Gigi guckten sich an. Grinsten. Sie waren tatsächlich drin in diesem exklusiven Club, abgeschirmt von der Außenwelt mitten im historischen Zentrum von Lecce.

Sie steuerten auf einen Stehtisch am Rand zu. Zuerst Übersicht gewinnen. Ihr Plan war schlicht: reinkommen, warten, bis niemand mehr auf sie achtete, dann würde sich Michele bei den Damen umsehen. Ein dickes Geldbündel in der Tasche, für mögliche intime ›Nur-reden-Stündchen‹.

Gigi legte eine kleine Messingkugel, an der ein Plättchen mit der Nummer 13 hing, auf den Tisch. Sofort näherte sich eine langbeinige Afrikanerin in einem dunkelroten, tief ausgeschnittenen Schlauchkleid, warf einen kurzen Blick auf den Metallanhänger.

»Für mich einen Whisky sour«, bestellte Gigi. »Für dich auch?«

Michele nickte willig und fragte: »Ist das unsere Zimmernummer?«

»Unser Verzehrbon. Der *Avvocato* hat mir eben noch einmal die Spielregeln hier erklärt. Mit diesem Nümmerchen können wir uns vergnügen. Abgerechnet wird am Ende und gezahlt natürlich in bar. Mädchen auch in bar, aber die gehen extra. Wir verstehen uns?«

»Verstehe. Und die ›Mädchen in bar‹, auf die du total scharf bist, lösten das dreckige Lachen des *Avvocato* aus«, bemerkte Michele.

»Äußerst charmant, oder? Du könntest eine persönliche Nummer kriegen, mein guter Name würde bürgen. Aber du bist natürlich eingeladen.«

»Ich danke dir.«

»Keine Ursache, setzen wir dem *Commissario* irgendwann auf die Spesenrechnung. 250 Euro Mindestverzehr. *Bello mio*, wir sind im edelsten Puff Apuliens gelandet. Ich rieche das.«

Während Gigi leise sprach, wanderten seine Augen durch den Saal. Die Veranstaltung war natürlich als private Party deklariert. Hier würde niemand eine Rechnung für Getränke oder Mädchen mit nach Hause nehmen.

»Hier müssen richtig hohe Tiere verkehren, wie kann so etwas sonst unbemerkt bleiben?«, sinnierte Gigi und schlenderte los, mit seinem Whisky in der Hand und Michele am Arm.

Es war, als ob man sanft hineingezogen würde in eine verschworene Gesellschaft. Der unverbindliche Empfang an den Stehtischen, an denen sich die Herren mit einem Drink lockern konnten, wo exotische Mädchen nur zufällig auftauchten, wie ein Appetizer. Angenehme Musik untermalte die ruhigen Gespräche, die im nächsten Raum, eingerichtet wie ein großzügiges Wohnzimmer, in einer der gediegenen Sitzecken mit dunklen Ledersesseln und kleinen Sofas vertieft werden konnten. Hier wurden offensichtlich Fäden gesponnen, bevor sich die Herren in einen der nächsten Räume verzogen. Erst die Arbeit, dann das Vergnügen.

Michele und Gigi suchten sich eine Sofaecke am Rand mit bester Übersicht. Dort saß Gigi amüsiert und überrascht wie in einer Theaterloge: Hier defilierten leibhaftig die Lecceser Prominenten, die der Antiquitätenhändler nur aus der Lokalpresse kannte. Ständig knuffte er seinen jungen Freund und raunte immer wieder geheimnisvoll: »*Ma guarda questo qua ...*« – der ehemalige Assessor für Tourismus aus Bari – »Der stand gerade noch unter Hausarrest wegen Schmiergeldern« - und dort ein Staatsanwalt, der kürzlich Ermittlungen wegen Steuerhinterziehung eines Industriellen aufgenommen hatte - der Verdächtige saß ziemlich zuverlässig auch irgendwo hier herum.

Besonderes Vergnügen bereitete Gigi der junge, mopsige Unternehmer mit dem Milchgesicht, der aussah, als sei er von seiner Kommunion aus der Kirche direkt in diesen Palazzo gestolpert.

»Der hat sein Handwerk von Papi gelernt und von der letzten Regionalregierung Millionen für irgendwelche Altersheime abgezogen. Im Gegenzug hat er eine fette Parteispende aus seiner Portokasse überwiesen. Die ist zufällig auf dem privaten Konto des damaligen Präsidenten gelandet. Fehlbuchung nannte der das, konnte sich gar nicht erklären, warum die Parteispende auf sein privates Konto gerollt ist. Man kann ja wirklich nicht immer alle Posten auf den diversen Konten im Blick haben. Menschlich, nur allzu menschlich dieses Missgeschick.«

Außerdem erkannte Gigi allerlei höhere Angestellte und Assessoren der Lecceser Stadtverwaltung, Ladenbesitzer, Makler, Bauunternehmer. Hier plauschten nicht nur die Strippenzieher aus Lecce, sondern aus der gesamten Region Apulien. Bis in dieses pompöse Wohnzimmer mit erlesenen Drinks und Häppchen war alles nur ein nettes Beisammensein im privaten Club. Der Eintrittspreis war zwar etwas höher als gewöhnlich, aber hier traf sich kein gewöhnliches Volk. Eine Form der natürlichen Auslese musste es ja geben.

Nach drei oder vier weiteren Whisky sour hatte Gigi sein amüsantes *Who's who* in Apulien beendet und Michele war auf Du und Du mit sämtlichen lokalen Skandalen und ihren Protagonisten der vergangenen Jahre. Als sich

Avvocato Galloso neben Gigi in den Sessel pflanzte, musste Michele dringend ein Telefongespräch erledigen, zog sein *telefonino* aus der Tasche und entschuldigte sich. Das Telefon am Ohr, begann er den Laden zu erkunden.

Was bislang aussah wie ein Treffpunkt von Geschäftsfreunden, entwickelte sich von einem Raum zum nächsten mehr und mehr in einen Nachtclub. Das Licht wurde diffuser, am Ende eines breiten Flures schloss sich die eigentliche Bar an, ein Raum mit elegant geschwungenem langen Tresen vor einer Spiegelwand. Eine dunkelhäutige Barkeeperin rührte und schüttelte Cocktails, jonglierte nebenbei virtuos mit Zitronen, Grenadine- und Wodkaflaschen. Es gab Nischen mit Tischchen und bequemen Stühlen, eine kleine Tanzfläche, auf der sich Mädchen in flirrend bunten, knappen Kleidchen lasziv bewegten. Exotisch anmutende Mädchen aus Asien, Südamerika und Afrika. Sie waren jung, einige schienen sogar erschreckend kindlich unter den kräftig geschminkten Vamp-Gesichtern.

Eiswürfel klackerten in Champagnerkühlern, zu den farbenfrohen Cocktails gab es Fingerfood, serviert auf Wunsch mit feinen Linien weißen Pulvers auf einem Silbertablett, ein kleiner Knabberspaß nebenbei.

In der Ecke neben dem Tresen öffnete sich unter einem schmalen Torbogen ein schmaler, schummrig beleuchteter Treppenaufgang. Davor schlenderte ein gut gebauter junger Mann in dunklem Anzug sehr zufällig herum und behielt die Mädchen im Auge, die mit weichen Schritten herunterkamen und im Laufe der Nacht in Begleitung wieder hinaufglitten. Seltener stieg einer der Herren allein dort hoch, allerdings nur nach einem Nicken des »Treppenstehers«.

Michele lehnte am Tresen und schaute sich in dem flirrenden Licht um. Zwei Männer mit geöffneten Kragen versuchten sich ungelenk zu Sambarhythmen zu bewegen, ihre jungen Partnerinnen applaudierten kichernd. Michele mochte nicht hinschauen, warf lieber einen Blick auf die Barkeeperin hinter dem Tresen. Die blickte ins Irgendwo der kleinen Lichtpunkte an der Decke, schwang gut gelaunt den Shaker, wackelte mit ihrem Hintern im Sambatakt.

Er beugte sich gerade über den Tresen, um eine *Caipirinha* zu bestellen, als er spürte, wie jemand über seinen Arm strich und er eine bekannte Frauenstimme hörte, die auf Englisch fragte: »Warum bestellst du nicht zwei?«

Er drehte sich um und Yasmin schenkte ihm ein umwerfendes Lächeln auf ihren glutrot glänzenden Lippen. Hatte sie gekokst? Sie tastete mit ihren langen, heute silber lackierten Fingern Micheles perlmuttschimmernde Knöpfe auf dem violetten Hemd hinunter – Elena hatte es »mutig« gefunden, aber mit einem anerkennenden Blick gewürdigt und festgestellt, dass diese Farbe ausschließlich italienische Männer tragen konnten. Ein Deutscher in Violett? Lächerlich! –, die Finger fuhren die Knopfleiste wieder hinauf und zwei davon legten sich auf Micheles Lippen.

»Ich würde gerne noch einmal ›nur reden‹ mit dir.«

»Erst mal vielleicht nur trinken?«, stammelte Michele, reichte ihr einen der beiden *Caipirinhas* und zeigte der schüttelnden Barfrau mit den Fingern eine 13, woraufhin sie ihm einen Handkuss zuwarf. Michele guckte sie irritiert noch einmal an. War das wirklich eine Frau? Unglaublich. Gigi hätte das sofort gesehen. Er sollte ihn herholen.

»Trinken können wir auch oben«, Yasmin hielt Michele fest und fixierte ihn mit ihren braunen Augen. Das Lipglosslächeln saß eingeschweißt in ihrem Gesicht. Mit der

Zungenspitze tippte sie den Strohhalm an, zog ihn langsam zwischen ihre Lippen. Sie klappte ihre enormen Wimpern einmal zu und wieder auf und wisperte: »Ich muss mit dir reden. Kostet 250, 200 wenn wir uns beeilen. Komm schon.«

Sie zog ihn an der Hand hinter sich her, drehte sich kinoreif lachend um und zog ihn am Treppensteher vorbei nach oben.

Die Treppe endete in einem klösterlich anmutenden langen Flur mit kargen Mauern aus Sandstein. Das einzige Licht tanzte von Fackeln in eisernen Wandhalterungen. Vor einer geschlossenen Flügeltür spazierte ein weiterer Bodybuilder im dunklen Anzug herum wie unten an der Treppe. Yasmin schmiegte sich an Michele und drängte ihn den breiten Flur hinunter.

Sie begann zu schwanken, kicherte gekünstelt, stolperte und fiel gegen eine Tür.

»Uhh, entschuldigt!«, kicherte sie, als die Tür aufsprang, und wankte zur Seite, halb ins Zimmer hinein. Michele konnte einen Blick auf das Paar werfen, das auf dem Bett herumturnte. Oh Gott, wie peinlich, wo sollte er nur hingucken? Er wollte weiter, weg – aber blieb angewurzelt stehen, angewidert, peinlich berührt und gleichzeitig sensationslüstern. In der Brusttasche des lila Hemdes fühlte er sein *telefonino* und zögerte nur kurz. Im Halbdunkel des Flures war er für die anderen vermutlich nicht sichtbar – er fummelte das *telefonino* heraus. Starrte wie in Trance auf das Display, hörte die Stimme des Mannes und Yasmin, die antwortete: »Später, wir beide sehen uns später!« Dann zog Yasmin die Tür zu. Sie ruckelte an Micheles Arm: »Nun komm schon!«

Er ließ sich in einen geräumigen Sessel fallen. Nach einer Weile begannen sich die Rädchen in seinem Kopf wieder zu drehen und ineinanderzugreifen. Er befand sich in einem luxuriösen Schlafzimmer. Dezentes Licht, dunkelblaue Vorhänge, ein rundes Bett als Spielwiese, Spiegel in den Ecken und an der Decke, Whirlpool auf einem Podest. So sieht sowas also aus, dachte Michele.

Yasmin ließ sich neben ihm auf der Sessellehne nieder, rollte sich wie eine Katze zusammen.

»Grace war meine Freundin«, sagte sie tonlos. »Wir kommen aus demselben Dorf. Ist Blessing auch hier?«

25

Was für eine Nacht! »Du kommst mit zu uns und übernachtest auf Elenas Baustelle«, beschloss Gigi, als sie am frühen Morgen betrunken aus dem Palazzo Perrone wankten. Elena würde morgen früh alles haarklein wissen wollen, besser Michele war dann da.

Die Stadt schlief im Nebel, nur zwei Polizisten schlichen müde um das Amphitheater und bewachten die Krippe, die nun vollständig bestückt war mit einer neuen Maria und *bambino Gesù*.

Dieser *Avvocato*! Gigi konnte sich gar nicht beruhigen. »Dass der dich erkannt hat, ich kann es nicht glauben«, sagte er zum zehnten Mal, als sie vor dem Hoftor standen und er nach seinen Schlüsseln kramte.

»Ja, sicher, *porca miseria*, wir sind echt zu dämlich«, antwortete Michele. Gigi legte dem jungen Mann väterlich den Arm um die Schultern.

»Aber ich bin stolz auf dich, mein Junge. Mitten rein ins Geschehen. Wer hätte dir solche Kaltschnäuzigkeit zugetraut.«

Sie wankten die Treppe hinauf zur Loggia. Oben angekommen lehnte sich Gigi gegen eine Säule und fixierte Michele.

»Aber mit der kleinen Afrikanerin, da war wirklich ›nur reden‹, oder sollte etwa mehr …?«

»Nichts, Gigi, gar nichts. Nur reden«, versicherte Michele und hob die Hände schützend vor seine Brust. War Gigi sein Beichtvater?

»Ich bin stolz auf dich, mein Junge ...«, sagte Gigi, und dann torkelten sie Arm in Arm durch die Haustür.

»*Buona sera,* Gigi.« Die Stimme klang eisig durch den dunklen *open space-eeh*. Nur die Leselampe warf einen Lichtschein auf einen Sessel. Darin saß ein Mann, der sie mit ausdruckslosem Gesicht ansah.

Gigi stolperte rückwärts, als hätte der Kerl ihm seine gerade Rechte reingedonnert. »Ach du Scheiße«, grummelte er leise, besann sich und versuchte, gerade zu stehen.

»Ettore! Was für eine Überraschung! Die ist dir aber gelungen.«

»Ich sehe, du hast viel Vergnügen mit deiner frisch gebackenen Familie. Ich will das junge Glück nicht länger stören, sei beruhigt. Ich nehme den ersten Zug am Morgen.«

»Ich puste dann mal die Luftmatratze auf«, Michele trat den Rückzug an. »*Buona notte tutti!*«

»Ettore, *darling.* Das verstehst du vollkommen falsch. *Tesoro,* ich erkläre dir alles. Komm schlafen. Morgen sieht alles anders aus, alles kein Problem. Wirklich nicht. Nun komm schon ...«

Am nächsten Morgen schlich Gigi durch die Küche, kochte stumm *caffè,* stellte Cappuccino, Orangensaft und eine Schüssel Kekse auf ein Tablett, während Elena gespannt auf Nachrichten der Nacht wartete. Doch auf ihre Fragen antwortete er nur knapp.

»Entschuldige Ettores Überfall ... ja, er war sauer ... Palazzo? Ah, ja große Show. Michele wird dir alles erzählen ... Lass ihn schlafen, war spät ... Ettore muss nicht unbedingt erfahren, wo wir waren ... Erst mal die Beziehung entspannen. Du entschuldigst mich?«, und schlurfte mit Tablett ins Schlafzimmer.

Weg war er. War das noch ihr schwatzhafter, aufgekratzter *Zio*? Dieser arrogante Tenor, der gestern Nacht plötzlich in der Küche gestanden war, mit seinem Wohnungsschlüssel ungeduldig geklimpert und mit voller Stimme nach Gigi gefragt hatte, ohne sich nur andeutungsweise für seinen unangemeldeten Auftritt zu entschuldigen, hatte den Onkel erstklassig im Griff. Elena beschloss, den Abfahrtsprozess zu beschleunigen. Dieser Kerl würde den Süden einmal mehr höchst unzivilisiert finden.

Als sie mit frischen *brioche* und Zeitungen von ihrer Runde durchs Städtchen zurückkam, reichte es ihr. Sie schickte Ben: »Geh mal ein bisschen bei Michele hopsen.«

Wenig später schlappte Michele tatsächlich in die Küche. Strubbelig und murrend setzte er sich an den Tisch und streckte dankbar die Hände nach der Kaffeetasse aus.

»Und? Filmriss?«, langsam gingen Elena diese stummen Männer auf die Nerven.

»Gib mir zehn Minuten. Dann erinnere ich mich wieder.«

Elena mobilisierte das letzte Quäntchen Geduld und malte mit Ben sommerliche Strandbilder, viel blaues Meer mit vielen bunten Fischen drin und lustige Männchen mit ausgestreckten Armen und Beinen am Strand.

»Ist das hier wie Dänemark?«

»Nee, wärmer, viel wärmer, Benny, und das Meer ist blauer. Warte es ab. Und das Eis viel, viel leckerer. Es dauert nicht mehr lange, Ben, dann ist Frühling.«

Endlich räusperte sich Michele. Er hatte sich einige Hände voll kaltes Wasser ins Gesicht geworfen und schien sprechbereit.

Die delikaten Einsichten des geheimen Lecce *by night* waren schwer verdaulich. Grace war also wirklich im Palazzo Perrone gewesen und geflüchtet, bevor sie zusammengeschlagen wurde. Die Schläger hatte ihr *Avvocato* Galloso hinterhergejagt. Yasmin hatte in der Nacht am Fenster gestanden und ihre Freundin unten im Hof gesehen. Wie alle Mädchen, die zum ersten Mal in den Palazzo gebracht wurden, war ihre Freundin im Keller eingeschlossen worden. Aber keine vor ihr hatte den Mut gehabt, abzuhauen. Auch das hatte Yasmin eine halbe Stunde später gesehen.

Mehr hatte das Mädchen nicht erzählen können, denn dann hatte es an der Tür geklopft. Im nächsten Moment stand *Avvocato* Galloso im Zimmer. Nicht mehr ganz so glatt und galant.

»Ich hoffe, Sie haben sich gut amüsiert, Michele. Aber die zauberhafte Yasmin ist jetzt leider anderweitig beschäftigt.«

Michele war aufgestanden. »Dann gehe ich wohl besser ...«

»Ich begleite Sie nach unten. Nicht, dass Sie aus Versehen irgendwo reinstolpern.« *Avvocato* Galloso schloss die Tür hinter ihnen. Michele hatte es eilig, doch bevor er die Treppe hinuntergehen konnte, packte ihn Galloso grob am Arm.

»Pass auf, Michele Rizzo. Ich weiß, wer du bist. Dein Onkel hat sich leider verplappert. Wenn du ihm etwas Gutes tun willst, lässt du die Kellnerei, verschwindest aus Lecce und widmest dich wieder ganz entspannt deiner Kunst. In Rom oder wo auch immer. Hier jedoch nicht.«

Er funkelte ihn bedrohlich an. Michele schüttelte die kräftige Hand ab.

»Ich habe keine Ahnung, wovon ...«

»Du bist ein unbegabter Lügner. Und ich, ich möchte ungern deutlicher werden, capito?«

»Das hat er gesagt?«, entrüstete sich Elena. »Und du?«
»Ich habe gar nichts mehr gesagt, mir fiel nichts ein. Ich wollte Antonio nicht noch mehr Ärger machen. Galloso kontrolliert ihn seit Jahren, er weiß, dass Lucia damals schwanger war – und woher? Woher?«

Michele wurde laut und hielt sich im nächsten Moment seinen dröhnenden Kopf. Dieser *Avvocato* hatte den charmanten Gastgeber gemimt, aber hintenherum das Klappmesser aufspringen lassen. Michele hatte es geahnt: Die Rizzo-Grübchen hatten es mal wieder vermasselt. *Cazzo!*

»Du meinst im Ernst, er ist dein Erzeuger?«
Er nickte und rührte in seiner fast leeren Tasse. Rührte und rührte, der Löffel schabte und schabte und schabte und stopp – Elena hielt seine Hand fest. Diese schlanke, weiche Hand. Elena erschrak über ihre vertraute Geste. Schaute Michele an. Einen Augenblick.

»Noch *caffè*?«, sie zog langsam ihre Hand zurück. Michele hob verschmitzt die Augenbraue. »*Si, grazie*«, er machte eine Pause, wartete, bis Elena noch etwas Milchschaum auf den Kaffee gesetzt hatte, dann rekapitulierte er: »Lucia hat angeblich niemandem erzählt, dass sie schwanger war. Selbst Antonio erfuhr es von Donata, und die bekam es nur mit, weil sie damals zusammen mit Lucia in der Küche stand und Lucia ständig rausrannte, weil sie kotzen musste.«

»Und deine Tante, wie wir wissen, ist alles Mögliche, aber garantiert nicht blind«, ergänzte Elena. Michele nickte.

»Aber wird sie nicht dem zukünftigen Vater erzählt haben, dass sie von ihm ein Kind erwartet? Das ist doch sehr wahrscheinlich, oder? Der war vermutlich schon verheiratet, also musste Lucia weg.«

»Und warum weiß Galloso, wer du bist?«

»Der brauchte nur eins und eins zusammenzuzählen: Antonio hat einen neuen Kellner, Antonio weiß, dass Lucia gestorben ist, obwohl er keinen Kontakt zu ihr hatte – wer könnte ihm das erzählt haben? Antonio weigert sich nach all den Jahren plötzlich zu zahlen – warum? Schließlich spaziere ich mit Gigi bei ihm rein und vermutlich steckt ihm einer seiner Muskelmänner, die überall rumspionieren, dass ich der neue Kellner bei Antonio bin. Von wegen Künstler. Galloso guckt mir einmal ins Gesicht und zack!«, Michele drehte seine Zeigefinger neben der Stirn, »da hat es geklickt ... *porca miseria!* Ich hätte lieber gar nicht erst nach meinem Erzeuger suchen sollen.«

Er stand auf: »Vermutlich wäre es am besten, ich fahre zurück nach Rom. Antonio hat recht, Galloso und seine *ragazzi* verstehen keinen Spaß.«

In Elenas Magen zog sich etwas zusammen. Michele weg? Wegen dieses Galloso, der sich als Provinzkönig aufführte. Der nach Gutsherrenart unbequeme Leute verjagte, wie es ihm gefiel. Wahrscheinlich hatte er mit der jungen, schwangeren Lucia vor dreißig Jahren das Gleiche getan.

So ging das nicht. Gar nicht.

»Quatsch. Von dem lässt du dir nichts vorschreiben. Wo leben wir denn? Zuerst solltest du versuchen, diese Postkartenschreiberin zu finden. Rede noch mal mit Antonio. Der muss doch die Freundinnen von Lucia gekannt haben. Und dann sollten wir den *Commissario* aktivieren. Dieser Party-Palazzo und die illegalen Mädchen, die sind sein Job.«

Michele setzte sich zögernd wieder vor seine Kaffeetasse,

wiegte unentschlossen den Kopf. »Weiß nicht ... ich habe dieser Yasmin versprochen, dass ich ihr helfe ... irgendwie ... und wenn Cozzoli sie schnappt, wird sie nach Nigeria abgeschoben.«

Er zerrupfte eine *brioche*, stopfte sich ein Stück in den Mund und versenkte den Blick in seiner Tasse. Elena stöhnte. Aber sie hatte eine Idee.

»Es sei denn, wir schieben Yasmin dem *Commissario* als Zeugin unter und sie sagt gegen Galloso aus. Als Zeugin wäre sie raus aus allem und, soweit ich von Blessing weiß, könnte sie bis auf Weiteres in Italien bleiben.«

Das war keine schlechte Idee, zumindest einen Versuch wert. Michele erhob sich vorsichtig: »Ich gehe erst mal duschen, mich umziehen. Dann können wir dein Wohnzimmer streichen«, und verschwand im Bad. Diese Reihenfolge der Aktivitäten fand Elena zwar unlogisch, aber das würde sie mit dem derart verkaterten Michele nicht erörtern.

26

Es regnete. Mal wieder. Vorbei war es mit der sonnigen Leichtigkeit mitten im Winter. Der Wetterumschwung entsprach Elisabettas Laune. Sie fühlte sich alles andere als beschwingt auf dem ausladenden braunen Sofa im Salon der *Signora* Luisa Maria Perrone.

Das Dienstmädchen hatte die schweren Gardinen mit den grün-braunen Blätterranken ein wenig geöffnet. Elisabetta fühlte sich beengt in diesem Halbdunkel, bedrängt von wuchtigen Sesseln und schnörkeligen Tischchen, Anrichten und Vitrinen voller Gläser und Vasen aus Kristall, vergilbten Wänden mit gruseligen Ahnenportraits und Schiffen auf wütenden Meeren – Gigis Laden war dagegen ein luftiges Designerstudio.

Sie hatte das dringende Bedürfnis, Rettung anzufordern: »Einen anständigen Wagen zum Entrümpeln, bitte. In das Landhaus an der Straße nach San Cesareo, Eingang gegenüber des Einkaufszentrums. *Subito però!!*«

Das einige Kilometer vor der Stadt gelegene Anwesen war einst die Sommerfrische der Familie ihres Mannes, des verstorbenen Augusto Quarta, gewesen, inzwischen lebte Witwe Luisa Maria Perrone, die ihren Mädchennamen nie abgelegt hatte, hier ganzjährig, alleine mit einigen Hausangestellten und Hunden im Zwinger. Gegenüber hatten sich an der Landstraße Shoppingmalls und Lagerhallen breitgemacht. Doch hinter der hohen Gartenmauer, in dem verwilderten Park vor der Villa und in dem Garten voller Obstbäume dahinter spürte man nichts von dieser neuzeitlichen Verwüstung da draußen, vor der Mauer.

Elisabetta kannte solche Salons zur Genüge, die einst für repräsentative Empfänge hergerichtet worden waren, in denen irgendwann die Zeit stehen geblieben war, weil ihnen das Leben fehlte – die Menschen, die redeten und stritten und lachten. Es war, als ob diese Räume vertrockneten, nur Erinnerungen noch leise wisperten und bestenfalls der schale Geruch nach Bohnerwachs bezeugte, dass hin und wieder eine Putzfrau durchwischte.

Raus mit dem Plunder! Elisabettas kleinstädtisches ästhetisches Empfinden war während ihres Studiums in Milano und Paris kräftig durchgeputzt, sortiert und neu geformt worden. Sie hatte ihren Blick über den salentinischen Tellerrand geöffnet und ihren Horizont in die Welt des internationalen Designs ausgedehnt. Eine belebende Erfahrung, die sie, zurück in der Heimat, nicht einfach wieder löschen konnte. Leider. Sonst hätte sie diese Anhäufung von überflüssigen, geschmacklosen, Hauptsache teuren Dingen in diesem Salon leichter aushalten können.

Signora Luisa Maria Perrone ließ sich Zeit, bevor sie erschien. Natürlich. Gäste sollten in aller Ruhe den Salon inspizieren, würdigen, genießen, sich von all seiner Pracht nachhaltig beeindrucken lassen.

Worauf hatte sie sich nur eingelassen? Warum saß sie hier und nicht der *Commissario*? Zugegeben, diese glubschäugige Spürnase wirkte nicht wie die Dynamik in Person. Da hatte Elena schon recht. Und irgendjemand musste schließlich herauskriegen, was in diesem frivolen Palazzo der alten Witwe getrieben wurde und wer dafür verantwortlich war.

Woher war dieser Umschwung gekommen, sich für Elenas Ambitionen zur Weltrettung einspannen zu lassen? Zuerst war Elisabetta im Krankenhaus gewesen und hatte Grace gesehen. Eine Schande, wirklich, das war eine Schande für die ganze Stadt. Und danach hatte sie sich bequatschen lassen. Elisabetta fiel es schwer, sich das selbst einzugestehen. Aber so war es gewesen.

Sie hatte nur auf einen Sprung bei Elena vorbeischauen wollen und war mitten in diesem Chaos der Baustelle gelandet, das zurzeit Elenas Leben war. Zwischen Farbeimern, Mörteltüten, Werkzeugkiste und Bens Holzeisenbahn stand Elena, die konzentriert und geradezu zärtlich mit einem Schwamm die Wände ihres zukünftigen Wohnzimmers in Flieder wischte. Ricardo habe diese Farbe ebenfalls toll gefunden, erzählte sie mit einem zufriedenen Schmunzeln. »Ricardo?«, riefen zwei Männerstimmen aus Küche und Kinderzimmer. Ja, ja, der Leiter des Baumarktes, der sie nach all ihren Einkäufen inzwischen mit Vornamen und warmem Händedruck begrüßte. Sie fühle sich dort schon richtig zu Hause, bekundete Elena, was Michele, der im Kinderzimmer bereits Regale andübelte – was für ein interessanter junger Mann! – mit einem grunzenden »Das freut mich aber. Wirklich. Von Herzen« kommentierte. Aus der Küche war dazu Gigis wieherndes Lachen zu hören, der mit Ben einträchtig Ravioli bastelte. Sein Liebhaber aus Genua lag wie hingegossen auf der Chaiselongue, vertieft in ein Buch. So weit, so heiter die Stimmung.

Doch dann hatte ihr Elena von dem nächtlichen Spaziergang erzählt und Michele von den nigerianischen Mädchen und Gigi von seiner grandiosen, scharfsinnigen Recherche über den Palazzo Perrone und schließlich vom Fest in der vergangenen Nacht mit den *Signori* der gehobenen Lecceser Gesellschaft, dem *Avvocato* als Zampano und den jungen Prostituierten.

Bereits die harmlose Kurzfassung hinterließ Elisabetta für einen ungewöhnlich langen Moment sprachlos. Sie war erschüttert. »Das alles kann man nicht durchgehen lassen. Wo sind wir denn hier?«, sie schien zu allem entschlossen. So gefiel sie Elena am besten.

Gigi staubte sich die mehligen Hände an der Schürze ab und griff nach seinem Weinglas, legte ihr vertraulich eine Hand auf die Schulter. »Dieser neue *Commissario*, der kann doch gar nicht die Verbindungen haben, die zur Lösung eines derartigen Falles notwendig sind. Wenigstens mit einigen weiteren Erkundigungen sollten wir ihm unter die Arme greifen.« Elisabetta habe doch erstklassige Beziehungen, kannte ihre Mutter nicht die alte Witwe Perrone, die Eigentümerin des Palazzo? »Weiß die, was in ihrem angeblich verlassenen Palazzo gespielt wird? Oder einer ihrer drei Söhne? Komm, Elisabetta, geh sie mal besuchen, mit Blümchen und besten Wünschen zum neuen Jahr – *che ne dici?*«

Ja, was sagte sie dazu? Gigi bearbeitete Elisabetta formvollendet – zunächst charmant, dann als Bürger dieser Stadt und abschließend als moralische Instanz. Und sie hatte sich breitschlagen lassen. »*Va bene, va bene,* ich bringe der Witwe einen Christstern im Namen meiner Mutter vorbei. Und bete, dass meine Mutter, die diese *Signora* Maria Luisa Perrone im besten Fall einen biestigen Drachen nennt, davon nichts erfährt.«

Und da saß Elisabetta nun auf diesem muffigen Sofa mit einem rot blühenden Ungetüm in knisterndem Cellophan mit silberner Schleife. Das Dienstmädchen öffnete endlich die Tür. Gestützt auf einen Gehstock mit Silberknauf schritt die hagere *Signora* herein, im dunkelblauen

Kostüm und mit erhobenem Kopf, die Nase vorgestreckt, als wolle sie erschnüffeln, wer dort auf sie wartete.

»Elisabetta. Welche Überraschung«, stellte sie trocken fest. Ihre Stimme war dunkel und rau. Das Dienstmädchen rückte der *Signora* einen Ohrensessel zurecht, nahm den Christstern entgegen, während Elisabetta die besten Wünsche ihrer Familie ausrichtete, vor allem von Seiten ihrer Mutter, die sich entschuldige, sie sei leider erkältet.

Die *Signora* nickte verhalten, ohne die Nase zu senken. Sie musste Ende achtzig sein, das dünne weiße Haar luftig aufgebauscht. Sie saß aufrecht im Sessel, ihre dürren Finger lagen ausgestreckt auf den Lehnen, trugen verschiedene Ringe mit Edelsteinen, unter dem Ärmel blitzte wie zufällig ein breites goldenes Armband hervor.

Elisabetta plauderte über das Wetter, fragte nach ihren Enkeln und ihrer Gesundheit – Letzteres ein äußerst ergiebiges Thema, zumal die alte Dame gerade aus einer Privatklinik in Milano zurückgekehrt war. Augen lasern. »Aber meinen Sie, ich könnte jetzt besser sehen? Nein. Und wissen Sie, was die Ärzte sagen? Das wäre normal. Ich sollte froh sein, dass es nicht schlimmer würde. In meinem Alter, völlig normal. Ich bitte Sie, nicht mal 90 bin ich! Queen Mum wurde hundert und wie viel Jahre alt? Hat man je gehört, dass sie nicht mehr sehen konnte? *Ecco!*« Sie schnaubte ungehalten, ihre langen Finger trommelten auf den Lehnen.

Ein höflicher Abschied erschien angemessen, doch vorher gelang Elisabetta der Schwenk zu ihrer deutschen Freundin. Die wolle sich in Lecce niederlassen und habe im *centro storico* den offensichtlich unbewohnten Palazzo Perrone entdeckt.

»Hatten Sie nicht überlegt zu verkaufen? Oder täusche ich mich?«

»Sie täuschen sich nicht, Teuerste. Ich hatte es erwogen, aber mein jüngster Sohn war dagegen. Wollte irgendetwas Wohltätiges dort einrichten, irgendwas ... ich weiß es nicht mehr, war mir dann egal.«

Sie wischte diesen überflüssigen Gedanken mit der Hand beiseite, als ob ihr eine Fliege vor dem Gesicht herumtanzte. »Nun, Sie kennen ihn ja. Ich bin nur froh, dass wenigstens ein halbwegs passabler *Padre* aus ihm geworden ist.« Sie seufzte, ganz die ermattete Mutter, die ihr Allerbestes für die Kinder tut und nicht ruht, bis etwas Anständiges aus ihnen geworden ist.

»Aber was soll ich machen? Ein faules Ei ist in jeder Familie dabei.«

Sie legte eine theatralische Pause ein. Elisabetta lächelte verkrampft.

»Können ja nicht alle Kinder solche Goldjungen sein wie Giacomo und Roberto. Der eine Bankdirektor und Assessor für Verkehr, der andere Anwalt und Berater des Bürgermeisters.«

Sie seufzte befriedigt, hob dann jedoch flehend die Hände gen Himmel. »Francesco dagegen ... nichts als Ärger. Der war schon immer anders. Immer gegen alles. Wollte immer alles anders machen als seine Brüder. Immer unpassend. Fing damit an, dass er gar nicht vorgesehen war, damals, so kurz nach dem Krieg.«

Ihr Blick verlor sich in der Tiefe des Salons.

»*Signora,* der Palazzo ...«

»Wie gesagt, er wollte restaurieren und mir dort eine Wohnung einrichten. Er! Mir! Dort! Keinen Fuß setze ich mehr in diese Mauern, nach allem ...«

Die Signora bremste sich. Niemals hätte sie sich herabgelassen, ein solches Angebot von diesem Sohn anzunehmen. Schon gar nicht in dieser verrotteten Altstadt, die sie offensichtlich noch immer für unbewohnbar und nicht repräsentativ hielt.

»Egal, ich habe ihm den alten Kasten überlassen. Ich glaube, er wollte vermieten. Ist mir egal, es ist sein Erbe.«

***

Wie hatte er nur so derartig bescheuert sein können? Michele schreckte hoch, knipste die Nachttischlampe an. Wie hatte er das vergessen können? In der Aufregung um den *Avvocato*, diesem widerlichen Zuhälter, hatte Michele die Aufnahmen auf seinem *telefonino* vergessen.

Nach der langen Nacht im Palazzo Perrone hatte er den Nachmittag pinselnd auf Elenas Baustelle verbracht, den Abend kellnernd bei Antonio – immer mit einem nervösen Blick auf neue Gäste: Schickte der *Avvocato* seine Jungs vorbei? Nach Mitternacht war er unendlich müde in die kleine Wohnung hinter Gigis Laden geschlurft, ins Bett gesackt und in den Schlaf gefallen. Und plötzlich tanzten die Bilder der letzten Nacht durch seinen ersten Traum.

Er schreckte auf, tappte zur Tür, seine Jacke hing am Wandhaken, er tastete in der Innentasche, da war sein *telefonino*. Es war eine spontane Idee gewesen, die ihm erst im Palazzo Perrone gekommen war. Warum nicht unauffällig diese bestenfalls halblegale Szenerie mit seinem neuen *telefonino* festhalten? Könnte möglicherweise den *Commissario* interessieren und seinem Onkel Antonio helfen.

Michele überspielte die Aufnahmen auf sein Notebook. Grobkörnige Bilder wackelten auf dem Desktop, der Kronleuchter flog quer durch das Bild, dann der *Avvocato*, der direkt in die Kamera lief. Michele stoppte das Video. Fand er irgendeine Ähnlichkeit mit ihm? Er zoomte in das Gesicht, bis es nur noch aus rotbraungelben Pixeln bestand. *»Stronzo, pezzo di merda ...«*, murmelte Michele, als ob er ihn verfluchen wollte. Er spulte vor bis zu der Szene, nachdem Yasmin in das Zimmer gestolpert war. Er spulte zurück, noch einmal: Tatsächlich, sie hatte einen Schritt zur Seite gemacht, war nicht auf dem Videoclip zu sehen. Wollte sie, dass Michele sah, wer da im Zimmer rumvögelte? Michele zoomte ins Halbdunkel, sah ein gerötetes Gesicht, das ihn einen Moment lang erschrocken anstarrte. Diesen Mann, den erkannte Michele. Cosima hatte recht gehabt.

27

Der Silvestertag begann mit einer Überraschung: Ettore war immer noch da. Er hatte beschlossen, Gigis neue Familienverhältnisse seien durchaus erträglich, sodass er ihn Silvester mit seiner Gegenwart beglücken konnte.

Elena stand mal wieder auf der Leiter und versuchte in viereinhalb Metern Höhe ein Lampenkabel in eine Lüsterklemme zu fummeln, als sie tief unten Ettore näseln hörte: »*Si, si, un attimo! Elena ...?*«

Er hielt Elena das Telefon mit spitzen Fingern am lang ausgestrecktem Arm hin. »Für dich.«

Natürlich für sie, war ja ihr *telefonino*, das Ettore da in der Hand hielt. Was dachte der sich eigentlich? Einfach an ihr Telefon ... Es war das erste Mal nach seinem unverschämten nächtlichen Auftritt, dass er sie direkt ansprach.

»Dein Telefon hat geklingelt, ich dachte ...«

»*Grazie*«, sagte Elena kühl, schob den Schraubenzieher in ihre Jeans und kletterte von der Leiter.

»*Pronto?*«

»Ich bin es. Wer war das denn?«, hörte Elena eine allzu bekannte Stimme ins Telefon pampen. »Schon klar, warum du mich nicht in Lecce haben wolltest.«

»Aron! Was willst du?«

»Ich bin in Lecce.«

***

Verkehrsstau in der Gasse vor dem Weinhändler: Fabio gab den Verkehrspolizisten im blauen Verkäuferkittel. Stellte sich mit entschlossen erhobenem Arm vor die Autos, die sich an seinem Laden vorbeiquetschen wollten, und winkte mit dem anderen Arm einen röhrenden Fiat Bambino aus der Seitengasse heraus. Das runde kleine Auto heulte auf, Vollgas und Bremse im Rückwärtsgang, ruckelte Zentimeter für Zentimeter auf die Gasse. Niemand hupte, einige Autofahrer waren ausgestiegen, diejenigen, die vorne standen, erklärten denen hinten mit großen Gesten, dass *Signora* Cosima gerade ausparkte. »*No, non c'è problema!*«

Als der Bambino endlich tuckernd vor dem Weinladen stand, öffnete Fabio die Beifahrertür und stellte eine Packung Wasserflaschen und einen Weinkarton auf die Rückbank. »*Grazie e buon anno!*«, rief er durch das Fenster. In diesem Moment sah er Michele vorbeitraben und klopfte noch einmal auf das Autodach, um Cosima anzuhalten.

»*Ehi Michele! Vieni qua un attimo ...*«

Einen weiteren Moment später saß der junge Mann eingeklemmt neben Cosima mit dem Auftrag, der *Signora* freundlicherweise Wasser und Wein in die Wohnung zu tragen.

»Oh, mein Kavalier, wie aufmerksam!«, strahlte Cosima und ließ den Motor schauerlich aufheulen. »Wie geht es dir, mein Schatz?«

»Geht so«, sagte Michele knapp. Eigentlich war er auf dem Weg zu Elena und Gigi gewesen, er wollte ihnen diesen Videoclip zeigen – unglaublich, das war einfach alles unglaublich in diesem Städtchen am Ende von Italien.

Er fummelte am verhedderten Sicherheitsgurt herum. »Den brauchst du nicht«, hörte er Cosimas beleidigte

Stimme, »sei ganz entspannt, ich bin noch immer sicher in meine Wohnung gekommen.«

Der Bambino machte einen gewaltigen Satz und Michele flog Richtung Windschutzscheibe. »Upps!«, lachte Cosima, es gab einen Ruck, sie rührte mit der Gangschaltung, der Bambino hoppelte, aber dann fing er sich und röhrte los. Wie in einem Gokart fuhr Cosima um Schlaglöcher und Kurven herum, hin und her und links und rechts und gegen die Einbahnstraße. »Das machen hier alle, man muss nur schnell genug sein«, grüßte wild hupend einen älteren Herren: »*Buon anno, amore mio!*«. Dann bog sie auf die vierspurige Ringstraße ein, die sich um das *centro storico* zog, bretterte hupend in eine Kreuzung, an der vollkommen unklar war, wer Vorfahrt hatte, weil die Ampeln in alle Richtungen orange blinkten, und bog schwungvoll ab, zurück ins *centro storico*, bremste und ließ den Bambino mit einem finalen Rülpser absaufen.

Michele griff sich die Wasserpackung und eine Tüte vom Gemüsehändler, klemmte sich den Weinkarton unter den anderen Arm und stapfte hinter der stöckelnden Cosima durch einen schmalen Gang. Erstaunlich, nach wenigen Schritten standen sie vor Gigis Palazzo und direkt daneben vor Cosimas schmaler Wohnungstür.

»Du bist wirklich Gold wert, mein Junge. Ich danke dir. Sobald die nächste Wohnung frei wird, werde ich dich hier unterbringen.«

»Darf ich mir schon mal einen deiner Palazzi aussuchen?«, scherzte Michele ironisch.

»Nicht so spöttisch, junger Mann. Hier und da habe ich ein paar kleine Wohnungen, die könnten dir gefallen.«

Sie rümpfte etwas beleidigt die Nase. »Glaubst du nicht?«

»Doch, doch.«

»Michele, du bist respektlos. Vor ein paar Jahren war hier alles nichts wert und was sollte ich machen mit meinem Geld? Kinder hatte ich nicht, wollte ich nie haben und für mich allein war es zu viel. So kam eine Wohnung zur anderen.«

Sie stand auf dem Treppenabsatz vor ihrer engen, dunklen Wohnung, klein und drall, stemmte die Arme in die Hüften und grinste gerissen.

»Da staunst du, was?« Stolz zog Cosima mit ihrem Arm einen Kreis, als wolle sie die Weideflächen einer gigantischen Farm in Texas andeuten.

»Die Erdgeschosswohnungen im Vico del Sole drüben, das sind fast alle meine. Und was hier so drumherum steht – alles nicht schick, aber als Rente reicht das für mich. Besser ich vermiete an ein paar Huren und Filipinos, als dass irgendein Geier sie ausnimmt wie arme Hühnchen.«

Langsam fragte sich Michele, ob er, der Römer, hier nicht eigentlich der verpennte Provinzler sei.

»Warum wohnst du dann in so einer kleinen Wohnung?«

»Ach, die reicht mir. Ich habe in Lecce nie woanders gewohnt. Sobald es warm wird, stelle ich Tisch und Stuhl hier vor die Tür, dann habe ich mehr Gesellschaft als in jedem Altersheim.«

Sie schloss die Tür auf. Maestro hopste vom Sofa runter, kläffte hysterisch und dackelte vorwurfsvoll zwischen Cosimas Beinen herum.

»Ehì Mimi!« Eine Nachbarin mit leuchtend roter Perücke, grünem Putzkittel und Gummistiefeln guckte aus der Nachbarwohnung.

»Soll ich dein Hündchen nehmen? Vielleicht möchtest du dich angemessen um den jungen Mann kümmern? Ist ja schon ein bisschen her ...« Sie lachte heiser. Michele erschauerte.

»Exkollegin«, raunte Cosima. »Nicht erschrecken. Rosella ist immer schon von der direkten Sorte gewesen. Ist Geschmackssache, sie ist aber eine herzensgute Seele.«

»*Va bene, va bene*«, beeilte sich Michele, ganz so verhuscht war er ja nun doch nicht. »Aber wie hat sie dich genannt?«

»Mimi – oder was meinst du?«

Mimi. Wie hatte er nur so blind sein können. So wie jeder Antonio auch Tonino hieß, jeder Gigi ein Giuseppe war, wurde aus Cosima für Freunde Mimi. Oder noch kürzer: M.

28

»Wo ist Papa?«

»In einem Hotel, er wollte uns überraschen. Toll, nicht?« Elena versuchte munter rüberzukommen, während sie Ben die Schuhe zuband. »Da holen wir ihn jetzt ab.«

»Gucken wir denn die Krippe in dem Dorf an?«

»Klar, wir fahren alle zusammen hin. Die findet Papa bestimmt klasse.«

Gigi hatte von einem Dorf in der Nähe erzählt, das sich zu Weihnachten in ein kleines Bethlehem im Salento verwandelte, in eine lebendige Krippe.

»Sehr pittoresk, mit echten Eseln und Ziegen und einem lebendigen Jesuskind. Ich würde ja mitkommen, aber ...«, er verdrehte die Augen und zeigte vielsagend hinter sich auf Ettore, der immer noch etwas gekränkt, mit geschlossenen Augen auf der Chaiselongue fläzte und die Ouvertüre zu Don Giovanni in voller Lautstärke hörte.

»Wir essen heute Abend bei Antonio, was ist mit euch?«

»Kommt auf die Stimmung an«, grummelte Elena, knöpfte ihre dicke Jacke zu und wickelte sich einen langen violetten Schal um den Hals. »Keine Ahnung, was Aron vorhat, und ihr werdet vermutlich nicht an unserem Kleinfamilienglück teilhaben wollen. Ich melde mich.«

Aron hatte sich ein Zimmer im Hotel President genommen, einem modernen Hotelklotz der Siebzigerjahre im

Geschäftsviertel außerhalb der Altstadt. Vier Sterne, kühler Komfort, keine Überraschungen – wenn Aron heute unterwegs war, verfolgte er den Zweck seiner Reise und vermied es möglichst, sich in mittelalterlichen Gassen zu verlaufen und über durchgelegene Matratzen oder schleppende Internetverbindungen mit einem Rezeptionisten zu radebrechen, der nicht einmal des Englischen mächtig war.

In der weitläufigen, gediegenen Eingangshalle ließ sich Ben auf eines der kreisrunden Ledersofas plumpsen, die zwischen eckigen Marmorsäulen herumstanden. Elena wanderte nervös vor der Fensterfront hin und her, die Fahrstuhltüren gegenüber im Blick. Sie hatte keine Ahnung, was sie sagen sollte oder wollte. Sie fühlte sich überrumpelt, dass Aron in ihre Fluchtburg eingedrungen war. Nun war er da, sie würde freundlich sein, er war schließlich Bens Vater, und ein kleiner Familienausflug konnte nicht schaden. Also lächeln und durch.

Bing! Die Fahrstuhltür glitt auseinander und Aron erschien mit einem dicken Paket unter dem Arm. Er trat auf den dunkelrot-gelb gemusterten Teppich, beleuchtet von den vielen Lämpchen, die in der Decke versprengt waren, und schaute sich suchend um. Elena war im Vorteil, halb verdeckt von einer Säule konnte sie einen Moment lang seinen Gesichtsausdruck analysieren: normal. Normal rasiert, normale leichte Schatten unter den Augen, normaler neutraler Blick. Keine Aufregung erkennbar. Wie ein vernünftiger, erwachsener Mann. Keiner, dem sie zutrauen würde, dass er mit seiner Sekretärin ins Bett geht.

»*Ciao* Papa!«, Ben rollte sich vom Ledersofa herunter und lief auf ihn zu.

»Hallo Ben!« Er beugte sich zu seinem Sohn hinunter,

gab ihm das Paket. Garantiert aus dem Flughafenshop, dachte Elena, während Ben freudig das Papier aufriss.

Sie trat aus der Deckung. Da stand also ihr anderes – ihr ehemaliges? – Leben in dunkelblauer Allwetterfreizeitjacke. Für alles gerüstet.

»Hallo.«

»Hallo.« Sie schauten sich an. Elena versuchte ein Lächeln, Aron schubberte mit seiner Hand über ihre Schulter. Richtig umarmen war nicht angesagt.

»Schön hier in Lecce. Also zumindest, was ich heute Morgen gesehen habe. Aber das Wetter ist ja nicht so toll.«

»Hier muss es auch mal regnen. Es ist Winter, was hast du denn gedacht?«

»Toll, ein Tanklaster!«, rief Ben dazwischen und rettete die Situation fürs Erste.

»Der ist ja echt klasse«, sagte Elena. »Dann können wir ja los. Ich dachte, wir machen einen kleinen Ausflug. In ein Dorf, wo es ein lebendiges Krippenspiel gibt.«

»Mit echtem Jesuskind!«, plapperte Ben aufgeregt.

Aron war sichtlich nicht begeistert, aber folgte ihnen zum Auto. Es war später Nachmittag, das letzte Tageslicht verschwand im grauen Himmel, der die Stadt den ganzen Tag wie eine undurchlässige Hülle überzogen hatte. Elena ließ Ben hinten einsteigen und schloss die Tür. Aron stand hinter ihr.

»Ich bin eigentlich hier, weil ich mit dir reden muss.«

Sie drehte sich um. »Schon klar. Aber ich habe Ben versprochen, dass wir dahin fahren. Du möchtest ja vielleicht mal wieder deinen Sohn sehen, oder?«

»Dass ich ihn nicht mehr regelmäßig sehe, ist nicht meine Schuld. Nicht ich bin gegangen.«

»Das ist Auslegungssache. Und von ›nicht mehr regelmäßig‹ würde ich nicht sprechen.« Elena öffnete die Autotür, aber Aron legte ihr die Hand auf den Arm.

»Entschuldige, dass ich einfach hergekommen bin. Aber es ist mir wirklich wichtig und ich muss morgen schon wieder zurück.«

»Ist deine Sekretärin schwanger?«

»Quatsch.«

»Können wir jetzt?«

Aron ging um den Wagen herum und stieg endlich ein. Während der Viertelstunde Autofahrt plauderte er mit Benjamin. Gefällt es dir in Lecce? Sprichst du schon Italienisch? Das ist aber toll. Hast du schon Freunde? Einen Kindergarten habt ihr gefunden? Ach. Mit was für Frauen? Wie, in komischen Kleidern?

»Nonnen, meint Ben.«

»Wieso Nonnen? Schickst du unseren Sohn etwa in einen katholischen Kindergarten?«

»Meine Tante Benedetta ist Nonne. Die hat uns einen Platz in der Vorschule ihres Ordens organisiert. Ben kann sie im Januar ausprobieren.«

»Seit wann hast du denn etwas für die katholische Kirche übrig?«

»Habe ich nicht. Die Erzieherinnen sind keine Nonnen, es gibt einen großen Garten in der Schule, die Kinder meiner Freundin sind dort und angucken kostet nichts.«

»Wir haben Ben nicht getauft.«

»Das macht nichts. Die nehmen schlimmere Kinder als ungetaufte.«

Was sollte dieser Aufstand? Er war jüdisch, Elena evangelisch und beide nicht religiös. Sie hatten zivil geheiratet und Ben sollte eines Tages selbst entscheiden, was er sein wollte. Religion war nie ein Thema zwischen ihnen gewesen, sie hatten die Frage pragmatisch gelöst, ohne dem anderen auf die Füße zu treten. So wie jeder von ihnen seinen Namen behalten hatte.

»Du hast dich nie besonders um Bens Kindergarten gekümmert, warum jetzt plötzlich?«

»Wie lange noch?«, nörgelte Ben von hinten.

»Wir sind fast da, müssen nur noch einen Parkplatz finden.«

Sie schoben sich in einer Autokolonne durch ein Wohngebiet, Männer in gelben Leuchtwesten lenkten den Verkehr um die Altstadt herum. In einer Seitenstraße fanden sie eine enge Parklücke. Elena zirkelte den Wagen hinein, vorne ein leichter Stoß und hinten – passte.

»Na ja«, kommentierte Aron.

»Drin ist drin«, antwortete Elena.

Durch einen weiß getünchten Torbogen betraten sie das kleine *centro storico*, genauer: »Betlemme«. Unter dem Schild wachten stilecht zwei junge Römer, mit Schildern, Schwertern, Helmen und roten Umhängen ausgestattet. Überall flimmerten Lichterketten in der Dunkelheit, immer enger schlangen sich die Gassen zwischen den flachen weißen Häusern hindurch.

Der festgelegte Rundgang führte auf einen breiten Trampelpfad, schlängelte sich an Hütten vorbei, zwischen Büschen und dicken Kakteen einen Hügel hinauf, querte ein Flüsschen und einen dünnen Wasserfall. Das ganze Dorf schien auf den Beinen, gewandet in sackartige Kleider mit langen Tüchern auf dem Kopf, so wie Menschen zu Christi Geburt wohl ausgesehen haben mochten. Ein zu bedauernder Esel trottete im Kreis und drehte den schweren Mahlstein der Olivenölpresse. Schreiner, Töpfer und Sattler hatten ihre Werkstätten eröffnet, Frauen mit weißen Kopftüchern formten Pasta auf großen bemehlten Küchentischen, spannen Wolle und webten Decken. In Ställen raschelten Ziegen im Stroh und Kinder spielten die Hirten. Ein lebendiges Freiluftmuseum, romantisch und ein bisschen kitschig.

Ben kraulte den Esel und staunte über den alten Schmied, der auf glühendes Eisen drosch. Über allem tönte ein verzerrter Engelschor aus vielen versteckten Boxen und je weiter es den Hügel hinaufging, umso lauter plärrten die Engel und umso enger drängelten sich die Besucher auf dem eingezäunten Pfad. Von hinten wurde geschoben, vorne ging es bald kaum noch weiter, die Engelchen kündeten immer schriller vom Höhepunkt des Spektakels.

Elena spürte Arons hektischen Atem im Nacken, während sie Ben vor sich herschob, Fußlänge um Fußlänge Richtung Heiligem Stall im Gänsemarsch. Es gab keine Abkürzung, es gab kein Entrinnen. »Mama, ich habe Hunger. Kann nicht mehr.« Ben wurde nörgelig. Der fünfte Esel, die achte Ziege waren ihm schnurzegal, Ben wollte essen, wollte getragen werden, ließ sich zwischen Elenas Armen auf die Erde sacken wie ein Kartoffelsack.

»Ben, steh auf, komm, bitte. Wir sind gleich durch.«

Ein akuter Schwächeanfall durch Hungersnot, gepaart mit spontanem Rückfall in das terroristische Stadium eines Dreijährigen. Vorne Gedrängel, hinten Geschiebe und Aron, der mal wieder nichts hörte.

»Könntest du Benny bitte einen Moment auf den Arm nehmen?«, bat Elena.

»Wie?«

»Benny würde gerne auf deinen Arm.«

Aron stemmte stur die Arme in die Hüften. »Du weißt doch, dass ich es im Rücken habe.«

Um sie herum Menschen, nichts als Menschen. Ben stimmte ein eintöniges Jammern an, Aron zeterte von hinten: »Das nervt hier, Elena. Können wir jetzt bitte zurück?«

»Ja, WIE denn?«, Elena musste sich zusammenreißen, nicht loszubrüllen. Nörgeln von hinten, Jammern von vorn: »Jetzt ist mal gut, Ben. Unten gibt es gleich Pommes, okay?«

Der Heilige Stall kam in Sicht: Ausgestattet mit Esel und Krippe im Stroh sowie einem jungen Elternpaar aus dem Dorf, verkleidet als Maria und Josef, mit ihrem dick eingemummelten Baby alias dem Jesuskind. Der kleine Heiland wurde ausgiebig angestrahlt und geneckt, die Eltern ließen sich geduldig mit Glückwünschen von wildfremden Menschen überschütten und das dauerte natürlich.

Elena schob sich mit ihren beiden *ragazzi* am Rand vorbei, die Menschentraube lichtete sich, es ging langsam bergab. Hinunter zu den Fressbuden.

»Erst mal ein Bier!«, stöhnte Aron.

»Ich will Pommes!«, rief Ben.

Damit ging es in die nächste Runde: Es gab nur Wasser, Limonade, lokalen Wein und italienisches Bier in Flaschen – »Untrinkbar!«, moserte Aron. Dazu frisch gebackenes Brot mit Gemüse, gebratenes Pferdefleisch, gekochte Bohnen – »Pommes, Mama!«, und das Mama klang schon sehr italienisch nach *mamma!* mit Betonung auf der ersten Silbe. Elena spürte, wie hektische rote Flecken am Hals juckten, hörte Arons gehetzte Stimme: »Elena, können wir jetzt bitte mal gehen? Ich fliege morgen und muss wirklich noch mit dir in Ruhe reden. Ich habe weiß Gott keine Zeit für diesen Kinderkram ...«

Ein Schreikrampf braute sich zusammen, aber da entdeckte Elena einen Stand mit *pittule,* knusprig frittierten Teigbällchen, ein perfekter Pommesersatz aus der salentinischen Küche. Sie bestellte sich einen Plastikbecher Wein – ja, einen großen – und setzte sich mit Ben und den heißen *pittule* erschöpft auf einen Stein. Aron nippte im Stehen an seinem Bier und Elena verspürte ganz und gar keinen Gesprächsbedarf.

Auf dem Rückweg zum Auto begann es zu regnen. Das versprach eine bombige Silvesternacht zu werden. Elena nahm Ben an die Hand und zog ihn entschlossen an den Karussells auf der Piazza vorbei. Jemand drückte ihr ein gelbes Flugblatt in die Hand. Sie stopfte es, ohne einen Blick darauf zu werfen, in ihre Manteltasche. Sie wollte nur noch zurück, nach Hause.

Bevor sie ins Auto stieg, zog sie ihr *telefonino* aus der Tasche. Drei unbeantwortete Anrufe von Michele. Sie würde ihn später zurückrufen. Jetzt brauchte sie *Zio* Gigi.

»Kann ich dir Ben bringen? Aron will noch mit mir reden. Nur eine Stunde, kriegst du die Genehmigung von deinem Tenor?«

»Natürlich, *bella mia*. Ettore möchte ohnehin sein wenig stilvolles Auftreten wiedergutmachen. Kein Problem, bring ihn her, deinen *biondo*. Ich warte an der Porta San Biagio.«

Schweigend fuhren sie durch den Regen über die Landstraße nach Lecce zurück. Elena wollte Aron nicht in ihre Wohnung mitnehmen, wollte die Stimmung in Gigis Palazzo nicht vergiften, wollte nicht erklären, warum sie gerade so wohnte, wie sie wohnte, wollte ihre Baustelle, von der sie langsam ahnte, wie es mal werden würde, für sich behalten. Aron gehörte da nicht rein.

Die Stimme des Onkels hatte Elena den Boden unter ihren Füßen zurückgegeben. Als sie Aron später im Hotelrestaurant gegenübersaß, konnte sie fast schon lächeln. Sie begannen vorsichtig Informationen auszutauschen. Über seine Arbeit und ihre Renovierung, Hamburg in diesem Winter und wie sich Lecce verändert hatte, seitdem Elena zum letzten Mal hier gewesen war. Fein säuberlich zogen sie Kreise um die heiklen Punkte. Das Essen kam, der Pegel der Weinflasche senkte sich, nein, kein Dessert, danke. Elena schaute auf die Uhr.

»Sag schon? Aron, was willst du so dringend besprechen, ich muss gleich los – ungewohnt, nicht? Sonst guckst du immer auf die Uhr und musst weg.«

»Ja, ich weiß«, er warf seine Stirn in Falten und bemerkte überraschend selbstkritisch, »ist vielleicht manchmal etwas viel gewesen. Aber ...«, nach Selbstkritik kam natürlich sofort ein ›aber‹, »... du warst ja auch nicht immer in Ferienlaune.«

»Wie denn? Der Laden musste laufen. Ben, das Haus, die Redaktion, während du dich exklusiv auf deine Karriere zurückgezogen hast.«

Reicht jetzt, zügelte sich Elena, kein weiteres Gejammer. »Jetzt sag schon, was ist so dringend?«, drängte sie.

»Ich habe ein Jobangebot.«

»Was habe ich damit zu tun? Es ist deine Karriere.«

»In Israel.«

»Du willst nach Israel?« Elena hatte in Israel und den palästinensischen Gebieten fotografiert, während des Friedensprozesses und später während der zweiten Intifada. Israel war alles andere als ein Traum für sie, aber spannend, interessant allemal.

»Du weißt, ich wollte immer schon gerne eine Zeit lang

dort leben«, sagte Aron. »Ich könnte zwei Jahre eine Ausgrabung leiten, nebenbei Vorlesungen geben. Ich würde von Hamburg dafür beurlaubt werden. Das sähe auch gut im Lebenslauf aus. Ich dachte ...«

Aron zögerte, griff nach Elenas Hand, doch sie zuckte zurück. Ja bitte, sollte er doch seine blöde Schnecke heiraten und mit ihr im Heiligen Land neu anfangen.

»... vielleicht willst du mitkommen?«

29

Elena wankte die Treppenstufen zum Onkel hinauf. Neu anfangen. Noch mal mit Aron neu anfangen? Neues Land, neuer Job, neue Sprache, neues Leben. Aber sie hatte mit Ben doch gerade erst neu angefangen. Hatte sie sich nur von ihrem Alltag voller Halbheiten ohne Herzblut oder auch von Aron trennen wollen?

Sie öffnete Gigis Wohnungstür, war bereit für eine wortgewaltige Entschuldigung, weil es so viel später geworden war. Aber nach dem ersten Halbsatz wurde sie unterbrochen.

»Ist schon in Ordnung, *bellissima*. Du hast genug Stress mit Männern«, die warme Stimme ihres *Zio* war wie ein großer kuscheliger Pullover, »wir wollen nicht auch noch nerven. Setz dich einfach hin. Ben schläft am Kamin, alles ist gut.«

Die beiden Männer saßen zufrieden wie ein glückliches altes Ehepaar am Küchentisch und schleckten die letzten Reste Tiramisu aus ihren Schüsseln.

»Ooh, ist noch was übrig?«, fragte Elena. »Ich hab auf das Dessert vorhin verzichtet.«

»Das war auch besser so«, schmunzelte Gigi und fügte schlüpfrig raunend hinzu, »in jeder Hinsicht.« Er war wieder der Alte, die Krise mit seinem Tenor schien überstanden. Und natürlich war noch ein Schälchen Tiramisu übrig. Elena fühlte sich wie ein kleines Mädchen, das vom

Lieblingsonkel verwöhnt wird. Der nervte zwar manchmal gewaltig, aber im Moment tat er haargenau das Richtige.

Als klar war, dass Elena später kommen würde, hatte Gigi ihr nicht hinterhertelefoniert, sondern ein kleines Abendessen improvisiert. »Nein, kein Problem, wirklich nicht ...« Ettore hatte Ben unterdessen das Buch von den drei kleinen Schweinchen auf Italienisch vorgelesen und herzergreifend schnuckelige Schweinchen und den bösen Wolf gemimt, sodass die Geschichte international verständlich war. Aber schließlich hatte er doch neben sich ein leises Schnarchen vernommen.

»*Complimenti,* Elena. Ich darf dich doch Elena nennen, nicht? Benjamin ist wirklich ein reizendes Kind. Ich bin sehr angetan.«

Er schob sogar ein Lächeln hinterher – sollte der etwa doch manchmal ganz nett sein? Irgendwas Nettes musste er ja haben, wenn Gigi ihn aushielt. Und er Gigi.

Sie saßen zusammen am Tisch. Elena erzählte vom erstaunlich höflichen Abendessen mit ihrem Mann, von Israel, und Gigi hielt Arons Vorschlag, wie erwartet, schlicht für Blödsinn. Sie plauderten weiter, lachten, scherzten über die geizigen Genuesen, die zu viert in einer Bar Kaffee tranken, und jeder Einzelne bezahlte seinen Kaffee selbst. »Das wäre hier doch un-denk-bar!«, rief Gigi und knuffte seinen Liebsten. Sie lästerten über die Deutschen, die zwar ständig nörgelten, aber dafür in einem beneidenswert funktionstüchtigen Land lebten und wunderten sich über die Süditaliener, die Zebrastreifen und sonstige Fahrbahnmarkierungen offensichtlich mit wasserlöslicher Farbe malten, jedenfalls waren sie nach einem Monat stets zur Unkenntlichkeit verblichen, sodass wieder neu gemalt werden musste und irgendjemand sich mit dieser billigen Farbe eine goldene Nase verdiente.

Um Mitternacht stellten sie sich mit Wunderkerzen auf die Dachterrasse und stießen auf das neue Jahr an. Aron hatte Elena mit dem traditionellen Wunsch der Juden in der Diaspora verabschiedet: »... und nächstes Jahr in Jerusalem ...« Sie sollte sich schnell entscheiden – warum eigentlich dieser Stress? Elena wollte jetzt nicht darüber nachdenken.

Plötzlich war Ettore verschwunden. Gigi nahm Elena an die Hand und zog die Schiebetür auf. Eine Kerze stand am Boden, eine zweite, eine dritte, sie folgten den kleinen Lichtern, die auf und zwischen den Farbeimern tanzten, durch den zweiten Raum und standen schließlich in Elenas Schlafzimmer.

»Ooooh«, sie schlug die Hände vor das Gesicht. Kerzenlicht erfüllte den hohen Raum, und eine leuchtende Spur führte die Freitreppe hinauf auf die Galerie. Dort stand Elenas neues breites Bett aus Gigis Laden. Mit dicken Kissen und feinem weißen Leinen bezogen.

»Wir haben heute Nachmittag geschuftet, Ettore und ich. Dachten, das brauchst du jetzt: ein gutes neues Bett.«

Wie die Weihnachtsmänner standen die beiden neben ihr im Kerzenschein und lachten zufrieden und Elena kullerten vor Rührung ein paar Tränen über das Gesicht.

»*Buona notte, bella mia*«, sagte Gigi und hauchte seiner Nichte ein Küsschen auf die Wange. Er hatte wirklich einen Hang zur Operette, nun musste Elena doch lachen. Aber so viel war klar: Gigi würde sie nicht kampflos nach Israel ziehen lassen.

30

Elena schnürte sich die Laufschuhe zu: neues Jahr, neue Vorsätze, inspiriert von Elisabetta, die neulich mal wieder ihre Augenbrauen gehoben hatte, weil Elena völlig außer Atem vor ihrer Wohnungstür gestanden hatte. Das kleine Wettrennen treppauf gegen Ben hatte sie nur ganz knapp verlieren wollen. Ab 40 müsse man sich konsequent um seine Form kümmern, der Verfall setze rapide ein, hatte Elisabetta gescherzt, aber Elena kritisch beäugt. Elena besaß nicht einmal eine Waage, die ihr jeden Morgen die Laune verderben würde. Es gab ja Jeans, deren Knöpfe gnadenlos ihren Körperfettanteil dokumentierten. Das reichte.

Früher war sie manchmal joggen gegangen. Das hatte gutgetan, erinnerte sie sich. Würde ihr vermutlich auch nach dieser Nacht guttun. Das Bett war wunderbar, die neue Matratze perfekt, nicht zu fest, nicht zu weich, doch es hatte ihr Gedankenkarussell nicht daran gehindert, lange vor der ersten Dämmerung loszusausen. Aron – Hamburg – Israel – Ben – Gigi – Lecce – Bett – zu Hause – Jerusalem – Michele – Prostituierte – Farbeimer – Grace ... Bildfetzen waren unzusammenhängend durch den Halbschlaf geflogen, viel zu viele Gedanken drängten sich im Kopf herum. Da war Laufen genau das Richtige, sagte sie sich. Lust hatte sie trotzdem keine.

Auf dem Weg zum Auto schrieb sie eine SMS an Elisabetta. »*Caffè*? Muss dir was erzählen«, dann fuhr sie durch die leeren Straßen zum einzigen größeren Park in Lecce, einer eingezäunten Wiese mit Pinienwald am Stadtrand, wo auch das Übungsgelände für Leichtathleten lag. Die guten Vorsätze wurden sogleich auf eine Probe gestellt. An Sonn- und Feiertagen war das Gelände geschlossen. Der Parkwächter hatte schließlich auch das Recht auf seinen Ruhetag.

Also fuhr sie zurück. Ihr Weg kreuzte die Villa Communale, den kleinen Stadtpark zwischen modernem Geschäftsviertel und Altstadt. Dort ging sie mit Ben manchmal auf den Spielplatz, man flanierte bis zur nächsten Bank und vielleicht ins *Caffè*, aber Laufen, richtig Laufen? Dort?

Elenas innerer Schweinehund wimmerte erbärmlich. Sie fand trotzdem einen Parkplatz. Sie würde in diesem kleinen Park vermutlich einen Drehwurm kriegen. Wann war sie eigentlich das letzte Mal gelaufen? Erstaunlich, dass sie die Schuhe überhaupt noch hatte. Waren die nicht eigentlich zu eng?

Sie stieg aus, schmiss die Autotür entschlossen hinter sich zu und trabte los. Die Muskeln waren steif, die Knochen bleiern, da fühlte sich nichts geschmeidig und federnd an. An diesem bewölkten Neujahrsmorgen spazierte glücklicherweise noch niemand morgens um neun durch den Park. Während Elena die erste Runde doch nicht so kurz fand, entdeckte sie vor sich einen behäbigen Herren in blauem Trainingsanzug, der noch langsamer lief als sie selbst. Sie erkannte sein Profil. Das war die Gelegenheit, informell und locker ein Gespräch zu beginnen. Sie beschleunigte. Der Kerl sah langsamer aus, als er war. »*Buon giorno, Commissario!*«, keuchte Elena. »Frohes neues Jahr!«

Er schaute sie erschrocken an, schien sie nicht sofort zu erkennen und sein »*Buon giorno, Signora!*« fiel nicht wirklich erfreut aus.

»Laufen Sie öfters hier?«

»Hier nicht, nein. War heute zu faul, zum Laufen bis ans Meer zu fahren. Dachte, hier hätte ich um diese Zeit noch meine Ruhe.«

Elena überhörte den Wink. »Haben Sie bei *Don* Francesco eigentlich noch einmal nachgefragt, ob Grace nun im Immigrantenheim war oder nicht?«

»Ich habe ihn nicht mehr gesprochen.«

»Und von wem oder warum Grace zusammengeschlagen wurde, sind Sie da schon weiter?«

»Hören Sie, *Signora,* Ihnen wird sicherlich aus allerlei Fernsehkrimis bekannt sein, dass ich zu laufenden Ermittlungen nichts sagen darf. Ihr Engagement in Ehren, aber so sind die Spielregeln auch in Wirklichkeit.«

»Was wäre denn, wenn es eine Zeugin gäbe, die wüsste, wo Grace am Abend war, bevor sie zusammengeschlagen wurde?«

»Dann wäre es sicherlich hilfreich, sie würde sich in der *Questura* vorstellen und sich nicht mit mir zum Laufen verabreden. Da hätte ich, ehrlich gesagt, gerne meine Ruhe.«

»Und wenn diese Person nicht kommen kann? Weil sie sich nicht in die *Questura* traut? Weil sie keine Papiere hat?«

Er blieb schwitzend mit rotem Kopf stehen. »Was wollen Sie eigentlich von mir?«

»Es gibt eine Zeugin, eine Immigrantin ohne Papiere. Die würde, wenn überhaupt, nur aussagen, wenn sie dafür nicht abgeschoben wird und ihre Sicherheit garantiert ist. Gibt es nicht so etwas wie ein Schutzprogramm?«

»Im Prinzip ja. Aber ich werde einen Teufel tun und Ihnen

hier jetzt etwas versprechen. Zuerst soll sich die Dame überlegen, ob sie aussagen will. Dann sehen wir weiter.«

Sie trabten beide wieder nebeneinander los. Elena reichte die Lauferei, sie war schon mal besser in Form gewesen. Wenn sie dabei auch noch quatschte, war endgültig Schluss mit *bella figura*, dann schien sie eher ein Anfall akuter Atemnot zu beuteln. Trotzdem, ein letztes Thema noch.

»Wo wir grade beim Teufel sind, haben Sie schon eine Spur vom Krippenschänder?«

»Sagen Sie mal, evaluieren Sie hier meine Arbeit? Haben Sie für die Weihnachtskrippe vielleicht auch einen Zeugen in der Tasche?«

»Möglich, ja ...«

»Dann sehen wir uns hoffentlich demnächst in der *Questura, Signora. Buon giorno*«, sprach er und zog ab. Elena konnte nur hinterhergucken. Dieses Tempo lag deutlich über ihrer Frequenz. Erstaunlich, dieser Spiegeleiermann, höchst erstaunlich.

***

Cozzoli trabte noch zwei Runden, dann war er sicher, dass er diese schnaufende deutsche Weltverbesserin abgehängt hatte und sich wieder in seine Gedanken versenken konnte. Er hatte Entscheidungen zu treffen. Entscheidende Entscheidungen, sozusagen.

Er hatte sich diese Provinzhauptstadt Lecce anders vorgestellt. Zumindest den Arbeitsplatz. Plötzlich kamen richtige Fälle auf ihn zu, die zu lösen waren. Hatte er in Mailand nicht schon genügend Ärger gehabt? Mehr als in ein einziges Berufsleben passte? Doch der Schatten aus Mailand reichte über tausend Kilometer weit bis nach Lecce.

Er hatte noch nicht mal einen eigenen Telefonanschluss in der *Questura* und war gerade erst dabei gewesen, die alten Aktenberge von seinem Schreibtisch ins Regal zu stopfen, als dieser Wirt in seinem neuen Büro aufgekreuzt war. Hochgradig nervös. Ob er *Commissario* Pantaleo Cozzoli von der Antimafiaeinheit Milano sei, der nach Lecce versetzt worden war. Als Mafiaspezialist kenne er sich doch aus mit solchen Leuten und was er ihm raten würde.

Dann hatte er eine dieser klassischen Geschichten erzählt: Schutzgeld zahlen, Kellner durchschleppen, Einkäufe nur in bestimmten Geschäften tätigen und so weiter. Er sei nicht der einzige Gastwirt, der monatlich zahle, im Gegenteil, er kenne kaum welche, die nicht zahlten, aber nun, da ein Mafiaspezialist vor Ort sei - er könne ihm doch vertrauen? -, wolle er endlich einen Schlussstrich ziehen.

Es ging also wieder los. Immer die gleiche Nummer. Nach alter Gewohnheit und ohne großartig seinen Chef, den *Questore* Lorenzo Paglia, im Urlaub aufzuscheuchen, hatte Cozzoli bei den Kollegen angerufen und zunächst um Telefonüberwachung eines gewissen *Avvocato* Galloso gebeten. Und sofort ins Wespennest gestochen: Schutzgeld, Drogen, Frauenhandel - das volle Programm; Zusammenarbeit mit der sizilianischen *Cosa Nostra,* die Immigranten als profitables Geschäftsfeld entdeckt hatte. Cozzoli würde mit der nötigen Geduld handeln, ohne die Jungs vorzeitig aufzuscheuchen.

Fürs Erste war es also vorbei mit dem hohen Freizeitwert seiner Stelle in Lecce und sowieso mit der Renovierung des Weingutes, auf das er sich ursprünglich mit seiner Frau nach der Pensionierung hatte zurückziehen wollen, hier unten, im Salento. Als er in Milano einigen wichtigen Leuten zu sehr auf die Füße getreten und das Leben wirklich nicht mehr lustig gewesen war, die Morddrohungen sehr ernsthaft geworden waren, hatte es sich gut getroffen, dass in Lecce ein leitender *Commissario* gesucht wurde.

Seine Frau hatten sie vorher noch erwischt. Autounfall. Angeblich. Doch das würde er irgendwann klären. Und regeln. Zunächst hatte er selbst von der Bildfläche verschwinden müssen und bekam den ruhigen Job in dieser Provinzhauptstadt. Das hier war nicht Sizilien und nicht Kalabrien, das hier war Apulien. Verglichen mit der *Cosa Nostra* oder *Ndrangheta* waren die hiesigen Mafiosi eher Kleingeister. Aber sie nervten trotzdem.

Und diese Deutsche auch. Wie konnte man nur derartig naiv sein? Die stocherte seelenruhig in einem Wespennest herum und ahnte es vermutlich gar nicht.

Nach einer weiteren flotten Runde war dem *Commissario* klar, dass er zur Tat schreiten sollte.

31

Elena rubbelte ihre Haare trocken. Laufen tat gut, vor allem die Dusche hinterher. Elisabetta wartete bereits in Gigis Küche mit *caffè* und Keksen; Gigi und Benny waren mit Ettore auf dem Weg zum Bahnhof – nach dem fulminanten Auftritt des Genueser Tenors gab es einen friedlichen Abgang.

»Wolltest du nicht eigentlich in Ruhe über dein Leben nachdenken und herausfinden, was dir fehlt?«, fragte Elisabetta, als Elena von Arons Vorschlag erzählt hatte.

»Schon, aber Israel wäre ein Neuanfang. Zusammen mit Aron. Vielleicht wollte ich einfach nur etwas anderes. Anders als der ewig gleiche Trott in Hamburg. Bisschen mehr Licht, bisschen bessere Laune, bisschen mehr Bewegung. Das Leben mit ein paar neuen Bildern erfrischen. Vielleicht ging es gar nicht um Aron.«

»Machst du Scherze? Was ist mit seiner Sekretärin?«, bohrte Elisabetta nach. Elena drückte sich um eine ehrliche Antwort.

»Ist wohl vorbei. Oder wäre dann vermutlich vorbei.« Tatsächlich hatte Elena keine Ahnung, was oder ob noch etwas mit Marlene lief.

»*Bella mia,* wach auf. Die hält er sich warm. Ich schätze, er hat nicht damit gerechnet, dass du wirklich gehst. Weihnachten ist er sentimental geworden und hat einen Flug gebucht.«

»Den Job in Israel hat er sich nicht ausgedacht.«

»Vielleicht hatte er diesen Neuanfang ursprünglich mit Marlene geplant? Rührselig hat er Weihnachten dann die Pferde gewechselt und Marlene durch Elena ersetzt. Er weiß doch genau, wie er dich ködern kann.«

»Ach komm, so hinterlistig ist er nicht. Ich habe auch an unserem Schiffbruch mitgearbeitet. Wir waren festgefahren.« Elena hörte sich reden und reden und Aron verteidigen und bekam das unangenehme Gefühl, dass sie eigentlich an sich selbst und ihrem Traum von Normalität gescheitert war.

»Ich wollte einfach auch mal tun, was alle tun. Immer diese Weltenbummelei, immer auf dem Sprung. Nie wissen, wo ich wirklich hingehöre. Ich ... ich wollte einfach nur eine normale Familie gründen.«

Elena wusste nicht weiter, rang nach Worten. Elisabetta stand auf. Ein wenig empört.

»Ich habe dich immer um deinen Eigensinn beneidet, um deinen Beruf, dass du so viel von der Welt siehst. Habe immer gedacht, davon hätte ich gerne ein Scheibchen. Oder zwei.«

»Du? Du ziehst doch deine Sachen durch.«

»Ja, aber immer im Rahmen der Familie und in Lecce – die Spielregeln sind klar. Ich hatte für meine kleinen Ausflüge immer ein doppeltes Netz. Du warst mutiger.«

»Ich war immer unpassend. Immer überall fremd. Als Ben auf die Welt kam, wollte ich einmal etwas ganz machen. Habe geheiratet, ein halbes Haus gekauft, alles wie es sich gehört. Und bin grandios gescheitert.«

»Vielleicht war Aron einfach der Falsche für dieses ambitionierte Projekt.« Elisabetta verstand die Welt ihrer Freundin nicht mehr. »Okay, Aron gibt dir großzügig eine zweite

Chance«, provozierte sie, »sei dankbar und benimm dich gut, vielleicht wird ja alles lustig und bunt.«

Elena dachte an die praktische blaue Allwetterjacke. Würde in Israel das Leben mit Aron bunter sein? Lustiger? Der Stress auf dem Dorffest mit der Weihnachtskrippe war ein Klassiker gewesen: Es war nicht so gelaufen, wie der Gatte es sich vorgestellt hatte, und schon machte er die Mimose. Vollkommen humorfrei.

»Warum willst du nicht wissen, was mit seiner Sekretärin ist?« Elisabetta konnte penetrant sein.

»Das war gerade nicht das Thema ...«, wand sich Elena.

»Ich bitte dich! Ist doch wohl die erste Frage: du oder sie?« Wenn es ernst wurde, entwickelte Elisabetta absolute Treffsicherheit. Selbst nach all den Jahren, in denen sich die Freundinnen fast aus den Augen verloren hatten. Verflucht, das machte es nicht einfacher.

Ein Schlüssel drehte sich im Haustürschloss und im nächsten Moment tobte Benjamin an den Küchentisch.

»Gibt es noch Kekse? Kann ich?«, und hatte schon in jeder Hand einen Schokokeks. Elena war ja so dankbar für diesen Wirbelsturm, der sie aus Elisabettas Schwitzkasten befreite. Gleich darauf erfüllte Gigis volle, gut gelaunte Stimme den *open space-eeh.*

»*Carissima!*«, er küsste Elisabetta überschwänglich links und rechts, nahm sich eine kleine Tasse, leerte die *caffetiera* und strahlte Elisabetta an.

»*Eh? Com'è andato?*« Gigi war auf irgendetwas total gespannt, Elena hatte keine Ahnung, aber Elisabetta platzte los. Zeigte mit beiden Fingern auf den Onkel: »Das kostet dich ein richtig gutes Essen, Giuseppe! Ich bin viele Geschmacklosigkeiten gewöhnt, aber *das ... incredibile!*«

Nach diesem Vorwort war Elisabetta aufgewärmt und

Elena, die in Gedanken noch bei Aron war, verlor den Faden. Aber eigentlich hatte sie erst gar nicht den Anfang gefunden, ihre Italienischschublade hakte, während Elisabetta so rasant wie detailliert Bericht von ihrem gruseligen Besuch bei *Signora* Maria Luisa Perrone erstattete, unterbrochen nur von einigen rhetorischen Floskeln zum Luft schnappen, »das-glaubt-ihr-nicht!« oder »stellt-euch-das-bitte-vor!«, um dann weiterzuschnattern. Elena sehnte sich in einen Italienischkurs für Anfänger an der Hamburger Volkshochschule. Bitte die Kassette Hörverstehen noch mal zurückspulen und ganz in Ruhe wiederholen.

»Eins ist klar: In dieser Familie hat unser guter *Don* Francesco nie etwas zu lachen gehabt«, resümierte Elisabetta. »Ich kann mir nicht vorstellen, dass er irgendetwas mit diesen ordinären Festen zu tun haben soll. Das traue ich jedem seiner beiden raffgierigen Brüder zu. Aber nicht Francesco.«

Elena erinnerte vorsichtig an Cosimas Klatsch aus der Hurengasse, der junge *Padre*, der ..., aber Elisabetta fiel ihr ins Wort: »*Ma dai!* Die Leute reden und reden, und ausgerechnet diese *Signora* ... aus diesem Milieu ... ich bitte euch.«

»Es ist Zeit, den *Commissario* einzuschalten«, beendete Gigi kurz und trocken die Diskussion, ob und wie gut eine Hure einen *Padre* kennen konnte.

»Den *Commissario* habe ich gerade beim Laufen getroffen. Ich habe ihm eine Aussage von Yasmin gegen Zeugenschutz für sie vorgeschlagen. Ich glaube aber kaum, dass er garantieren kann, dass Yasmin nicht abgeschoben wird«, fasste Elena das Muffeln des *Commissarios* zusammen, machte eine Pause und fügte langsam hinzu: »Ich denke, wir müssten das Mädchen da irgendwie herausholen.«

»Elena, Elena, was hast du bitte vor?«, grummelte Gigi, »das ist kein Kindergarten und der *Avvocato* kein Clown.«

»Wir könnten ihre Aussage aufnehmen und das Band zu Cozzoli bringen.«

Gigi rieb sich leicht verzweifelt den kurz geschorenen Schädel. Das durfte nicht wahr sein, wie hatte er sich nur jemals in diese improvisierte Detektivtruppe einspannen lassen können?

»Nicht schlecht«, stimmte ausgerechnet Elisabetta nun zu, »und Blessing wird uns sicher helfen.«

Fehlte nur noch Michele zum Erfolg der Mission. Er war der Einzige, der wusste, wo Yasmin wohnte, aber Michele war heute noch nicht aufgetaucht. Michele war schlicht verschwunden.

***

»Michele?«, raunzte Antonio ungehalten. »Michele hat sich gestern Abend für ein paar Tage verabschiedet.« Der Wirt knallte Bestecke und Becher auf den Tisch. Es war später Nachmittag, Zeit, die Tische für den Abend einzudecken. »Was denkt der sich? Dass ich mir mal eben einen Kellner aus dem Ärmel schüttele?«

Onkel, Tante und Neffe hatten in der Osteria zusammen auf das neue Jahr angestoßen, dann hatte Michele schüchtern um ein oder zwei freie Tage gebeten. Er müsse nach Rom, etwas Dringendes erledigen. Er wolle noch in der Nacht losfahren, damit er möglichst schnell wieder zurück sei.

Elena hätte sich in den Hintern beißen mögen. Warum hatte sie ihn gestern nicht sofort zurückgerufen? Warum war er nicht mehr erreichbar?

»Siehst du«, belehrte *Zio* Gigi sie altklug, »so ist das, wenn man jemanden nicht erreichen kann und sich Sorgen macht.«

»Aber er hat doch gar kein Auto! Wie wollte er in der Silvesternacht ohne Auto wegkommen?«, rief Elena.

»Ich hatte den Eindruck, dass er nicht alleine fahren wollte«, Antonio schaute Elena zweideutig an. »Ich dachte, er wollte vielleicht mit dir ...?«

»Quatsch!«, blaffte Elena und Antonio winkte beruhigend, »schon gut, schon gut ...«, stapfte durch den Gastraum zum Geschirrschrank und schimpfte leise vor sich hin:

»Kann mir gestohlen bleiben! Soll er sich in Rom amüsieren, kann ihm ja egal alles sein, ich hätte auf Donata hören sollen ...«

Gigi legte dem Wirt beruhigend den Arm auf die Schultern. »Nun mal mit der Ruhe. Michele haut nicht einfach ohne Grund ab.«

»Und wenn ihm was passiert ist?«, warf Elena aufgeregt ein, »nach eurem Besuch beim *Avvocato* in diesem Palazzo?«

»*Avvocato?*«, stieß Antonio aus, ein Stapel Teller landete scheppernd auf dem Tisch. »Wo habt ihr den *Avvocato* getroffen?«

Gigi druckste herum, ließ Details aus, hielt sich an den groben Verlauf der Party. Das aber reichte vollauf, damit Antonio ausrastete.

»Seid ihr des Wahnsinns? Du weißt doch wohl, wer der *Avvocato* ist ...«

»*Eeeeh,* ahne ich, dass der da ...«

»Das hättest du dir denken können«, brüllte Antonio, »*Porca miseria!* Jetzt ist Michele weg und wer weiß, wo. Wenn sie ihm eine Falle gestellt haben ...«

Antonios Stimme brach, aber nun fuhr Gigi hoch. Sollte *er* jetzt schuld sein? *No no no!* Diesen Schuh zog er sich nicht an: »Du hättest vielleicht mal einen klaren Halbsatz fallen lassen können über das Geheimnis deines Neffen, oh entschuldige: deines Kellners!«

Gigi war laut geworden, Antonio stierte ihn an, blähte die Nasenflügel und spuckte noch ein unflätiges »*Cazzo di merda*« aus. Es herrschte einen Moment Stille. Die Luft sirrte.

Elena sah zwischen den beiden wutschnaubenden Kerlen hin und her. Schließlich räusperte sich der Wirt, unterdrückte die Wut und presste ein »*Va bene*, Gigi« heraus, »Komm, setz dich. Setz dich.« Antonio winkte ungeduldig Gigi heran und schob ihm einen Stuhl hin. »Los – setz dich hin! Ich erzähl dir jetzt die Geschichte. Ist auch egal, die haben mich sowieso am Arsch, wenn sie rauskriegen, dass ich bei der Polizei war.«

Als er fertig war, saß Gigi fassungslos auf seinem Stuhl. All die Jahre: Schutzgeld, kleine und große Gefallen, Schweigen. Bis Antonio vor einigen Wochen mit seiner Tochter aus Mailand telefoniert hatte. Der allwöchentliche Sonntagsanruf, diesmal bereichert durch eine Meldung aus einer Milaneser Tageszeitung: *Commissario* Pantaleo Cozzoli würde nach Lecce versetzt werden.

»Der hat ein Dorf bei Milano aufgemischt, in dem sich ganze Familien der *Ndrangheta* aus Kalabrien breitgemacht hatten. Eine lokale Berühmtheit, meinte meine Tochter, in Lecce würde der sich garantiert langweilen. Da habe ich gedacht, wenn er kommt, gehe ich zu ihm und erzähle alles. Der versteht was von solchen Leuten. Und das habe ich getan.«

Antonio seufzte, schien sich nicht ganz sicher zu sein, ob das eine Heldentat oder Kamikaze gewesen war.

»Donata wusste nichts davon, aber ich habe bei der nächsten Gelegenheit erst mal den letzten Kellner des *Avvocato* rausgeschmissen. Das tat richtig gut. Endlich. Zufällig saß da wie bestellt Michele und wollte einspringen. Ausgerechnet Michele.«

»Mutig, sehr mutig, mein Junge«, Gigi klopfte dem Wirt auf die Schulter. »Jetzt sei noch so ehrlich und erkläre uns, warum deine Küchentür repariert ist und du bemerkenswert viele neue Gläser hast. Hat der *Avvocato* eine Abordnung geschickt?«

»Er war persönlich hier«, gestand der Wirt und schaute Elena entschuldigend an, »und sein Muskelmann in Lederjacke kam noch einmal zur Kontrolle vorbei.«

»Welche Ehre. Das heißt, er hat Angst. Könnten ja auch andere Wirte auf deine Idee kommen«, meinte Gigi. »Wusste er, wer dein neuer Kellner ist?«

»Keine Ahnung. Er meinte nur, dass Michele schleunigst verschwinden solle.«

»Gigi, eier nicht so rum«, platzte es aus Elena heraus, »Der *Avvocato* weiß, wer Michele ist. Er hat ihn doch in der Nacht im Palazzo offen bedroht! Und Michele vermutet, dass dieser Provinzgockel sein Vater ist!«

Elena fing den entgeisterten Blick des Wirtes auf, der nicht verstehen wollte, nicht wahrhaben wollte, was er da hörte. Elenas Stimme kippte, sie spürte, wie sich ihr Hals zuschnürte, als sie herauspresste: »Wir sollten endlich überlegen, wo Michele stecken könnte, und die Polizei benachrichtigen!«

Das klang bei Weitem nicht so abgeklärt, wie es sollte. Ihr Magen zog sich wieder zusammen. Angst um Michele, Hilflosigkeit und der Ärger, dass sie nicht zurückgerufen hatte – wegen *Aron!*

»Immer mit der Ruhe, vielleicht hat Michele nach einer rauschenden Silvesternacht einfach sein *telefonino* ausgestellt«, versuchte Gigi zu beruhigen. »Was willst du der Polizei sagen? Dass ein Freund, der nach Rom fahren wollte, nicht ans Telefon geht?«

Das war so banal wie richtig. Elena stellte sich vor, wie Cozzoli mal wieder die riesigen Augen verdrehen und sie im besten Fall für eine hysterische *Mamma* halten würde. Ruhe bewahren, cool bleiben. Sie hatte nicht die blasseste Ahnung von Micheles Leben in Rom, von seinen Kumpels und Liebschaften. Klar, er war 29. Was bitte erwartete sie eigentlich? Bei diesen Gedanken fühlte sich Elena ziemlich faltig und absolut vierzig Jahre alt.

»Und was mache ich heute ohne Kellner?«, fragte Antonio nach einer Weile leise.

»Keine Sorge, du hast einen Kellner!« Gigi tätschelte dem Wirt vertraulich die Schulter. »Melde mich freiwillig zum Dienst.«

Sie lächelten. Doch der Gedanke an Michele blendete bei Elena jedes andere Gefühl aus. Hatte der *Avvocato* ihn verschwinden lassen? Schluss! Sie versuchte den Gedanken abzuschalten. Keine Panik. Er wird morgen wieder auftauchen. Übernächtigt, mit leichter Fahne und grandiosem Filmriss.

Erst am Abend fand Elena das gelbe Flugblatt, das ihr jemand bei der Weihnachtskrippe in die Hand gedrückt hatte. Sie zog es mit dem Haustürschlüssel aus der Jackentasche, wollte es wegwerfen, aber dann lächelte ihr *Don* Francesco entgegen.

Als Vorsitzender von *Terra Unica*, dieser katholischen Organisation, die Flüchtlingen umfassende Hilfe anbot, bat er um Spenden. Erste Hilfe im Heim am Meer, Unterkünfte in Lecce, Italienischkurse, Hilfe bei der Arbeitssuche und Legalisierung, kurz: Integration statt Abschiebung.

Interessant, dachte Elena, aber wo wohnten diese Immigranten eigentlich, um die sich *Terra Unica* kümmerte? Im Heim blieben sie ja nicht länger als 60 Tage. Dieser *Commissario* war wirklich unerträglich lethargisch. Warum hatte er nicht noch einmal beim *Padre* nachgefragt? Also gut, dann würde Elena eben morgen zu dieser Stiftung gehen. Vielleicht wusste da irgendein Mitarbeiter, wo alleinstehende Nigerianerinnen untergebracht wurden.

Auch am nächsten Morgen war Michele nicht erreichbar. Immer dieselbe Ansage: Bitte probieren Sie es später noch einmal. Elena ließ ihr *telefonino* nicht mehr ohne Beobachtung herumliegen, schleppte es aus dem Bett ins Bad und zur Kaffeetasse. Nicht mal eine Mailbox hatte er eingeschaltet, dieser Idiot. Elena tippte ungeduldig die fünfte SMS: Wo bist du? Melde dich, sofort!

Sie schickte Ben mit drei Rittern ausgestattet zum Kuscheln in Gigis Bett, nahm das Flugblatt und lief die Treppen hinunter. Das Büro von *Terra Unica* lag in der Nähe von Gigis Palazzo. Elena eilte am Rand der römischen Straße entlang, vorbei an Cosimas Wohnungstür. Maestro hoppelte ihr kläffend hinterher, doch bevor sie ihm einen satten Tritt verpassen konnte, keifte eine Frauenstimme: *»Maestro, vieni qua! Subito!«*

Diese Stimme gehörte nicht Cosima. Elena drehte sich um und sah die Nachbarin mit der roten Perücke im Putzkittel aus der Tür stiefeln.

»Buon giorno! Ist Cosima nicht zu Hause?«

Die Frau hievte den zappelnden Maestro hoch und antwortete mit Wackeln des Zeigefingers, schnalzte »ts ts« und fügte schelmisch grinsend hinzu: »Mimi ist in Rom. Mit ihrem hübschen jungen Freund ...« Sie zog die Haut unter ihrem Auge herunter, »*Occhio!*«.

Elena kehrte um und fragte ungläubig, »Cosima ist in Rom? Mit Michele?«

»*Si, si,* Mimi ist in angenehmer Begleitung nach Rom gefahren.«

»Cosima.«

»*Si, si,* Mimi.«

Also gut, Mimi. »Und was wollen die beiden in Rom?«

»*Boh?*«, die Nachbarin zog unwissend die Schulter hoch. »Ich passe nur auf Maestro auf.«

Elena eilte weiter. Ihr Herz hüpfte erleichtert. Michele mit Mimi, mit Mimi, nur mit Mimi in Rom, Mimi, Mimi. Und plötzlich traf es Elena wie ein Schlag: Mimi. M.

Natürlich, warum sollte Michele sonst mit Cosima irgendetwas unternehmen? Er hatte sie erkannt als M., *die* M.! Aber was wollten die beiden in Rom?

32

Es war nur ein Gedankenblitz gewesen, pure Intuition, aber einen Versuch war es wert gewesen.

»Kann ich noch einen Moment mit reinkommen?«, fragte Michele.

»Aber sicher, mein Schatz.« Cosima zwinkerte frech zu Rosella hinüber, griff entschlossen nach Maestro, schubste Michele in die Wohnung und schloss die Tür hinter sich.

Michele stand im Halbdunkel eines kleinen Wohnzimmers, mit Spitzendecken auf dem Couchtisch und rosa Plastikrosen auf dem Fernseher. Er stellte Wein, Wasser und Einkaufstüten einfach auf den Boden, zog die Postkarte aus seiner Jacke.

»Hast du die geschrieben?«

Cosima nahm die Karte, stierte ungläubig drauf und schlug die Hand vor den Mund.

»*Dio mio,* ich hatte schon so eine Ahnung, als wir neulich oben bei Gigi saßen«, flüsterte sie, »aber als ich am nächsten Morgen aufwachte, dachte ich, Blödsinn, es gibt viele Kellner in Rom, und viele Micheles. Unmöglich, nach all der Zeit.«

Ihre Stimme zitterte dabei, Tränen füllten ihre dunkel umrahmten Augen. Sie verstummte, wischte über ihre Wangen und holte tief Luft, streckte feierlich die Hände nach Michele aus und umarmte ihn, als wäre ihr eigener verlorener Sohn zurückgekehrt. »Aber nein, nichts ist unmöglich«, seufzte sie leise und Michele fühlte Mimis tränenfeuchte Wange an der seinen.

Er ließ sich stocksteif umarmen und schlingerte gleichzeitig durch eine Mischung unterschiedlicher Gefühlslagen: War er erfreut? Enttäuscht? Erleichtert? Schockiert? Er wusste es nicht.

Michele hatte mit einem falschen Fahndungsbild nach M. gesucht. Er hatte sich eine würdige ältere Dame vorgestellt, die vor dreißig Jahren schon lebenserfahren und nicht mehr ganz jung gewesen sein mochte. Die finanzielle Mittel und Kontakte hatte, um Lucia, einem bedauernswerten jungen Mädchen in Schwierigkeiten, zu helfen. Also irgendwie bürgerlich, wohlhabend, wohltätig. Garantiert keine muntere, leicht ordinäre Hure.

Als Cosima sich gefangen hatte, ging sie zum Kühlschrank. Da wartete noch ein Schampus auf eine besondere Gelegenheit wie diese hier. Sie reichte Michele die Flasche – Öffnen war Männersache, zumindest, wenn einer vorhanden war – und pustete Staub von den guten Gläsern aus dem Regal.

»Du willst vermutlich wissen, wer dein Vater ist. Warum deine Mutter aus Lecce weggelaufen ist. Sie hat dir nie etwas erzählt? Nicht ein Wort? Vielleicht hat sie ihn immer noch geliebt, wer weiß? Mit der Liebe ist das ja so eine Sache, nicht wahr?«

Michele hielt ihre Hand, die weite Kreise durch die Lüfte zog, fest, schaute ihr eindringlich in die Augen und fragte überraschend kühl: »Wer war es?«

Cosima zeigte ungeduldig auf die Schampusflasche. Eins nach dem anderen. Der Korken knallte, der Schampus schäumte, Cosima prostete Michele feierlich mit einem liebevollen Lächeln zu, »*Cin cin, carissimo!*«, dann ließ sie sich in einen dicken Sessel fallen und bedeutete dem ungeduldigen Michele, auf dem Sofa Platz zu nehmen.

»*Allora, tesoro*«, begann Cosima, als ob sie ein langes Märchen erzählen wollte.

»Warum musste meine Mutter Lecce verlassen? Warum hat sie meinen Vater nicht einfach geheiratet?«

»Ah, Michele«, seufzte Cosima. »Der, der war nicht zu verheiraten ...«

»Der war schon verheiratet?«

Cosima verdrehte die Augen, legte die Handflächen zusammen und hob sie beschwörend gen Himmel angesichts dieser langen Leitung. »*Oh Dio,* der durfte und wird nie heiraten, *capisci*?«

Langsam dämmerte Michele, worauf Cosima hinaus wollte. Er sackte rückwärts ins Sofa. Ein Pope! Cosima musste sich täuschen. Das konnte nicht wahr sein. War ein *Padre* als Vater besser als ein lokaler Mafiaboss? Sollte es vielleicht sogar der *Padre* sein? Der einzige, den er in Lecce kannte?

»Du meinst aber nicht Francesco«, wisperte Michele, als ob sie jemand belauschen würde. Cosima nickte vorsichtig, »*Padre* Francesco«. Sie machte eine Pause, beobachtete Michele, der starr und stumm wie eine Wachsfigur auf dem Sofa hockte. Nach einer Weile fragte sie vorsichtig: »Soll ich dir den Rest auch erzählen?«

Michele war sich nicht sicher, ob er das, was jetzt kommen würde, überhaupt hören wollte. War es wirklich eine gute Idee gewesen, den Spuren dieser Postkarte zu folgen? Wollte er seine Mutter Lucia nicht lieber so für sich bewahren, wie er sie geliebt hatte? Eine vielleicht etwas exzentrische, aber doch wunderbare Mutter.

Zu spät. Etwas hatte ihn nach Lecce getrieben und vielleicht hatte Lucia ja genau das gewollt und die Postkarte deshalb nicht vernichtet. Vielleicht hatte sie ihm irgendwann alles erzählen wollen und nie den Mut dazu gefunden. Oder einfach nicht mehr den richtigen Augenblick.

Nun würde er vermutlich alles erfahren, ob er wollte oder nicht. Auf diesem zu weichen Sofa in einem halbdunklen, leicht muffig riechenden Wohnzimmer, in einer Stadt namens Lecce, von der er bis vor wenigen Wochen nur vage geahnt hatte, dass sie überhaupt existierte, 600 Kilometer entfernt von Rom, irgendwo im Süden.

Cosima begann das Puzzle ihrer Erinnerung zusammenzusetzen. Stück für Stück, langsam zunächst, aber einmal in Schwung gekommen, ließ sie sich in ihrer Erzählung wie in einem Sturzbach fortreißen. Dreißig Jahre hatte die alte Hure geschwiegen. Dreißig Jahre hatte sie diese Geschichte und ihre persönliche Heldentat darin mit niemandem teilen können. Kein Wort zu niemandem, allein das war eine lebenslange Buße. Sie hatte sich wahrhaftig kasteit. Als ob sie dreißig Jahre lang nur auf Michele gewartet hätte, auf den Prinzen, auf den Einzigen, der sie von ihrem Schweigegelübde befreien konnte.

Sie erzählte vom jungen *Don* Francesco, der das Zölibat nicht wirklich ernst nahm. Von seinen verstohlenen Besuchen in der Hurengasse. Dann war er einige Wochen nicht mehr gekommen, tauchte eines Tages aber wieder auf. Mit einer ungewöhnlichen Bitte: Er habe ein Mädchen kennengelernt, suche einen Ort, an dem sie zusammen sein könnten. Lucia. Bildschön, lebenslustig, verliebt. Und so fürchterlich naiv. Sie war am Anfang der Affäre gerade erst 18 Jahre alt, und er gut 15 Jahre älter. Heimliche Treffen, zunächst sporadisch, dann regelmäßig, immer in einem von Cosimas Zimmern, die sich seine Schäferstündchen gut bezahlen ließ. Dann die Tragödie, die zu erwarten und nur eine Frage der Zeit gewesen war: Lucia wurde schwanger. Und damit wollte *Don* Francesco selbstredend nichts, überhaupt nichts zu tun haben.

Es war die Hölle für Lucia. Gestern noch schwelgte sie in der wahrhaftigen Liebe und heute kannte der heilige Francesco sie nicht mehr. Klar, wäre die Geschichte herausgekommen, hätte er in die Wüste Gobi ziehen können. Nicht nur ein *Padre* mit Kind, sondern ein *Padre* aus dieser Familie mit Kind! Einer ehrwürdigen Familie, die seit Jahrhunderten die Strippen in Lecce und im Salento gezogen hatte.

»Er hatte keine bessere Idee, als sich ausgerechnet bei seiner *Mamma* auszuweinen, dieser Idiot. Sie ist eine wirklich ekelhafte Person, herrisch, giftig, eingebildet. Kein Wunder, dass ihr Gatte – Gott schütze seine Seele – sie am laufenden Meter betrogen hat«, ätzte Cosima und setzte ein süßliches Lächeln auf – es war nicht schwer sich vorzustellen, mit wem.

Mamma Maria Luisa Perrone jedenfalls hatte Francesco zwar immer schon für missraten gehalten, aber in dieser Situation ging es um die Familie. Sie machte dem jungen *Padre* die Hölle heiß. Eines frühen Morgens, noch vor dem Frühgebet der Nonnen im Kloster, klopfte Francesco kleinlaut bei Cosima im Vico del Sole an.

»Du musst mir helfen«, jammerte er, als sie die Tür einen Spalt öffnete. Er drängte sich in ihre Dienstwohnung und warf einen dicken Stapel Lirescheine zwischen Haarspangen und Lippenstifte auf den Toilettentisch.

Cosima versprach das Problem zu lösen. Sie mochte Lucia, fühlte sich als Zimmerwirtin auch ein wenig mitverantwortlich und kannte sich mit derlei Unpässlichkeiten aus.

Kam weiß Gott nicht das erste Mal vor, dass eine ungewollt schwanger wurde.

Die, die kein Geld hatten, verschwanden für einige Tage in ein Dorf, einige Kilometer von Lecce entfernt, ließen sich bei einer klassischen Engelmacherin in den Bäuchen herumstochern und mit etwas Glück verbluteten sie nicht. Die, die Geld hatten, fuhren nach Rom zu einem der einschlägig bekannten Ärzte.

Lucia hatte nun Geld, zumindest diesen Packen auf Cosimas Toilettentisch.

»Sie tat mir so leid, die Kleine. Und ich habe sie bewundert. Von allen verlassen, die pure Verzweiflung, saß sie bei mir im Vico del Sole, heulte Rotz und Wasser und blieb trotzdem eigensinnig. Sie wollte dieses Kind. Sie wollte dich unbedingt auf die Welt bringen. Unglaublich, Michele, sie war unglaublich.«

Cosima hatte niemandem etwas erzählt. Selbst als Donata herausbekam, was los war, verriet Lucia nicht den Namen des Vaters. Sie war die Einzige, die Bescheid wusste. Doch dann trieben Antonio und Donata diesen alten Cousin aus irgendeinem Kaff in der sonnenverbrannten Weite Apuliens auf. Wenn Lucia bockig war, sollte sie eben einen anderen heiraten und irgendwo in der Pampa leben, wo der lange Zug der Schafe von den Winter- auf die Sommerweiden und wieder zurück das aufregendste Ereignis des Jahres war. Derart abgeschieden käme sie nie wieder auf dumme Gedanken und die Ehre der Familie Rizzo wäre gerettet. Aus den Augen, aus dem Sinn.

»Als Antonio und Donata – *si, si*, vor allem Donata! – sie ernsthaft an diesen sabbernden Kauz verjubeln wollten, brach Lucia endgültig zusammen. Die beiden haben gezetert, sie könnten die Osteria dichtmachen, wenn diese ganze Geschichte herauskäme, ihre Zukunft wäre im Eimer und die ihrer Kinder, bloß weil die kleine Schwester sich herumtreibe ... und so weiter. Unerträglich, aber vermutlich hatten sie sogar recht.«

Michele wagte einen zweifelnden Blick, das sei doch etwas übertrieben: »Alles nur wegen eines unehelichen Kindes?«

»Das glaubst du nicht, Michele? Also pass mal auf: Noch heute leben hier junge Paare erst nach der Trauung in einer gemeinsamen Wohnung. Ganz traditionell, Katze im Sack: Er weiß nicht, wie sie kocht. Sie weiß nicht, ob er in der Lage ist, einen Staubsauger selbstständig zu betätigen. Natürlich haben sie vor der Ehe Sex miteinander, aber ihren Eltern erzählen sie komplizierte Geschichten, wie und wo sie das letzte Wochenende zwar getrennt, aber in einem Dorf am Meer verbracht und zusammen nur ein feines Eis am Nachmittag geschleckt haben. Die Eltern wissen, dass sie angelogen werden, aber sie haben eine Version für die Oma und die Nachbarn parat. So ist das hier. Heute noch. Und stell dir vor, wie es vor dreißig Jahren war.«

Aber Lucia hätte sich zum Altar nur wie ein Schaf zum Schlachter schleppen lassen, gefesselt an Armen und Beinen. Sie wollte nur noch weg aus Lecce. »Ich glaube, sie hatte ohnehin niemals vor, mit Donata in der Küche der Osteria zu versauern, bis irgendjemand sie heiraten würde«, meinte Cosima. »Lucia wollte raus in die Welt.«

So tüftelte die ehrenwerte Hure einen für alle Beteiligten zukunftsträchtigen Plan aus und erfüllte sich als Honorar für ihre komplexe Dienstleistung einen Traum: einmal im Leben nach New York.

Cosima reiste zunächst mit Lucia nach Rom, um angeblich die Abtreibung vornehmen zu lassen. Doch die besorgte Mutter des *Padre* wollte das Problem radikal, im wahren Wortsinn, gelöst wissen. Nicht nur das Kind, auch Lucia, die Wurzel, musste verschwinden, denn *Signora* Perrone ahnte, dass mit der Abtreibung die Geschichte möglicherweise nicht beendet war und der verliebte Francesco rückfällig werden könnte.

»Bring sie von mir aus nach New York, da wird es ja wohl irgendeinen Job für das Flittchen geben.« Den unbefleckten Ruf ihrer Familie ließ sich *Signora* Perrone einiges kosten.

Erst die Abtreibung in Rom, dann der Flug nach New York. Cosima sollte Lucia klarmachen, dass sie unmöglich nach Lecce zurückkommen konnte, und sie in Little Italy in einer Pizzeria von Bekannten unterbringen. Doch Lucia flog nie nach New York.

Sie zog in Rom in das Haus des Arztes Salvatore De Giorgi und seiner Frau, der Künstlerin Danielle. Sie nahmen Lucia gerne als Haushaltshilfe auf. Die junge Mutter wurde für das Ehepaar zu der Tochter, die sie selbst nie gehabt hatten, und Michele zu ihrem Enkel. Ein Glücksfall, für alle.

»Aber die sind doch nicht vom Himmel gefallen?«, bohrte Michele. »Woher kanntest du Salvatore? Der war Römer durch und durch, war nie in Lecce gewesen. Oder kanntest du Danielle? Wieso ...?«

Doch Cosima ließ sich nicht in die Karten gucken. Eine alte Gewohnheit, das hatte mit Professionalität zu tun. Und mit ihrem Privatleben, ja, das hatte auch Cosima. Sie verriet nur so viel: »Lucia ist meinen Weg gegangen, nur umgekehrt. Ich kam als junge Frau nach Lecce. Aus Rom. *Capito?*«

Nein, das verstand er nicht, aber Cosima redete schon weiter, erleichtert, dass das Schlimmste erzählt war. Fehlte noch ihre Traumreise nach New York.

»Michele, großartig, unbeschreiblich diese Stadt!«, Cosima warf die Arme in die Luft und Michele sah diese kleine, schrille Person durch die Schluchten der Wolkenkratzer stöckeln, den Kopf in den Nacken gelegt, Stockwerke zählend. »Rom ist dagegen ein schläfriges Provinznest!« Allein ihre Erinnerung ließ Cosima hochfliegen. »Wenn ich in meinem Leben noch eine letzte Reise vor der allerletzten mache, dann nach New York. Aber mit dem Schiff. Heutzutage weiß man ja nicht mehr, welche Rabauken sich im Flugzeug herumtreiben.«

In New York kaufte Cosima Postkarten mit der Freiheitsstatue drauf und schickte sie nach Lecce: eine an Antonio und eine an den *Padre*, beschrieben in einer runden Kleinmädchenschrift, wie der von Lucia.

»Ich fand nicht, dass Francesco so billig davonkommen sollte«, sagte Cosima entschlossen. »Ich ließ ihn wissen, dass Lucia die kleine Seele nicht abgetrieben hatte und nach all den Geschehnissen in Amerika leben wollte. Sie habe zwar nicht vor, zurückzukommen, aber eine kleine finanzielle Unterstützung wäre natürlich hilfreich. Dazu eine amerikanische Kontonummer, die Postkarte in einen Briefumschlag gesteckt, fertig.«

Diese wohltätige Idee war Cosima erst in New York gekommen. Mit einem – sehr sympathischen, sehr gut aussehenden – Italiener fädelte sie alles ein: Der Italo-Amerikaner richtete für Lucia ein Konto ein, legte das Geld über die Jahre geschickt an und später eröffnete Lucia davon vermutlich ihre Osteria in Rom. Ein Traum, den sie aus ihrer Heimat mitgenommen hatte, und deshalb nannte sie

sie *Fichi d'India,* wie die Osteria ihrer verstorbenen Eltern in Lecce.

»Ich habe keine Ahnung, warum Francesco jahrelang zahlte. Ob er wollte, dass Lucia blieb, wo sie war oder ...«, Cosima machte eine kleine, theatralische Pause, »... weil er sie liebte.«

Dieser geile Pope und Liebe, was faselte Cosima da? »Er hat das Leben meiner Mutter verpfuscht«, fuhr Michele dazwischen. Scheinheiliges Getue, zum Kotzen. Er spürte immer noch, wie ihn Lucias Panikattacken als kleinen Jungen schockiert und verängstigt hatten. Er konnte nicht verwinden, dass Lucia ihn aus einem Teil ihres Lebens ausgeschlossen hatte.

»Nein, Michele, das glaube ich nicht. Er hat sich ekelhaft, rücksichtslos und dreckig verhalten, feige wie viele Männer. Richtig. Aber meinst du nicht, dass deine Mutter in Rom glücklicher war, als sie es mit einem unehelichen Kind hier im Süden hätte sein können?«

Michele meinte gar nichts mehr, er versank in sich selbst. Blendete Cosima aus, dieses Wohnzimmer, den sonnigen Silvestertag und die alten Mauern von Lecce. Still, in Gedanken bei seiner Mutter, roch er den Duft von Lavendel im Morgengrauen über den Dächern von Rom.

»Pass auf, Michele: Die Familie des *Padre* war mächtig. Und sie ist es bis heute. Es ging und geht denen nicht um Francesco, es geht um die Familie. Irgendwann wäre es herausgekommen, sie hätten keinen Bastard geduldet und keinen solchen Skandal. Du warst eine Zeitbombe.«

Sie schaute ihn auffordernd an. Er sollte endlich mal sagen, schön, dass es dich damals schon gegeben hat, Cosima. Oder so etwas in der Art. Er starrte aber nur vor sich hin.

»Cosima, das ist doch nicht alles. Ich glaube, das ist nicht alles.«

»Doch, mein Süßer, das ist das Ende der Geschichte. Jetzt stoßen wir beide auf das neue Jahr an, du gehst zu einem letzten Dienst in die Osteria und morgen fährst du wieder nach Rom und malst Bilderbücher. Falls der *Padre* nämlich rauskriegt, wer du bist, hast du - und ich vermutlich auch - ein richtiges Problem. Wie du weißt, weilt seine liebenswerte *Mamma* noch immer unter uns, und Francesco will mal den Bischof beerben. Zumindest geht er bei seinem Chef ein und aus wie das persönliche Schoßhündchen.«

Sie lehnte sich zurück, setzte ein Großmamalächeln auf und begutachtete zufrieden ihren Michele. Dass sie diesen Jungen noch erleben durfte. So freundlich und höflich, gut aussehend und klug dazu. Manchmal war das Leben doch gerecht.

»Cosima, das war nicht alles«, bohrte Michele nach.

Stur war dieser Junge, wie seine Mutter.

»Warum hat Lucia solche Angst gehabt, dass sie niemals zurückkehrte und mir nicht ein einziges Wort erzählt hat?«

Cosima sah ihn an. Und seufzte.

»Natürlich gab es noch unangenehme Geschichten am Rand, ist ja lange her, so genau erinnere ich mich da nicht mehr.«

»Cosima! Tu nicht so, als ob du dement wärst«, fuhr Michele auf.

»Aber wenn du so fragst, also es ist so, dass möglicherweise auch noch jemand anderes Lucia hätte heiraten wollen«, Cosima seufzte ehrfürchtig, »glaub mir, sie war einfach zum Niederknien schön.«

Michele hatte sich aufgerichtet, er wollte jetzt alles wissen.

»Mach dir keine Hoffnungen, der andere Kandidat wäre keinesfalls die bessere Wahl gewesen.« Cosima wand sich, konnte aber nicht mehr zurück und knickte Wort für Wort, mehr und mehr ein. Der andere war jünger, eleganter, aus gutem Hause. Ein arroganter, eitler Fatzke. Er wollte Lucia sogar schwanger heiraten, aber Lucia lehnte seinen großzügigen Antrag ab.

»Er war verrückt nach ihr und sie behandelte ihn wie einen Kasper, da ist dieses verwöhnte Jüngelchen durchgedreht, komplett ausgerastet.«

Blutige Nase, dick geschwollenes Auge, zerrissenes Kleid – der Zustand, in dem Lucia bei Cosima vor der Tür stand, war überzeugend. Lucia musste so schnell wie möglich aus Lecce verschwinden.

»Und?«

»Was und?«

»Wer war dieser andere?«, hakte Michele nach. »Und woher wusste er, dass Lucia schwanger war?«

Cosima kraulte versonnen Maestros Ohren.

»Sag ich nicht.«

»Ich kenne ihn …?«

»Ts …«, sie schnalzte und wackelte ablehnend mit dem Zeigefinger, ohne den Blick von Maestros Ohren zu heben.

»*Avvocato* Galloso.«

Cosima riss die Augen auf. Volltreffer. »Woher weißt du das denn?«

Michele tätschelte beruhigend ihre Schulter, reichte ihr das Schampusglas. Sie nahm einen kräftigen Schluck und schüttelte ungläubig den Kopf.

»Galloso wusste von Lucia und der Schwangerschaft. Von wem? Er kassiert meinen Onkel bis heute für diese Geschichte ab, denn Antonio hat immer noch ein schlechtes

Gewissen, weil Lucia abgehauen ist. Er dachte, zumindest ein Teil des Geldes würde bei ihr ankommen.«

»Galloso, *questo stronzo, pezzo di merda, non ci credo* ...«, zischte Cosima ungläubig. »Er ist der Cousin von *Don* Francesco, er muss es von irgendwem aus der Familie erfahren haben, von der Mutter des *Padre*, was weiß ich. Galloso war schon immer skrupellos und brutal und das ist er bis heute. Von dem will ich nichts Genaueres wissen.«

Es reichte Michele. Er sehnte sich nach seinem imaginären amerikanischen Vater, der eine hübsche Nacht mit Lucia verbracht hatte und danach verschwunden war. Sein Leben lang war er damit vollkommen zufrieden gewesen. Er sehnte sich nach zu Hause. Irgendwo eine Tür aufmachen, wissen, wo die Fernbedienung liegt und ein kühles Bier, Füße hoch – fertig.

Diese Verlogenheit war nicht auszuhalten. Michele dachte an die Nacht im Palazzo Perrone, an seine Videos.

»Sag mal, Cosima, kennst du den Palazzo Perrone?«

»Aber sicher. Und wie! Haha!«, röhrte sie. »Deswegen war die *Signora* Maria Luisa Perrone damals ja so stinkig. Weil ausgerechnet ich diejenige war, die ihr Problem lösen konnte.«

Cosima spitzte die Lippen, ihr Blick glitt nach links oben in die Vergangenheit und ein überlegenes, fast arrogantes Lächeln breitete sich aus.

»Muss ich das verstehen?«, unterbrach Michele ihre Glückseligkeit.

»Nun, wie soll ich sagen«, sie strich sich durch das Haar, »ich war mit meinen Kolleginnen im Palazzo Perrone an manch frivoler Feierlichkeit beteiligt ... Wie gesagt, der Gatte von Maria Luisa war kein Unschuldsengel – was soll man bei dieser Frau auch erwarten –, aber der hat es richtig krachen lassen im Palazzo Perrone, im Palast ihrer Familie. Die wohnte damals natürlich längst nicht mehr dort.«

Ihre Stimme bekam wieder diesen rauchigen Ton und ein rumpelndes Lachen ließ ihren Busen erbeben. »Das waren Partys, meine Herren! Bis der Hausdrachen eines Nachts ohne Ankündigung aus dem Sommerhaus zurückkehrte, warum auch immer, irgendjemand hatte ihr wohl einen Tipp gegeben.«

Der enorme Busen wackelte unter ihrem Gegluckse. »Das war ein Auftritt! Was für eine Szene!«

Danach war Schluss mit Party. Maria Luisa Perrone ließ ihren Stadtpalast verrammeln und betrat ihn nie wieder. Nicht mal nach dem erstaunlich frühen Tod ihres Gatten.

Nach dieser amüsanten Anekdote wuchtete sich Cosima aus dem Sofa hoch und machte sich auf den Weg zum Kühlschrank. Sie hatten sich noch ein Schlückchen Schampus verdient.

»Weißt du, dass der *Avvocato* im Palazzo Perrone wieder feiern lässt?«, rief Michele ihr hinterher. »Mit Frauen aus Afrika und Asien, die sonst in Wohnungen hinter dem Rektorat der Universität anschaffen.«

Cosima drehte sich um, ehrlich erstaunt. »*Caspita!* Was du alles weißt!« Dass der *Avvocato*, wie auch immer, Frauen aus aller Welt anschleppte und den lokalen Huren das Geschäft verdarb, das wusste sie. Dass niemand, schon gar keine Hure, diesen Mistkerl bei der Polizei verpfeifen würde, war auch klar. Aber dass er den Palazzo Perrone wiederbelebt hatte, das war eine echte Neuigkeit.

Michele sah sich wieder auf dem Flur vor der aufgestoßenen Tür stehen, sein Griff zum *telefonino*, ein Knopfdruck, um die Kamera zu aktivieren. Dieser schwitzende, schwabbelige Körper, das Keuchen, sah die Kette mit dem Holzkreuz an der Stuhllehne baumeln.

»Der *Padre* ist übrigens mit von der Partie, vermutlich in ehrenvollem Andenken an seinen Vater. Ich habe ihn dort gesehen.«

33

Nur ein kleines Schild im Fenster wies darauf hin, dass in diesem sandfarbenen Palazzo in der Nähe des Duomo die Hilfsorganisation *Terra Unica* ihren Sitz hatte. Eine feine Hütte für einen wohltätigen Verein, dachte Elena, und betrat durch ein frisch gestrichenes Gatter den kleinen Innenhof.

Sie stand schon auf dem Treppenabsatz vor einer schweren Holztür, als ihr *telefonino* klingelte. »Michele« blinkte auf dem Display.

»Michele! Wo steckst du? Einfach abhauen, ohne ein Wort, bist du komplett durchgedreht?«, rief Elena ins Telefon. Verspielte sie mit dieser *Mamma*-Nummer vielleicht gerade letzte Sympathien?

»Du warst mit deinem Gatten beschäftigt«, hörte sie Michele. »Egal, denn weißt du, wer M. ist?«, er klang nun übermütig. »Elena, das glaubst du nicht!«.

»Was tust du mit Cosima in Rom?«

»Sie ist M. – Mimi! Verstehst du? Ist das nicht der Wahnsinn?«

Elena hörte seine Stimme. Ach, sie freute sich so, dass Michele lebendig war.

»Wir sind mit ihrem Bambino in der Silvesternacht nach Rom gefahren und mitten in der Pampa liegen geblieben. Sind morgens erst abgeschleppt worden, dann war das *telefonino* leer und bis zur nächsten Steckdose war der Weg weit – egal, morgen ist der Bambino wieder startklar, hat die Werkstatt versprochen, wir kommen so schnell wie möglich – sofern man das von diesem fahrbaren Brötchen noch verlangen kann. Also irgendwann morgen, aber vorher ...«

»Michele, ich habe jetzt keine Zeit«, unterbrach ihn Elena, »ich stehe vor der Tür von *Terra Unica*, die kümmern sich um Flüchtlinge, besorgen ihnen Wohnungen, vielleicht haben sie auch Yasmin untergebracht. *Don* Francesco ist deren Vorsitzender und sammelt Spenden ...«

»*Don* Francesco?«, rief Michele ins Telefon, »Elena, da gehst du nicht rein ...« Micheles Stimme zitterte, während er Elena im Telegrammstil von seinem neuen Vater erzählte, von dem vergessenen Video, auf dem er ihn im Palazzo erkannt hatte. »Der hängt in der Geschichte mit drin! Der *Avvocato* ist sein Cousin, alles eine Mischpoke.«

Elena hatte keine Zeit, sich zu wundern, denn die Tür des Palazzo öffnete sich. Vor ihr stand *Don* Francesco.

»*Va bene*, ich melde mich. *Ciao, ciaociao*«, unterbrach sie Micheles Redefluss und beendete das Gespräch abrupt.

In dunklem Wintermantel, mit Schal und einer Schiebermütze aus Wildleder wollte der Geistliche offensichtlich gerade das Haus verlassen.

Elena verschluckte ein »Oh Gott!« und stotterte völlig blödsinnig: »Was für ein Zufall!«

»In der Tat, ich wollte Sie heute anrufen, *cara*, wegen der Reportage. Kommen Sie herein, ich bin zwar gerade auf dem Sprung«, er schloss die Tür hinter ihr, »aber für Sie nehme ich mir gerne noch etwas Zeit. Heute ohne Ihren Mitarbeiter?«

»Ja, ja, der ist gerade ... nicht in Lecce«, stammelte Elena. Sie gingen einen breiten hell gestrichenen Flur hinunter, vorbei an einem Büro, in dem eine Sekretärin in streng zugeknöpfter Bluse auf einen Computerbildschirm starrte. Im nächsten Raum waren die Fensterläden zugeklappt, man konnte im Halbdunkel drei aufgeräumte Schreibtische erkennen.

»Die meisten Mitarbeiter haben heute noch frei, wir sind nur die Notbesetzung«, erklärte der *Padre*. »*Caffè?*«

»Danke, nein.«

Sie betraten einen dritten Raum, die Wände vollgestellt mit Bücherregalen, Papierberge wucherten über den Schreibtisch am Fenster und aus den Regalen hinaus, breiteten sich auf einem Teil des Fußbodens aus und belagerten sogar einen kleinen Betstuhl, der mitten im Raum herumstand.

Padre Francesco hängte seinen Mantel an eine Garderobe. »Bitte, setzen Sie sich«, er räumte einen Stuhl leer, »das hier ist sozusagen mein Hauptquartier.«

Elena hatte sich gefasst. Sie zog das Flugblatt aus der Tasche.

»Ich habe am Wochenende zufällig dieses Flugblatt bekommen und dachte, das könnte ein weiterer interessanter Aspekt für die Reportage sein. Ihr Verein betreut die Flüchtlinge ja nicht nur in der Notunterkunft am Meer, sondern in einem viel weiteren Sinne.«

Elena hörte sich reden, höflich wie eine gut erzogene Tochter. Warum konnte sie den *Padre* nicht direkt mit ihrem Verdacht konfrontieren?

»Ja, natürlich«, mit einem zufriedenen Lächeln faltete der *Padre* die Hände auf dem Schreibtisch. »Wir können nicht die Augen verschließen und so tun, als gäbe es keine illegalen Immigranten in Italien. Sie werden geduldet, sie werden sogar gebraucht als billige Arbeiter, aber irgendjemand muss ihnen die Unterstützung geben, damit sie sich auch ein Leben aufbauen können.«

»Und wo bringen Sie sie unter? Wer will schon an Immigranten vermieten, die vermutlich weder Papiere noch Arbeit haben?«

»Wir besitzen verschiedene Häuser im *centro storico,* rund um die Chiesa del Carmine, wo ich meine Gemeinde habe. Viele Spender vererben uns sogar ihre Häuser.« Er machte eine pathetische Pause und seufzte. »Ja, solche Menschen gibt es. Ich bin sehr stolz darauf.«

Wieder eine Pause, er senkte den Blick. Sammelte sich und fuhr fort.

»Arbeit zu organisieren ist dagegen viel schwieriger. Stellen Sie sich vor, Sie kommen mit nichts als Ihren Kleidern in einem fremden Land an. Sie haben nichts, nicht einmal mehr Ihre Sprache, niemand versteht Sie …«

Padre Francesco schien Zeit zu haben. Er hob an zu einem Vortrag über die Flüchtlingsproblematik im Allgemeinen und im Besonderen am Beispiel eines einzelnen Schicksals. Sehr lebendig, sehr einfühlsam, sehr professionell. Zu professionell, zu perfekt für Elenas Geschmack. Langsam, aber eindrücklich erzählt, sodass Journalisten entspannt mitschreiben konnten, und bei diversen Benefizveranstaltungen und sonstigen Gelegenheiten zum Spendensammeln hatte er diese Rede sicherlich erfolgreich abgespult. *Padre* Francesco gefiel sich offensichtlich in der Rolle des gütigen Retters in der Not.

Elena dämmerte, dass sie ihm mit einer Fotoreportage über seine Arbeit einen goldgerahmten Spiegel hinstellen würde. Sie wäre nichts als ein Putzlappen, der seine guten Taten und seine Eitelkeit auf Hochglanz polieren dürfte. Aber ein Putzlappen wollte sie definitiv nicht sein.

An der Stelle » ... Unsere Arbeit unterstützen unendlich viele Freiwillige, Ehrenamtliche im besten Sinne ...«, klingelte Elenas Telefon. Schon wieder Michele.

»Entschuldigen Sie ...«, unterbrach Elena den Redefluss und ging auf den Flur.

»Michele, ich kann jetzt nicht.«

»... nein, nicht auflegen! Elena, pass auf, ich habe das Wichtigste eben vergessen: Ihr müsst versuchen, Yasmin zu finden. Ihr müsst sie sofort da rausholen.«

»Auf die Idee sind wir auch schon gekommen. Aber wo bitte rausholen? Du bist der Einzige, der weiß, wo sie steckt, und du hast dich freundlicherweise nach Rom abgesetzt.«

»Holt sie raus, aus dieser Wohnung, so schnell wie möglich. Glaub mir, es ist dringend.«

»Du bist echt ein Ritter vor dem Herrn. Dann schick mir ihre Telefonnummer per SMS.«

»Yasmin hat kein eigenes *telefonino*. Das, was sie benutzt, wird kontrolliert. Die Nachrichten hört sie nicht selbst ab.«

»Also, schreib mir, wo du sie getroffen hast.«

»Ich habe die Hausnummer vergessen, ich schreibe dir die Straße. Du gehst da aber nicht hin, schick Gigi.«

»Entspann dich mal. Schreib mir die Adresse und fertig.« Elena wurde hektisch und lauter, sie blickte ins Büro des *Padre*, der etwas zu konzentriert in einem Stapel Zettel herumlas, aber garantiert jedes Wort interessiert mithörte.

»Mach keinen Blödsinn, *principessa*.«

»Das sagst ausgerechnet du mir. Ich will gar nicht wissen, was du dir ausgedacht hast.«

»Du wirst staunen«, er lachte.

»Mach du auch keinen Blödsinn ...«

»Schon passiert. Mach dir keine Sorgen. Aber holt Yasmin und versteckt sie. Sag mir Bescheid, wenn sie in Sicherheit ist. Sofort, bitte.«

»Mannomann«, flüsterte Elena auf Deutsch.

»*Scusa?*«, fragte Michele, aber Elena hatte ihn schon weggedrückt.

Sie ging zurück in die Papiergruft des *Padre*. Eine prächtige Ermittlertruppe waren sie. Wenn das *telefonino* von Yasmin tatsächlich kontrolliert wurde ... Elena hörte wieder, wie Michele sich auf die Zeitungsannonce von Yasmin anständig mit vollem Namen gemeldet hatte.

»Ihr Mitarbeiter?«, *Padre* Francesco blickte von seiner Lektüre auf.

»Ja, ja, er ist unterwegs.«

»Hat er eigentlich noch einen Nebenjob als Kellner? Ein Freund sah ihn neulich in dieser Osteria ... bei der Kirche Santa Chiara ... wie heißt sie noch?«

»Ehrlich gesagt, interessiert es mich nicht, was mein Mitarbeiter in seiner Freizeit macht«, parierte Elena mutig.

»Sie sollten trotzdem ein Auge auf ihn werfen. Er scheint afrikanische Frauen attraktiv zu finden. Das ist nicht ungefährlich, vor allem, wenn es sich um Prostituierte handelt.«

»Woher wollen Sie das wissen?«

»In einer kleinen Stadt, mehr noch im *centro storico* spricht sich allerhand herum. Umso schneller, wenn es sich um ein neues Gesicht handelt.«

Dieser *Padre* war wirklich dreist. Freundlich plaudernd verteilte er Ohrfeigen, kurz und schmerzhaft, und tat gleichzeitig, als sei er besorgt.

»Wie meinen Sie das?«

Der *Padre* lächelte frostig. »Er sollte sich vielleicht zurückhalten und in Rom einen Job suchen.«

Das war eine Drohung. Sie wussten tatsächlich, wer Michele war.

»Haben Sie noch eine Frage?«

Nein, Elena hatte keine Frage mehr und kein Bedürfnis nach weiteren Ratschlägen. Moment! Eine Frage hatte sie doch noch, jetzt mal Schluss mit ihrer guten Erziehung.

»Was haben Sie eigentlich mit dem Palazzo Ihrer Mutter vor? Steht der zum Verkauf?«

Jetzt stutzte der *Padre,* zögerte einen Moment, dann begann er, im Stil eines Immobilienmaklers zu dozieren.

»Der Palazzo wird renoviert werden. Denkbar wäre, dort die Zentrale von *Terra Unica* einzurichten, mit Büros, Wohnungen, Räumen für Kurse und so weiter. Aber das ist Zukunftsmusik. Dafür werden wir noch einige Spenden sammeln müssen.«

34

Erst als Elena auf Elisabettas nachtblauem Sofa saß, schaltete sie ihr *telefonino* wieder ein. SMS von Michele.

»Yasmin ist tagsüber in der Gasse ohne Autos, direkt hinter dem Rektorat der Universität, Piazza Tancredi.«

In einer dieser vielen Wohnungen. Elisabetta schüttelte den Kopf: In diesem Viertel einfacher Leute hatte sie keine Kontakte. »In der Gegend wurden bisher nur wenige Häuser renoviert, viele stehen leer. Das Viertel gehört zur Gemeinde der Chiesa del Carmine. Schon möglich, dass einige Alte wirklich ihre Häuser dem *Padre* oder dieser Organisation *Terra Unica* vermacht haben«, mutmaßte Elisabetta.

»Als Wohnraum für Flüchtlinge!«, spottete Elena, »Wer's glaubt, wird selig. Da lassen sie die Mädels anschaffen, der *Avvocato* und sein frommer Cousin! Versteht man das unter Spenden sammeln?«

Die Wohnungstür wurde aufgeschlossen. Blessing kam aus dem Krankenhaus zurück. Aufgeregt. Grace' Zustand hatte sich leicht gebessert, es waren Reaktionen gemessen worden. Außerdem saß seit gestern ständig ein Polizist vor Grace' Zimmertür. Sicherheitsmaßnahme, hatte der Beamte geantwortet. Außer Blessing durfte niemand mehr Grace besuchen, eine Anordnung von *Commissario* Pantaleo Cozzoli. Was hatte den denn plötzlich geschüttelt?

Als Blessing von Yasmin hörte, sprang sie fassungslos

auf, rannte außer sich vor Empörung durch den Salon. Noch ein Mädchen aus ihrem Dorf nahe Benim City! »Ich bin sicher, wir wurden alle von demselben Mann angeworben. Er hat in einem sozialen Projekt der Kirche gearbeitet, alle haben ihm vertraut.«

Sie würden Yasmin verstecken müssen, bis Cozzoli für sie Zeugenschutz gegen ihre Aussage rausrückte.

»Elisabetta, bei dir wäre das perfekte Versteck«, pirschte sich Elena heran.

»Wie stellst du dir das vor? Mein Vater bekommt eine Herzattacke, wenn er mitkriegt, dass Illegale im Palast seiner Familie ...«

»Er muss es ja nicht erfahren«, wandte Elena geduldig ein.

»Ich mache mich strafbar.«

»Jetzt sei mal ein bisschen mutig!« Elena wurde ungnädig. Sie hatte so etwas schon erwartet. »Dein Familienname wird dich im Notfall retten.«

Sie schaute ihre Freundin ernst an. Hielt ihren Blick fest. Hier ging es um mehr als nur um moralisch einwandfreies Entsetzen und edle Worte.

»Schon gut, schon gut«, stieg Elisabetta mit ins Boot ein.

Elena und Blessing standen vor zwei gegenüberliegenden Reihen einfacher Häuser, unregelmäßig wie Bauklötze aneinandergesetzt, die Fensterläden verschlossen.

Wie sie Yasmin tatsächlich finden und aus der Wohnung rausholen sollten – bislang gab es nur einen vagen Plan. Sie hatten einen Trenchcoat und einen Hut mit breiter Krempe aus der gut gefüllten Garderobe von Elisabettas Mann in eine Tasche gestopft, Hose, Pullover und Turnschuhe von Elisabetta.

Jetzt, am späten Vormittag war kein Mensch zu sehen. Elena und Blessing spazierten durch die Gasse, die nach vielleicht 150 Metern endete und auf eine lang gebogene enge Straße stieß. Sie drehten sich um. Auf diesem kurzen Stück musste es sein. Hinter irgendeiner dieser Türen traf Yasmin ihre Freier. Wenn sie überhaupt gerade da war.

»Eigentlich müsste man einfach laut ›Yasmin‹ brüllen«, sagte Blessing, »aber wer weiß, ob nicht irgendein Aufpasser hinter einem der Fenster sitzt.«

»Wir müssen einfach warten. Wenn sie da ist, wird irgendwann ein bedürftiger Kerl auftauchen.«

Sie postierten sich auf der quer laufenden Straße und spazierten hin und her.

Blessing war sichtlich nervös. Auf Freier warten, das weckte böse Erinnerungen. »Mich haben sie auf der Straße abgestellt. Das erste Mal, als ich abhauen wollte, haben sie mich so verprügelt, dass ich mich eine Woche nirgendwo mehr hinstellen konnte.«

»Wisst ihr in Nigeria nicht, was euch hier blüht?«, fragte Elena. »Das muss sich doch herumsprechen.«

»Inzwischen vielleicht, ja. Und? Warum meint ihr Europäer eigentlich, Tausende Afrikaner verhungern, sterben an Aids und Malaria, lassen sich von irgendwelchen durchgeknallten Diktatoren und ihren drogensüchtigen Kindersoldaten abschlachten und sitzen dabei seelenruhig vor ihren Hütten im Müll, ohne auf die Idee zu kommen, einen Fuß an das andere Ufer in Europa zu setzen? Glaub mir, es gibt viele gute Gründe, durch die Wüste zu wandern und sich in irgendein Boot zu quetschen, ohne genau zu wissen, was dich auf der anderen Seite des Meeres erwartet.«

Blessing machte eine Pause, atmete einmal tief ein und

sah zu Elena, die sie betreten anschaute. »Entschuldige, entschuldigen Sie, *Signora* E...«

»Lass das mal mit der *Signora*«, Elena war ihre altkluge Frage peinlich. »Wir haben tatsächlich keine Ahnung.«

Ein Mann mittleren Alters im dunkelblauen Mantel schlenderte die Gasse hinunter. Er sah aus wie ein Verwaltungsangestellter, der zu früh zum Mittagessen nach Hause ging. Er blieb stehen, blickte suchend über die verwitterten Fassaden, schien eine Nummer oder einen Namen zu suchen, ging schließlich auf eine Tür zu.

»Und los!«

Elena schob Blessing in die Gasse, direkt auf den Mann zu.

»Sie suchen Yasmin?«, Blessing schlenderte mit gekonntem Hüftschwung und professionellem Strahlen auf ihn zu, als ob sie ihn erwartet habe.

»Ist sie nicht hier? Nummer 5?«

Ohne zu antworten, klopfte Blessing an die Tür, und als Yasmin sie vorsichtig öffnete, schlüpfte Blessing hinein. Elena schob sich blitzschnell zwischen die Tür und den verblüfften Mann. »Tut mir leid, aber Yasmin geht es heute nicht gut.«

Elena baute sich vor der Tür auf, betrachtete diesen biederen Freier von oben bis unten, und sagte dann verächtlich: »Weiß eigentlich Ihre Frau, was Sie hier treiben? Die wäre sicher nicht amüsiert. *Buon giorno.*«

Der Mann machte einen drohenden Schritt auf sie zu, doch Elena schob ihn entschieden von sich weg und wiederholte kräftig ihr »*Buon giorno*«. Er ging zögernd einige Schritte rückwärts, blieb stehen, zischte sehr unhöflich »*Puttana!*« und schob ab.

Elena wartete neben der Tür, drinnen hörte sie Yasmin und Blessing aufgeregt miteinander flüstern, sie verstand kein Wort der Sprache, in der sie sich unterhielten, nur das Schluchzen von Yasmin und den drängenden Ton von Blessing.

»Beeilt euch, verdammt! Da kommt wieder einer!«, wisperte Elena und lehnte sich an die Hauswand, als ob sie auf jemanden wartete.

Der, der jetzt langsam die Gasse herunterkam und in sein *telefonino* quatschte, war unangenehm. Elena erkannte ihn sofort. Das war der kurze, quadratische Typ in Lederjacke, der den *Avvocato* in den Palazzo Perrone gefahren hatte. Diego, hieß er nicht Diego? Der war garantiert nicht zu Spielchen aufgelegt.

In diesem Moment öffnete sich die Tür des Appartements und ein Mann mit Hut und hochgeklapptem Kragen eilte heraus, bog nach links ab, während der Ledertyp von rechts nun schnell näher kam. Elena stellte sich vor Yasmins Tür und klopfte kräftig an. Diego stellte sich unangenehm dicht hinter sie. Sie konnte sein schäbiges Rasierwasser riechen.

»Was wollen Sie hier?«, raunzte er Elena an.

»Ich warte auf eine Freundin.«

Er musterte Elena. »Glaube kaum, dass Ihre Freundin hier ist.« Er wollte sich vorbeidrängeln, doch Elena blieb fest verwurzelt vor der Tür, sie musste diesen Diego so lange wie möglich aufhalten.

»Yasmin?«, rief Elena laut und klopfte kräftig.

Doch der Typ brach mit Gewalt die Tür auf, hechtete die Treppe hinauf in das Zimmer. Elena folgte ihm ohne nachzudenken. In dem Zimmer saß Blessing auf dem Bett, schaute ihn kühl an und zeigte ungerührt in den kleinen Flur hinter dem zurückgezogenen Vorhang. »Yasmin ist im Bad.«

Er stürmte vorbei, riss Türen auf, drehte sich um, doch Elena und Blessing waren verschwunden.

Yasmin zwängte sich in eine Kirchenbank ganz vorne im Seitenschiff, halb verdeckt von einer Marmorsäule. Dieser pompöse dunkle Dom war ihr unheimlich. Aber ein guter Treffpunkt, jeder hätte ihr den Weg erklären können, falls sie sich verlaufen hätte. Außerdem waren im Dom immer Besucher, der beste Schutz, falls sie jemand verfolgt haben sollte.

Die Turnschuhe drückten, Elisabettas Hose zwackte am Bauch, aber Mantel und Hut hatten sie zumindest von hinten gut getarnt. Yasmin kauerte in der Bank und zitterte. Vor Erleichterung und vor Angst. Plötzlich hatte Blessing wie ein Engel vor ihr gestanden, sie konnte es immer noch nicht glauben. War sie gerettet? Sie hörte Schritte, jemand schob sich neben sie in die Bank.

»Kommen Sie«, sagte eine Frauenstimme leise, »stehen Sie auf und kommen Sie bitte mit mir mit.«

***

Cozzoli war nicht erreichbar. »Nicht vor morgen Vormittag. Hat einen Einsatz«, wiederholte der Beamte am Telefon monoton. Einen verlängerten Feiertagseinsatz, vermutete Elena. Egal, sie würde bis morgen mit ihrer Zeugin warten müssen.

Elenas Nerven flatterten noch immer. Sie bestellte für sich und Blessing zwei weitere Grappa am Tresen des Caffés. Es war Mittagszeit, Studenten drängelten sich um die kleinen Tische, aßen *pizzette* und *panini*. Auch diesen zweiten Grappa hatten sie sich verdient, egal, was der erstaunte Barmann gerade dachte – Ausländerinnen hatten eben merkwürdige Gewohnheiten. Elena und Blessing lächelten einander an. »*Salute!*«

Im Zickzack war Elena hinter Blessing durch die Gassen gejagt, die Angst im Nacken und den Lederjackentypen vermutlich auch. Oder nicht? Sie hatten sich auf ihrer Flucht nicht umgedreht. Waren einfach gerannt, bis sie die belebte Viale dell'Università erreicht hatten. Auf dem breiten Bürgersteig waren sie in einem Pulk Studenten untergetaucht und – langsam, ganz ruhig, kein Grund zur Aufregung – zur Porta Napoli geschlendert. Im ersten Café hinter dem Stadttor verschwanden sie. Sie hatten den Kerl offensichtlich abgehängt.

Elenas *telefonino* piepte. Eine SMS von Elisabetta: *Tutto ok*. Mit zwei Klicks leitete Elena die Nachricht an Michele weiter. Die Antwort kam prompt, noch vor dem dritten Grappa: »*Baci!!*« und der Link zu einer Website.

35

Pantaleo Cozzoli wusste noch immer, wann seine Zeit gekommen war. Wie ein Adler, der geduldig am Himmel kreist, konzentrierte er sich auf seine Beute, die noch seelenruhig am Boden herumhoppelte. So überflog er an diesem 2. Januar noch einmal die Abhörprotokolle der vergangenen Tage. Ein starkes Stück Vetternwirtschaft in diesem ehrenwerten Städtchen lag auf seinem Schreibtisch. Aufgeschreckt von dieser nervigen Deutschen am Tag zuvor und nach einem Anruf am frühen Morgen aus der Abhörzentrale entschied er: alles klarmachen zum Sturzflug, den Rest der Welt weiträumig ausblenden, keinerlei Störung von außen zulassen und absolute Konzentration. Er ging mit ausgewählten Beamten in Klausur, spielte mit ihnen alle möglichen Varianten des Einsatzes durch und nervte sie gehörig mit seinem pingeligen Perfektionismus.

Der *Questore* weilte noch immer im Urlaub, Cozzoli würde ihn erst kurz vorher, sehr kurz vorher, informieren. Eine mögliche Dienstaufsichtsbeschwerde fürchtete der *Commissario* kaum, er würde seinem Chef ein Abhörprotokoll unter die Nase halten, in dem für »unseren teuersten Lorenzo« eine gewisse Monica, Brasilianerin mit lasziven Massagetechniken, gebucht worden war. Allein der Verdacht, um welchen Lorenzo es sich wohl handeln könnte, sollte ausreichen, weitere innerbetriebliche Dissonanzen zu verhindern.

***

Ärger, schon wieder Ärger. *Avvocato* Alberto Santoro Galloso saß im Fond seines Alfa Romeo, streckte die Beine lang aus und lehnte den Kopf zurück. Er hätte zufrieden sein können, als er sich an diesem 2. Januar von Diego durch die Nacht chauffieren ließ.

Die Partys im Palazzo Perrone wiederzubeleben, war seine geniale Idee gewesen. Er konnte sich vor diskreten Anfragen kaum retten, jeder wollte dabei sein. Inkognito natürlich. *Avvocato* Galloso – er würde sich einen brillanten Gastgeber nennen – hatte Mühe, den Kreis überschaubar und exklusiv zu halten. Exotische Spielereien in barockem Gemäuer, nicht einmal sein frommer Cousin Francesco konnte da widerstehen. Natürlich nicht.

Aber in diesen Feiertagen, die eigentlich Höhepunkt der Saison hätten sein sollen, steckte der Wurm. Das Problem mit den Afrikanerinnen, jetzt waren schon zwei abgehauen, das roch nach Ärger mit der Polizei. Er hatte natürlich vorgesorgt, aber die Presseberichte über Gewalt an Ausländern konnte nicht einmal der *Questore* ignorieren.

Dazu kam der Stress mit Francesco, der kriegte weiche Knie. Galloso würde sich etwas ausdenken müssen, damit sein Cousin nicht durchdrehte. Die gemeinsamen Geschäfte im Palazzo Perrone und mit den Mädchen liefen zu gut, als dass er auf den *Padre* verzichten konnte. Francesco sicherte den Nachschub durch seine Kontakte zu den Nigerianern und brachte die Mädchen, nachdem sie einige Tage offiziell im Immigrantenheim verbracht hatten, in Häusern seiner Gemeinde unter. *Avvocato* Galloso verteilte Zeitverträge, für Kellnerinnen, Zimmermädchen, Köchinnen, Gärtnerinnen – alles Jobs, die Immigrantinnen gut erledigen konnten. Mit Einladungsschreiben und diesen Arbeitsverträgen konnte er die Mädchen sogar ganz legal aus dem Immigrantenheim abholen und ihnen mit einer Aufenthaltsgenehmigung vor der Nase herumwedeln. Dafür taten sie alles. Die meisten zumindest. Wie Hündchen, die dem Wurstzipfel hinterherspringen.

Alles war rund gelaufen. Bis der brave Wirt sich verplappert und er, Alberto Santoro Galloso, treffend kombiniert hatte: Der Sohn des *Padre* trieb sich tatsächlich im Städtchen herum. Aber dann war dieser Michele zusammen mit dem unverschämten Trödler, dieser Schwuchtel, im Palazzo Perrone aufgetaucht, Diego hatte ihn als den neuen Kellner erkannt, zum Glück.

Aber warum hatte er das alles Francesco auf die Nase binden müssen? ›*Padre*, dein Sohn ist heimgekommen ...‹ Warum hatte er sich nicht beherrscht und die Angelegenheit selbst erledigt?

Die Verlockung war zu groß gewesen, endlich mal wieder Francesco, diesem ewigen Weichei, einen einzuschenken. So wie früher, wenn Alberto ihm einen toten Frosch in den Schuh gesteckt hatte. Oder wenn Francesco beim ›um die Wette Pinkeln‹ zwischen den anderen Jungs vor Aufregung nicht ein einziges Tröpfchen absondern konnte, aber natürlich der Letzte war, der noch verkrampft, mit offenem Hosenstall im Rosenbeet stand, wenn seine Mutter zeternd durch den Garten rannte und ihm – und nur ihm – ein paar Ohrfeigen verpasste.

Unwiderstehlich gute Geschichten, selbst heute, während er in der Dunkelheit auf den Lederpolstern seines Alfa Gedanken wälzte, musste Alberto noch darüber grinsen.

Oder damals, die kleine, heimliche Freundin von Francesco. Er frischgebackener *Padre* und sie sein Engel ... nein, diese Erinnerung war nicht witzig. Diese kleine Zicke, die hätte der *Avvocato* gerne selbst gehabt und es hinterher seinem Cousin voller Wonne lang und breit und detailliert aufs Brot geschmiert. Sogar als sie schwanger war, hätte er gerne noch zugegriffen ... *vabbe', acqua passata.* Vorbei. Seinen Scherz mit den ›späten Vaterfreuden‹ hatte Francesco nicht komisch gefunden. Humor hatte er noch nie gehabt.

Natürlich hätte er sich gegenüber seinem Cousin diese pubertäre Boshaftigkeit verkneifen sollen. Die gegenseitigen kleinen Gefallen der Cousins ergänzten sich großartig.

Genug mit dem Verdruss. Der *Avvocato* hob den Kopf und schaute aus dem Fenster. Lichter einer Ladenzeile flogen vorbei. Noch ein paar Minuten bis zur Altstadt, genug Zeit, um seine ramponierte Partylaune mit einem Näschen Koks wieder aufzufrischen. Er griff in die Innentasche seines hellgrauen Cashmeremantels, wurde jedoch brüsk gestört.

»Vorsicht, die Bullen!«, zischte Diego.

Eine Straßenkontrolle am Eingang zur Altstadt winkte den Wagen heraus. Diego musste aussteigen, Versicherungspolice und Führerschein aus seiner Lederjacke ziehen. Im gleichen Moment sprangen drei Bullen in Zivil ins Auto. Einer links, einer rechts auf die Rückbank zum *Avvocato*, ruck, zuck hatten sie seine hübsche kleine Pistole aus der Innentasche gezogen.

Der dritte Bulle nahm auf dem Beifahrersitz Platz. Als er sich nach hinten umdrehte, erkannte der *Avvocato* die erbärmliche Brille und wusste, dass *Commissario* Pantaleo Cozzoli persönlich im Auto saß.

»Alles in Ordnung, *Avvocato*. Wenn Sie kooperieren, wird sich das sicherlich positiv für Sie auswirken.« Cozzolis Stimme war dunkel und energisch, der Blick, den er seinen Worten hinterherschickte, höchst unangenehm.

Den Streifenbeamten, der draußen Diego festhielt, brüllte er an: »Los, los, Knarre aus der Tasche ziehen und mir wieder reinsetzen.«

Sobald Diego wieder saß, rammte Cozzoli ihm seine Pistole in die Rippen. »Du fährst uns jetzt ganz ruhig zur Party im Palazzo Perrone und sorgst dafür, dass uns freundlicherweise das Tor geöffnet wird. Ohne dass die Festlichkeit gestört wird, versteht sich.«

Diego drehte sich mit fragendem Blick zu seinem Chef um. »*Capito?*«, raunzte Cozzoli. Der Wagen rollte los.

Vor dem Tor des *Palazzo* warteten schon maskierte Beamte, die, als sich das Tor öffnete, mit dem Wagen in den Hof stürmten, die Treppe zur Loggia hinauf und in die Salons. Die Überraschung war perfekt. Empörte Rufe, Kreischen, das Licht ging an, von außen sah Cozzoli Herren wild gestikulieren, Arme hochreißen, einige versuchten zu flüchten, doch die Ausgänge waren abgeriegelt. Cozzoli stand befriedigt neben dem eleganten Alfa, aus dem Fenster fluchte der *Avvocato:* »Dies ist eine private Party! Das werden Sie bereuen!«

»Wie viele Damen haben Sie dort oben angestellt? Welcher Tätigkeit gehen sie nach? Morgen haben wir alle Zeit der Welt, diese Details zu klären. *Buona notte*«, knurrte Cozzoli, gab einem Beamten das Zeichen, den *Avvocato* abzuführen. Dann stieg der *Commissario* in die Partysäle hinauf, um seinen Beutezug zu begutachten.

25 Frauen wurden vorläufig festgenommen, ebenso einige bedeutende Herren, die sich in höchst unvorteilhafter Lage in Separees und Betten gelümmelt hatten. Dazu gab es Tütchen weißen Pulvers und hinter einer Tür im ersten Stock noch einen unvermuteten Schatz. Die Karten waren zwar flugs unter den Tischen verschwunden, doch ange-

sichts der Barschaft, die herumflog, war die Sache klar: illegales Glücksspiel.

Pantaleo Cozzoli schlenderte zufrieden durch die Säle. Seine Beamten nahmen bewundernswert stoisch die Personalien der Herren im edlen Zwirn auf. Einige echauffierten sich, andere reichten gelassen arrogant ihren Ausweis, darauf vertrauend, dass allein ihr guter Name diese Polizeiwichtel im Boden versinken lassen würde. Aber Cozzoli hatte seine Truppe erstklassig präpariert, sie blieb beim Bankdirektor wie beim Bürgermeister des Dorfes San Donaldone gleichermaßen korrekt und kühl.

Drogen, Prostitution, Glücksspiel: keine schlechte Bilanz. Und das war vermutlich erst der Anfang. Cozzoli erwartete noch einen weiteren Fang, einen Mann, der blöderweise mit dem *Avvocato* telefoniert hatte. Den würde Cozzoli nicht nur wegen seiner Falschaussage festnehmen.

»*Don* Francesco ist nicht anwesend«, meldete Pinto, der inzwischen zu Cozzolis engstem Mitarbeiter geworden war.

»Okay, dann Plan B, Festnahme in seiner Wohnung, sofort.«

Pinto senkte den Blick auf seine Fußspitzen.

»Ja, was? *Avanti!!*«, Cozzoli klatschte in die Hände.

»Wir brauchen hier noch alle Männer, es gibt eine Verlustmeldung«, nuschelte Pinto, »*Avvocato* Galloso ist verschwunden.«

»Der – ist – WAS?«, explodierte Cozzoli.

»Abgehauen. Hat den zuständigen Kollegen mit einem gezielten Hieb bewusstlos geschlagen, trotz Handschellen. Überraschungseffekt.«

Cozzoli wirbelte mit den Armen, stampfte durch den Hof und bellte: »Aber er kann nicht raus. Unmöglich. Hier kommt überhaupt gar keiner raus! Nehmt die Hütte auseinander! Stein! für! Stein!«

Cozzoli war eine Furie. Diese Strandgänger! Er nahm Pinto zur Seite. »Du kontrollierst das hier weiter, ich kaufe mir den *Padre*. Sonst verschwindet der auch noch. Die Frauen brauche ich später in der *Questura*. Alles klar?«

***

Don Francesco hatte nach dem Anruf des Cousins hastig seine Tasche gepackt. Er eilte über den Parkplatz vor der Chiesa del Carmine und wäre fast in die kräftige Gestalt hineingelaufen, die auf der dunklen Piazza direkt auf ihn zuging.

»*Buona notte, Padre*. So spät noch unterwegs?«

Erschrocken blieb *Padre* Francesco stehen, schaute zu Cozzoli hoch, sammelte sich aber schnell und lächelte schief.

»Sagen Sie lieber: so früh! So früh schon unterwegs. Ich bin auf dem Weg zu meiner Mutter, wenn Sie erlauben. Ein Rückzug in die Stille der Natur. Die frühe Morgensonne im Olivenhain genießen, diesen ganz besonderen silbrigen Glanz ...«

»Jetzt mal halb so heilig, *Padre*«, Cozzoli war auf dem Tiefpunkt seines humoristischen Gemüts. »Sie sind nicht zufällig von einem Anruf des *Avvocato* Galloso zu dieser Einkehr in die Stille inspiriert worden?«

»Nicht dass ich wüsste. Dürfte ich jetzt bitte zu meinem Wagen gehen?« *Don* Francesco Stimmlage wechselte von meditativ zu klirrend kalt, seine Brauen zogen sich zusammen.

»Sie dürfen mir zunächst in die *Questura* folgen. Sie haben sich wegen einer Falschaussage und des Verdachts auf Förderung der Prostitution zu verantworten. Das reicht für eine Festnahme.«

»Machen Sie sich nicht lächerlich.« Er versuchte entschlossen, am *Commissario* vorbeizugehen, doch Cozzoli stellte sich breitbeinig vor ihm auf.

»Ich beliebe um diese Uhrzeit nicht zu scherzen, *Padre*. Ich kann Ihnen gerne Handschellen anlegen, falls Sie einen Auftritt als Märtyrer bevorzugen.«

Cozzoli bemerkte ein kurzes Flackern in den Augen des *Padre*, das ihn warnte. Zu spät. Die Tasche des Geistlichen knallte mit Schwung an seinen Kopf. Cozzoli taumelte, stützte sich an einem parkenden Auto ab und schaute sich verwirrt um. Er hörte schnelle Schritte hallen und sah nur noch den Schatten um die Hausecke verschwinden.

Der *Commissario* kochte. Ein tiefer Atemzug, dann rannte er los. In die verwinkelte, enge Einbahnstraße hinein, die sich zwischen verwahrlosten hohen Palazzi in Richtung Kloster und Vico del Sole schlängelte. Wollte der *Padre* bei den Huren und Nonnen Schutz suchen? Der Schatten entwischte immer wieder hinter einem Winkel, einem Knick in der Straße. Cozzoli verfluchte seine Ledersohlen auf dem feuchten löcherigen Asphalt und den guten Rotwein der vergangenen Wochen. Dann ein Schrei.

Cozzoli blieb stehen. Er hörte keine Schritte mehr, nur leises Stöhnen. Cozzoli ahnte es: Er trabte weiter und schaute in die Grube der römischen Straße. Das rot-weiße Absperrband flatterte zerrissen im Wind.

Mit dem humpelnden, verdreckten *Padre* in Handschellen am linken und einer Reisetasche am rechten Arm tauchte der *Commissario* in der *Questura* auf.

Er übergab den *Padre* einem Beamten, winkte Pinto zu sich und ging mit ihm in sein Büro zur Lagebesprechung. Die Einsatztruppe war zurückgekehrt, Verhöre wurden mit den Gästen der pikanten privaten Party geführt. Die meisten durften nach Hause gehen, bis auf die Kartenspieler, Kellner und Türsteher und natürlich Diego, Chauffeur und persönlicher Assistent des *Avvocato*. Einige Kollegen waren eingeknickt und hatten ihn beschuldigt. Doch bislang glotzte Diego nur blöd und schwieg wie ein Karpfen.

Cozzoli gab weitere Anweisungen. »Wir machen sofort eine Gegenüberstellung mit den Prostituierten, danach darf *Don* Francesco seine ramponierte Erscheinung aufmöbeln und heute Nacht in einer unserer Zellen meditieren.«

Pinto faltete die Hände hinter dem Rücken und räusperte sich verlegen.

»Du machst mich wahnsinnig, Pinto. Rede ich chinesisch?«, fuhr ihn der *Commissario* an.

Sein Mitarbeiter schluckte, er sollte die Beichte schnell hinter sich bringen. Also: Der *Questore* war am Palazzo Perrone aufgetaucht. Stinksauer, was Cozzoli einfiele, während der Feiertage, noch dazu in seinem Urlaub, eine derartige Razzia zu veranstalten. Bei einigen Gästen hatte er sich persönlich für die Unannehmlichkeiten entschuldigt und sie nach Hause geschickt.

Just als die Frauen aus dem Palazzo ängstlich in den hell erleuchteten Innenhof stöckelten, bremste ein niedriger Sportwagen vor dem geöffneten Tor. Ein *Signor* mit wehendem Mantel eilte auf die Polizisten zu und winkte mit einer Mappe.

»Ich bin der Anwalt der Frauen! Wer ist hier der Verantwortliche?« Der *Questore* übernahm das Kommando. Der Anwalt reichte ihm säuerlich lächelnd die Mappe.

»Ich habe die Aufenthaltsgenehmigungen, ich vermute aller Frauen, die sich hier befinden. Sie waren Gäste auf seiner privaten Party, versicherte mir soeben *Avvocato* Galloso telefonisch. Es gibt keinen Anlass, sie festzuhalten.«

Questore Lorenzo Paglia sah sich die mitgebrachten Papiere durch, nahm den Mann für ein Gespräch zur Seite, nickte verständig und winkte die Frauen heran. Er las Namen von einer Liste vor, die Aufgerufenen durften sich zum Anwalt gesellen. 25 Namen von 25 Frauen. Der Anwalt führte die Damen zu einem Kleinbus, der vor dem Palazzo Perrone wartete. Sie stiegen ein, der Anwalt schob die Tür zu und der Bus brauste von dannen. Sämtliche Prostituierte waren verschwunden. 25 auf einen Streich.

Pinto seufzte, starrte auf seine Fußspitzen. Vorsichtig riskierte er einen Blick auf die bedrohlich anschwellenden Augen des *Commissario*.

»Und dieser Galloso, wo ist *Avvocato* Galloso?«, bellte Cozzoli.

Pinto entschied, den Rest schnell hinter sich zu bringen. »Wir haben alles abgesperrt und auf den Kopf gestellt, einen Hund auf seine Spur gesetzt. Aber ...«, er hob ergeben die Hände, »er bleibt verschwunden.«

Der Hund war durch den Hof gestromert, hatte die Spur aufgenommen und in einer dunklen Ecke eine Tür entdeckt, die zu alten Lagerräumen im Souterrain führte. Er hatte sich durch einen niedrigen Gang geschnüffelt, der sich teilte und tiefer hinunterführte. Dahinter befand sich ein modriger Geheimgang, der im Keller eines benachbarten Palazzo endete, ebenfalls unbewohnt, die Tür zum Garten im Innenhof stand offen. Von dort brauchte man nur noch über eine halb verfallene Mauer zu klettern. Das war's.

»Der *Questore* wünscht, Sie morgen Vormittag zu sprechen, *Commissario*«, stammelte Pinto abschließend.

Cozzoli sprang auf, sein Bürostuhl flog gegen das vollgestopfte Regal, und er fegte mit einem wütenden Armschwung über den Schreibtisch, sämtliche Papiere und Stifte flogen durch den Raum, die Schreibtischlampe landete scheppernd auf dem Boden. »Was ist das hier für eine Gurkentruppe?«, brüllte er los und verpasste dem blechernen Papierkorb einen Tritt. »Ich habe viel über den Süden gehört, jawohl, aber DAS holt jeden Kronleuchter von der Decke!« Er fegte durch sein kleines Büro, riss das Fenster auf, hielt seinen Kopf in den feuchtkalten Nachtwind.

»Wo sind die Frauen jetzt?«, fragte Cozzoli nach einer Weile zermürbt.

»Keine Ahnung«, seufzte Pinto leise. Also keine Gegenüberstellung mit dem *Padre*. Keine Zeugenaussage von einer Frau, der der *Avvocato* »einen Job« vermittelt hatte. Genauer: die bestellt und zur Prostitution gezwungen worden war – Opfer des modernen Sklavenhandels. 25 von ihnen fuhren jetzt durch die Nacht, irgendwohin. In irgendeine andere Stadt in Italien. Oder sonstwo.

»Den *Padre* behalten wir trotzdem hier. Dass Fluchtgefahr besteht, hat er selbst hinreichend bewiesen.«

36

Selten war der *Osservatore di Lecce* schon am Morgen so uninteressant gewesen wie an diesem 3. Januar. »Das Glück verfehlt Apulien« titelte die Tageszeitung beleidigt und lamentierte, dass die Hauptgewinne der nationalen Lotterie den Norden und das Zentrum Italiens mal wieder etwas reicher gemacht hatten. Der arme Süden dagegen – das Übliche. Diese Titelgeschichte traf die patriotische Ader der Leser. Leider sollte diese schicksalhafte Ungerechtigkeit gar nichts mit der morgendlichen Aufregung im *Caffè* Alvino und in der benachbarten Redaktion des *Osservatore* zu tun haben, die sich im Laufe des Vormittags im Städtchen verbreitete.

Der eigentliche Knaller des Tages hatte Marcello Epifani, den Polizeireporter des *Osservatore,* kurz vor Sonnenaufgang aus dem Bett gescheucht, genauer: sein Freund in der *Questura.* Hätte der nicht früher anrufen können, bevor die Zeitung fertig gedruckt war? Für diesen Skandal wären die Druckmaschinen angehalten worden.

Die offizielle Bestätigung schob sich im Laufe des Vormittags durch das Faxgerät der Redaktion. Kurz und nüchtern im Stil, umso explosiver der Inhalt. Die Razzia im Palazzo Perrone und vor allem die Festnahme des *Padre* – das waren satte Skandale, von denen jeder Lokalreporter nur träumen konnte. Marcello Epifani hatte den Aufmacher verpennt, also informierte sich die Öffentlichkeit via *Caffè*

Alvino. Wie üblich bei allem, was nach Redaktionsschluss geschah oder nicht den Weg ins Blatt fand. Denn die professionell schwatzhaften Redakteure, die vor dem ersten *caffè* nicht in der Verfassung waren, klare Fragen oder gerade Sätze zu formulieren, brabbelten sich am Tresen des Cafés erst mal warm. Was die erfahrenen *baristi* beim Tresen abwischen, Tässchen verteilen und einsammeln, gezwungenermaßen aufschnappten, war in Lichtgeschwindigkeit Stadtgespräch.

Ein geheimer Edelpuff in der Altstadt, nun, das war schon eine knackige Geschichte. Die Beigaben Glücksspiel und Verdacht auf Frauenhandel dramatisierten die Angelegenheit, vor allem aber die filmreife Flucht des stadtbekannten Gastgebers. Ein Feuerwerk der Gerüchte entbrannte um die Gästeliste im Party-Puff-Palazzo, denn, wie auch immer das möglich war, kein einziger Name sickerte durch.

Nur mit der Festnahme von *Don* Francesco hatte sich dieser neue *Commissario* aus Milano offensichtlich vergriffen. Ein Missverständnis, meinten die einen. Was bildete der sich eigentlich ein, die anderen. Keine Frage, erklärten Bischof und Bürgermeister unisono, *Don* Francesco musste vor dieser weltlichen, willkürlichen Justiz bewahrt werden.

***

»Elena Margarethe, stell dir vor ...«, in flatterndem Habit und mit leicht überdrehtem Tonfall überfiel *Suora* Benedetta ihre Nichte vor der Klosterkirche. Die Nonne und ihre Schwestern waren mit der erschütternden Nachricht bereits in der Morgenandacht konfrontiert worden und hatten ihr Frühgebet dem Bruder hinter Gittern gewidmet.

Die verschlafene Elena, die nach einer langen Nacht bei Elisabetta mit Yasmin und Blessing jeden Glauben an Wohltätigkeit verloren hatte und ihre Gedanken auf das Nächstliegende, den *caffè* im Alvino, zu fokussieren versuchte, traf auf der Straße die entflammte Schwester Benedetta, die ihre Stimme in missionarischem Eifer hochschraubte und die Unverfrorenheit eines Mailänder Heiden derart feurig anprangerte, als wäre sie frisch einer Kaderschulung für christliche Fundamentalisten entsprungen. Elena verstand zunächst gar nichts, sie wachte erst auf, als ihre Tante sagte: »Es würde mich sehr erfreuen, auch dich, liebe Elena Margarethe, heute Nachmittag zu sehen.«

»Wo?«

»Im Dom. Beim Bittgottesdienst!« Sie bekreuzigte sich eilig zwischen zwei Hurenwohnungen, wo eine Madonna mit Plastikblumen und elektrischer Kerze hinter Glas stand.

»Wofür, wogegen?« Elena war immer noch nicht auf dem energetischen Niveau ihrer Tante.

»*Don* Francesco natürlich. Die Gemeinde betet für ihn, das ist ja wohl das Mindeste!«

Elena lief verwirrt noch ein Stück neben ihrer Tante her und als die sich erneut vor der *Chiesa* San Mateo bekreuzigte, hatte Elena zumindest verstanden, dass *Commissario* Cozzoli, dieser Mailänder Heide, die Unverfrorenheit besessen hatte, *Don* Francesco zu verhaften.

»Warum?«

»Was ›warum‹?«, fragte die Nonne erstaunt.

»Warum wurde *Don* Francesco verhaftet?«

Die Nachfrage brachte die Tante kurz aus dem Konzept. Einen verdienten, würdigen Geistlichen, hoch geschätzt auch vom Bischof, nachts vor seiner Wohnung überfallartig festzunehmen, was waren das bitte für Manieren?

***

Am Nachmittag war der Dom vollbesetzt wie sonst nur zu Weihnachten und Ostern. Selbst in den Kapellen der barock ausgeschmückten Hallenkirche drängelten sich die Bürger, um Solidarität und christliche Nächstenliebe zu zeigen. Marcello Epifani hatte sich rechtzeitig an einer der Säulen nahe des Altars postiert und sah befriedigt, was er erwartet hatte: Jenseits aller politischen Grabenkämpfe saßen Linksdemokraten und ehemalige Faschisten der *Alleanza Nationale* friedlich nebeneinander in der Kirchenbank.

Bischof Lupi persönlich hielt den Gottesdienst für Bruder Francesco ab, gedachte seines humanitären Engagements, machte eine Verrohung der Sitten aus, die mit der Schändung der Krippe ihren bis dahin deutlichsten Ausdruck gefunden hatte, und zog eine Linie zur überraschenden Festnahme »unseres teuren Bruders«, denn was war seitdem zur Aufklärung dieser Gräueltat unternommen worden? »Wurde diese Tat, die uns vor dem Heiligen Fest so sehr schmerzte, inzwischen aufgeklärt? Nein!«, donnerte es zur kostbaren Kassettendecke aus dunklem Holz mit Gold verzierten Blüten empor. »Stattdessen wurde einer unserer Brüder verhaftet!«

Es folgte eine Abhandlung über Leidenswege und Jesus Christus, aber auf dem Notizblock von Marcello Epifani leuchtete bereits der rote Faden seines Artikels und jeder in der Kirche würde ihm zustimmen: Dieser *Commissario* taugte nichts.

Aber es sollte noch nicht genug des Leidensweges sein und Marcello Epifani an diesem Tag noch einiges zu tun bekommen. Kaum war der *Questore* gesenkten Hauptes aus dem Dom geschlichen, sickerte die Nachricht durch, *Padre* Francesco sei bereits auf freiem Fuß, eine persönliche Anordnung des *Questore*. Das nahm der Polizeireporter befriedigt zur Kenntnis und änderte seinen Artikel über die bewundernswert breite Solidarität für *Padre* Francesco, notwendig und gerechtfertigt angesichts eines fragwürdigen *Commissarios*. Doch Marcello Epifani kam richtig ins Schwitzen, als er seine E-Mails kontrollierte.

Ein unbekannter Absender hatte ihm Links geschickt, die zu Fotos im Internet und einem Video bei *Youtube* führten. Kurz darauf kam sein Kollege aufgeregt aus dem *Caffè* Alvino und zeigte ihm Zettel, auf denen die gleichen Links vermerkt waren. Jemand hatte sie in der ganzen Stadt verteilt, sie waren in den Regalen einiger Buchläden und Weinhandlungen aufgetaucht, klemmten in Zeitungsständern, waren in Kirchenbänken liegen gelassen worden oder eben in der Zuckerdose im *Caffè* Alvino. Hauptdarsteller der Veröffentlichungen: *Don* Francesco.

Er war auf den alten Fotos erkennbar, die jetzt im Internet kursierten. Deutlich jünger und schlanker und mit vollerem Haar, ein bisschen unscharf und oft schräg aus merkwürdigen Perspektiven aufgenommen. Im Vico del Sole, links die karge, mächtige Klostermauer, rechts die Türen der kleinen Wohnungen, halbhoch geöffnet, hier und dort lächelten vollbusige Damen über die Brüstung. Auf einem anderen hatte er eine junge, nicht erkennbare Frau auf dem Schoß, seine Hand in ihrer Bluse. Dann ein kitschiger, handgeschriebener Liebesbrief, der von überschäumender Wollust und dem köstlichen Schmerz der

Sünde schmachtete, in dem er drohte, sich umzubringen, sollte sie (der Name war geschwärzt) nicht zum nächsten Treffen erscheinen.

»*Oh Dio!*«, stöhnte Epifani, dies alles war schon so unerträglich peinlich, dass selbst der ausgebuffte Lokalreporter zögerte. Wollten die Leser das wirklich wissen? Aber es war erst das Vorspiel. Verlinkt waren die Seiten mit einem aktuellen, grobkörnigen Video, in dem *Don* Francesco zu sehen war, in flagranti mit einer Afrikanerin in dunkelroter Spitzenwäsche. Kurz nur, aber erkennbar und eindeutig genug. Unterlegt war es mit dem Kommentar einer Frau, die Englisch sprach und *Padre* Francesco bezichtigte, Frauen aus dem Immigrantenheim an einen Ring von Frauenhändlern zu liefern. Sie nannte Wohnungen in der Altstadt und den Palazzo Perrone, wo sie zur Prostitution gezwungen worden sei, um 75 000 Euro für eine Aufenthaltsgenehmigung und ihre Reisekosten abzuarbeiten. Sie habe dem *Padre* zunächst vertraut, erst als er im Palazzo Perrone aufgetaucht sei, habe sie verstanden, dass er an dem Geschäft beteiligt gewesen sein musste. »Viele meiner Freundinnen aus Nigeria sind verschwunden. Sie wurden von Unbekannten aus dem Immigrantenheim abgeholt und weggebracht. Ich bin sicher, es waren keine Polizisten.«

Nachdem Epifani das Video gesehen hatte, stürmte er in die Chefredaktion. Dazu konnte der *Osservatore di Lecce* wahrhaftig nicht schweigen.

37

»Das ist Yasmins Stimme«, sagte Michele. Während im Dom der Bittgottesdienst abgehalten wurde, surfte Michele in der kleinen Wohnung hinter Gigis Laden mit Elena im Internet und zeigte ihr auf seinem Notebook, warum er in Rom gewesen war.

Nachdem er Cosima von dem Geschäft mit den Afrikanerinnen erzählt hatte, hatte sie entschieden, es sei genug gelogen worden. Die Leute sollten wissen, wem und wofür sie eigentlich spendeten. »Ich kündige meine ›Lebensversicherung‹. Komm, mein Junge, wir fahren nach Rom.«

So waren Michele und Cosima in der Silvesternacht in ihrem klapprigen Fiat Bambino nach Rom gejuckelt. Die kompromittierenden Fotos und der Brief waren nur ein kleiner Ausschnitt des peinlichen Materials, das sie bei einem Anwalt in Rom hinterlegt hatte.

»Die hat es derart faustdick hinter den Ohren, Elena, das glaubst du nicht. Allein dieser Weitblick und die Frechheit, den *Padre* heimlich zu fotografieren – damals schon! Und Lucia diesen Brief abzuschwatzen, als Lebensversicherung. Ich schwöre dir, nach drei Tagen und Nächten mit Mimi, der wildesten Frau von Lecce und ganz Süditalien, ist dir nichts mehr fremd.«

Michele hatte das Material mit einem Freund bearbeitet, online gestellt und die kleinen Flugblätter vorbereitet, während Cosima nach vielen, vielen Jahren das erste Mal wieder durch Rom, durch ihre Stadt, gebummelt war. Wie ein junges Mädchen habe sie sich gefühlt, wäre am liebsten in den Treviso-Brunnen gehüpft.

Elena hatte sich den Internetauftritt des *Padre* mit gemischten Gefühlen angeschaut. Es war klar, das Michele das Video gedreht hatte, als Yasmin ins Zimmer gestolpert war. »Was wäre gewesen, wenn wir sie nicht rechtzeitig aus dem Appartement geholt hätten?«

»Ja, aber hättet ihr Yasmin nicht in Sicherheit gebracht, hätte ich das Video wieder gelöscht.«

»Aber warum den *Padre* derart bloßstellen, Michele, das ist doch vor allem deine persönliche Rache.«

»Ohne das Video hätte doch niemand geglaubt, dass diese Ratte seit Jahrzehnten diese Spielchen treibt. Er hätte sich immer rausreden können, von allem nichts zu wissen. Er war ja nur der Lieferant der Frauen. Er hätte den Entsetzten gespielt, den Retter, zutiefst betroffen. Und alle hätten ihm geglaubt. Vielleicht sogar du.«

»Inzwischen nicht mehr. Ich habe lange mit deiner Yasmin gesprochen.«

»Das ist nicht ›meine‹ Yasmin«, zischte Michele leicht gereizt.

»Oh, für sie bist du ihr Retter. Das verbindet, mein Lieber«, spottete Elena. Michele klappte den Computer zu, drehte sich zu Elena um und blitzte sie an.

»Warum bist du so giftig zu mir?«, Michele strich ihr eine Locke aus dem Gesicht, streifte mit seinen Fingern ihre Wange.

Eine Falltür öffnete sich, Elena fühlte, wie sie trudelte und schwindelte und in einen langen weichen Kuss hineinflog. Eine Hand hielt sie im Nacken, zog sie leicht, aber entschlossen an einen warmen Körper. Ah ja, so war das, erinnerte sich jede Pore ihres Körpers erstaunt, so ging das ... doch dann konnte Elena wieder Luft holen und schon klopfte ihr Kontrollzentrum an.

»Das bleibt jetzt aber unter uns«, flüsterte sie und wand sich langsam aus seinem Arm.

»Wie Sie wünschen, *principessa*«, sagte er leise und siegessicher.

In der Redaktion des *Osservatore* wackelten die Wände. Marcello Epifani hatte angesichts des Videos die Seiten gewechselt: »Wir können dazu nicht schweigen!« Doch die Chefredaktion wollte die Nachricht über dieses »*video hard*« nicht bringen. Der Bischof persönlich hatte sich in die Leitung gehängt. Bevor die Seiten im Internet jedoch gesperrt wurden, waren sie bereits von vielen Neugierigen angeklickt worden. Als abends schließlich sogar lokale Fernsehsender etwas über ein Video im Internet andeuteten, bekam Marcello Epifani grünes Licht: Der Polizeireporter schrieb den Aufmacher für den folgenden Tag zum dritten Mal um.

38

Commissario Cozzoli tobte. Zwar hatte er *Questore* Paglia parieren können – das Abhörprotokoll wirkte nachhaltig – sein einziger Erfolg aber war vergleichsweise mager: Er hatte sich Lederjacken-Diego vorgeknöpft, sich in jede seiner dürftigen Äußerungen wie ein Terrier verbissen und nicht losgelassen, bis der endlich gestand. Ja, gut, hatte Diego zugegeben, er hätte diese Grace etwas härter als nötig angefasst. Im Auftrag des *Avvocato*. Aber die Schlampe hätte vorher seinen Kumpel bewusstlos geschlagen. Da könnte man schon mal etwas fester zulangen, oder? Die wollte er im Übrigen auch noch wegen schwerer Körperverletzung anzeigen.

»Sei froh, wenn du nicht für Totschlag in den Bau gehst«, hatte Cozzoli ihm gedroht. »Die Frau liegt im Koma.« Gut, wenigstens das war geklärt und per Pressemeldung raus.

Ansonsten war er an allen Fronten abgehängt worden. *Avvocato* weg, Frauen weg, *Padre* frei. Nicht mal die Randalierer der Weihnachtskrippe hatte er erwischt. Oder eine schlichte Ahnung, wo er sie noch erwischen könnte. Ein Desaster auf ganzer Linie.

Außerdem war, kaum hatte der *Padre* seine Zelle verlassen, die Meldung von den Enthüllungen im Internet auf Cozzolis Schreibtisch geflattert. Das nahm der *Commissario* persönlich. Irgendein Schlauberger hatte ihn vorgeführt. Wurden Straftaten künftig virtuell aufgeklärt? Wo war diese Zeugin, deren Stimme er im Video hörte? Sie war die Letzte, die noch dafür sorgen konnte, dass er den *Padre* drankriegte.

Pantaleo Cozzoli hatte es vergeigt und ihm war klar, wen er ansprechen musste. *Porca miseria.* Kleinlaut klingelte er abends bei Gigi und Elena.

Hinter der Tür hörte er einen Mann schräg »*Cosa sarà?*«, von Lucio Dalla trällern, dann öffnete der kleine Junge und hinter ihm tänzelte der Sänger zur Tür – Gigi mit Kochschürze und einem Glas Rotwein in der Hand.

»Verzeihen Sie die Störung, ich bin *Commissario* Cozzoli, Pantaleo Cozzoli.«

Ein köstlicher Duft nach, nach … Cozzoli schloss für einen Moment die Augen, schnüffelte – Gigi wartete einen Moment, bevor er leise verriet: »Schweinebraten mit Fenchel und Kräuterkruste!«

»Fenchel, genau, wunderbarer Duft!« Die beiden Männer verstanden einander. Gigi hatte das einprägsame Gesicht aus der Zeitung sofort erkannt. »Sie suchen meine Nichte? Kommen Sie herein. Wir haben gerade über Sie gesprochen.«

Der Esstisch im *open space-eeh* war lang ausgezogen und festlich gedeckt mit weißem Tischtuch, goldumrandeten Tellern, Silberbesteck und geschliffenen Gläsern. Am Kamin saßen Elena und Michele mit Weingläsern, unterhielten sich angeregt, brachen aber ab, als Cozzoli eintrat. Sie schauten ihn freundlich an. Cozzoli grüßte schüchtern: »Ich wollte nicht stören, aber angesichts der Situation … Ich fürchte, ich hätte mich früher bei Ihnen melden sollen.«

»Setzen Sie sich! Sie kommen genau richtig!«, rief Gigi von seiner Kochinsel herüber: »Möchten Sie ein Glas Wein?«

»Eigentlich bin ich im Dienst, aber –«

»Angesichts der Situation ... kommen Sie, *Commissario,* machen Sie es sich gemütlich, ich decke für Sie noch einen Teller.«

Gigi war unwiderstehlich und in voller Fahrt, der köstliche Duft aus dem Ofen, die Aussicht auf einen vermutlich sehr trinkbaren Rotwein – nach einem derartigen Abgrund seiner Karriere konnte die Willenskraft des *Commissario* dieser Einladung nicht standhalten.

»Sie werden sehen: Hier sitzen genau die Personen, die Sie für Ihre Ermittlungen jetzt brauchen«, Gigi reichte dem geschundenen *Commissario* ein dickbauchiges Rotweinglas. »Wir warten zum Essen nur noch auf einige Freunde. Deren Ankunft dürfte auch in Ihrem Interesse sein. *Salute!*«

Einerseits hätte Cozzoli nicht bequemer ermitteln können. Nachdem er sein heiliges Ehrenwort abgelegt hatte, für Yasmin Zeugenschutz und eine zumindest befristete Aufenthaltsgenehmigung zu beantragen, lockerte sich die Stimmung am Kamin. Auf dem Silbertablett bekam er von Elena und Michele Zeugenaussagen vom Feinsten geliefert, über die gar nicht private Party und die Verhältnisse im Palazzo Perrone. »Unglaublich, der gehört dem Padre?«, ein Detail, das ihm bislang entgangen war. Andererseits fiel er aus allen Wolken, schockiert über die Naivität dieser neugierigen kleinen Truppe. Die Befreiung von Yasmin grenzte an Kamikaze.

»Kann es sein, dass Sie noch nie Ärger mit der Mafia gehabt haben?«, fragte er streng. »Galloso ist zwar ein vergleichsweise kleiner Fisch, aber hinter ihm sitzen andere Leute und die verdienen richtig Geld mit Frauen und Drogen. Die werden äußerst unangenehm, wenn man ihnen ins Geschäft pfuscht. Aber an die müssen wir ran. Dagegen ist dieser *Avvocato*, der sich hier wie ein Gockel aufführt, nur ein Krämer.«

Der *Commissario* guckte in die Runde. Betretenes Schweigen. »Damit das klar ist: Solche Aktionen sind mein Job. Ich habe keine Lust, Sie demnächst aus einem verkohlten Auto sägen zu lassen. Ich habe viele Freunde, die wissen zwar noch nicht genau, wann, aber zumindest, wie sie sterben werden: ermordet von der Mafia. Möge Ihnen das erspart bleiben.«

Cozzoli machte eine Pause. Seine Mundwinkel zuckten kurz, er schloss die Augen und schien abwesend zu sein. Für einen Moment nur, dann war er wieder präsent und nahm einen kräftigen Schluck Wein.

»*Va bene*, jetzt wissen Sie Bescheid. Sparen Sie sich bitte künftig derartige Abenteuer, ob virtuell oder real.«

Es klingelte an der Wohnungstür, Elena sprang auf – endlich! Kurz darauf stürmten Elisabetta, Yasmin und Blessing Gigis Palazzo in einer Wolke aus Parfum mit aufgekratztem »*Ciao!*«, Küsschen und Umarmungen. Die Stimmung hätte kaum sonniger sein können. Blessing verkündete mit gebrochener Stimme die Neuigkeit: Grace war am Abend aus dem Koma erwacht. Sie hatte Blessing erkannt. »Sie hat mich angeguckt und gelächelt.«

Sofern man das in dem zerschundenen Gesicht vermuten konnte. Blessing kamen schon wieder die Tränen. Sie hatte seitdem eigentlich ununterbrochen geheult oder sich geschnäuzt oder mit Tränen gefüllten Augen ins Leere geguckt. »Die Ärzte sagen, sie braucht noch viel Ruhe. Aber sie wird überleben.«

Ob und wann sich Grace überhaupt erinnerte, konnte noch niemand vorhersehen, aber sie reagierte auf ihren Namen. Ein Anfang.

Gigi holte eine Flasche Prosecco aus dem Kühlschrank und füllte die Gläser. Elena schaute zu Michele: »Hast du Cosima nicht Bescheid gesagt?«

Michele schaute auf die Uhr. Eine halbe Stunde zu spät, gut. Eine Stunde war schon sehr ausgedehnt für eine Einladung zum Essen, selbst für eine Süditalienerin. Michele sagte: »Ich sehe mal nach, wo sie steckt.«

39

Der Regen peitschte auf die Gasse, in den Schlaglöchern hatten sich Seen gebildet. Michele zwängte sich auf die Stufe vor Cosimas Wohnungstür. Dahinter fiepte und jaulte Maestro, scharrte aufgeregt und begann hysterisch zu kläffen, als Michele an der Tür rüttelte.

»Mimi? Bist du da?«

Keine Antwort. »Cosima!« Nichts. Nur das hyperventilierende »Jiff, jiff« der watschelnden dicken Wurst hinter der Tür.

Nachbarin Rosella schaute ungnädig aus ihrer Tür und rief verärgert: »*Mimi non c'è!*« Michele und Maestro hatten sie bei ihrer abendlichen Seifenoper gestört. Dann blinzelte sie durch den Regen, erkannte Michele und fügte milder hinzu: »Die ist weg, mit einem Mann.«

Michele stutzte, Cosima hätte nie die Einladung zum Essen bei Gigi vergessen oder ihren Maestro lange alleine gelassen.

»Hat sie gesagt, wann sie wiederkommt?«

»Was weiß ich, sie hatte sich mächtig in Schale geschmissen – solche Absätze!« Rosella zeigte maximale Spanne zwischen Daumen und Zeigefinger. »Der Typ hat sie ziemlich fest gepackt, damit sie überhaupt hinterherkommen konnte«, kicherte sie. »Wirklich charmant sah das nicht aus.«

Das war vor einer guten Stunde gewesen. Ein Mann

mit stoppelkurzen Haaren in dunklem Mantel mit Regenschirm, vielleicht so groß wie Michele, also irgendwie normal, dicklich, nicht besonders freundlich. Genau genommen hatte er ziemlich rücksichtslos an Mimis Tür gepoltert. Gerade als die 15 000-Euro-Frage in der Rateshow gestellt worden war! Der Kandidat hatte geschwitzt wie ein Schwein und Rosella vor Aufregung jede Menge Taschentücher zerknüllt, aber bei dem Krach, wer sollte sich da auf die Frage konzentrieren können? Also hatte Rosella sich aus ihrer Wolldecke gerollt, war vom Sofa gerutscht und zur Tür geschlurft, um diesen Rabauken da draußen runterzuputzen.

»Im gleichen Moment hat Mimi endlich mal die Tür aufgemacht – wie gesagt, die volle Farbpalette im Gesicht, Haare aufgetürmt, echt spitze!«

»Kannte sie den Mann?«

»*Si, si,* schien so. War aber nicht besonders erfreut.«

Sie machte eine Pause und merkte selbst, dass das alles merkwürdig klang. »Keine Ahnung, wer das war. Habe sein Gesicht nicht gesehen.«

Michele zog eine Kundenkarte vom Supermarkt aus dem Portemonnaie. Sein Kartentrick – abgeguckt von Privatdetektiv Magnum aus der amerikanischen Krimiserie – war nicht nur megacool, sondern öffnete auch jede Tür, die, wie Cosimas, nicht abgeschlossen, sondern nur ins Schloss gefallen war.

Maestro sprang aufgeregt an Micheles Beinen hoch, schlabberte seine Hand ab, warf sich auf den Rücken und ließ sich schwanzwedelnd die Plauze kratzen, während Michele sich umschaute. Die Wohnung war hell erleuchtet, keine einzige Lampe ausgeschaltet. In dem kleinen Wohnzimmer sah alles aufgeräumt aus. Auf dem Couchtisch aus

Rauchglas lagen die Autoschlüssel, Maestros Leine hing am Garderobenständer. Michele griff nach beidem, leinte Maestro an und warf die Tür hinter sich zu.

Rosella rückte ihre rot gelockte Perücke zurecht. »Ist etwas passiert?«

»Keine Ahnung. Ich gehe mal schauen, wo sie steckt«, antwortete Michele und lief hinter Maestro her, der freudig schwanzwedelnd in den Regen hinaustrabte. Endlich ging jemand mit ihm Gassi.

Michele hörte noch Cosima, wie sie auf der Rückfahrt von Rom über *Don* Francesco hergezogen war. Hinter dieser frommen, freundlich kontrollierten Fassade lauerte Wut. In die Ecke getrieben, reagierte der *Padre* unkontrolliert, brutal. Cosima hatte es am eigenen Leib erfahren. Lucia auch. Details hatte sie Michele erspart. Er war sich sicher, dass der *Padre* Cosima abgeholt hatte. Sie war schließlich die Quelle der Dokumente, die im Internet veröffentlicht worden waren.

Er wollte sich nicht vorstellen, was Cosima in dieser verregneten Nacht geschehen könnte. Das Risiko hatte er nicht sehen wollen, er hatte nur an sich gedacht, daran, dass Cosima genau die Dokumente in der Hand hielt, mit denen er seinen vermutlichen Vater der öffentlichen Peinlichkeit preisgeben konnte. Er hatte nicht wahrhaben wollen, dass die Situation aus dem Ruder laufen, er den *Padre* nicht kontrollieren könne. Dass der alles tun würde, um zu verhindern, dass Cosima weitere Details auspackte. Zum Beispiel seine Vaterschaft.

Michele stolperte durch den Regen, er hatte in der Eile nur seine Lederjacke übergeworfen und die weichte langsam durch. Doch Michele spürte nichts mehr, nur Angst. Sein einziger Gedanke hieß Cosima. Cosima, die einem panischen, rachsüchtigen, betrogenen Kerl durch die Dunkelheit im strömenden Regen hinterherstöckelte. Er, Michele, war schuld, wenn dieser Kerl durchdrehte.

Maestro hüpfte munter in den frisch reparierten Bambino hinein. Der roch nach Mimi, und für Maestro wurde es Zeit, dass einer einen Ausflug mit ihm machte und ihn zu ihr brachte.

Michele zwängte sich in das kleine alte Auto, schloss die Tür und legte den Kopf auf das Steuerrad. Wo würde der *Padre* mit ihr hinfahren? Jahrelang hatten die beiden keinen Kontakt mehr gehabt. Der *Padre* hatte sich sicher gefühlt: Antonio, Lucias Bruder, wurde bestens von seinem Cousin kontrolliert, das war ein gutes Geschäft. Cosima hatte er bezahlt und vertraute ihr. Fast dreißig Jahre lang. Jetzt war sie unberechenbar geworden. Er würde sie – vorsichtig ausgedrückt – aus dem Verkehr ziehen.

Wohin? Hatte er Verbündete, Vertraute, zu denen er gehen konnte? Einen anderen *Padre*, den Bischof, oder würde er ins Kloster flüchten? Sicherlich nicht mit Cosima im Gepäck. Wer würde ihn unterstützen? Seine Mutter. So wie Elisabetta die alte *Signora* beschrieben hatte, hegte die garantiert nach so vielen Jahren noch einen Groll auf Cosima. Der Sohn würde seiner betrogenen Mutter den Skalp der Frau liefern, die sie zutiefst erniedrigt hatte.

Was für eine schmierige Operette! Elena würde jetzt stöhnen, dass Italiener echt anstrengend theatralisch seien. Sie hätte vermutlich recht.

Er startete den Bambino, der stotternd ansprang, aber bald gehorsam brummte. Die kurzen Scheibenwischer fegten die Fluten von der beschlagenen Windschutzscheibe. Michele wischte sie innen mit seinem Pulloverärmel trocken, drehte die schwache Lüftung voll auf und fuhr los.

Es war halb elf, als Michele und Maestro vor dem Anwesen der *Signora* Maria Luisa Perrone ankamen. Das Tor in der hohen Mauer, die das Grundstück umgab, war halb geöffnet. Michele fuhr langsam die geschwungene Auffahrt zum Haupthaus hinauf. Kies schimmerte hell vor den Scheinwerfern, Schemen von Bäumen tauchten aus der Dunkelheit auf. Am Ende der Auffahrt leuchteten die hell gemauerten Fensterfriese auf dem dunkelrosa gestrichenen Landhaus. Michele hielt direkt vor dem Portal, kurbelte das Fenster eine Handbreit herunter, damit der aufgeregt winselnde Maestro im Auto frische Luft bekam, und sprang die zwei Stufen zur pompösen Haustür hinauf. Die öffnete sich im gleichen Moment. Vor ihm stand *Don* Francesco. In Jeans und dunklem Rollkragenpullover, das Holzkreuz baumelte vor seinem Bauch.

»*Buona sera!* Ich habe dich erwartet.« Ein dünnes Lächeln umspielte seine Mundwinkel. Das war nicht mehr der souveräne, engagierte *Padre* aus dem Immigrantenheim. Die Maske war zerbröckelt und dahinter zeigte sich das nervöse Gesicht eines Menschen, der hilflos zusehen muss, wie ihm sein Leben entgleitet.

Michele trat ein und versuchte sich in dem breiten Flur zu orientieren. Nur wenige Leuchten erhellten die hohen Wände, gegenüber führte eine breite Treppe nach oben.

»Hier entlang, bitte.« *Don* Francesco legte Michele von hinten die Hand auf die Schulter und schob ihn mit leichtem Druck vor sich her durch eine doppelte Glastür in den Salon mit den wuchtigen Möbeln und Vorhängen.

»Wo ist Cosima?«

Don Francesco lächelte kühl, schloss die Tür hinter sich und bot Michele einen Platz auf dem Sofa an. Er setzte sich gegenüber in den Ohrensessel und faltete seine Hände im Schoss unter dem Holzkreuz.

Michele betrachtete diesen Mann, der sein – zumindest biologischer – Vater sein sollte. Den seine Mutter ihm verheimlicht hatte. Er sah ihr Leben, das sie verschwiegen, versteckt, aus ihrer Erinnerung verbannt hatte. Die Geister, die sie verfolgt und ihr nachts den Atem geraubt hatten. Wut stieg in ihm auf, brannte ihm in der Kehle und er hätte sich am liebsten auf diesen verlogenen Fatzke gestürzt. Er hätte ihn würgen wollen, bis er nur noch röcheln und winseln und schließlich gar keinen Laut mehr von sich geben würde.

Stattdessen hörte sich Michele erneut mit dünner Stimme fragen: »Wo ist Cosima?«

»Keine Sorge, ihr geht es gut. Ich musste sicherstellen, dass sie nicht noch mehr dummes Zeug verbreitet. Das wirst du verstehen«, der *Padre* nickte selbstgerecht. »Ihr beide habt euch gut angefreundet, nicht? Du bist tatsächlich ein Schlauberger und treues Kerlchen. Trabst brav dieser Alten hinterher – sie hat noch immer etwas Faszinierendes, nicht?«

Der *Padre* kicherte etwas verrückt. Michele brodelte, seine Stimme taumelte noch, klang aber bereits fester, als er langsam, Wort für Wort wiederholte: »Wo – ist – Cosima?«

»Sie hat sich leider nicht an unsere kleine Abmachung gehalten. Ts, ts, und das nach all den Jahren. Wie du weißt, hatten wir einen kleinen Deal miteinander, die gute Cosima und ich, nach diesem, meinem, nun wie soll ich sagen, Missgeschick ...«

»Das Missgeschick, das bin ich!«, fiel ihm Michele kalt ins Wort und stand auf.

»So kann man es auch sagen«, erwiderte der *Padre* trocken. »Setz dich!«

Michele sah eine Klinge blitzen, der Geistliche hatte tatsächlich ein Klappmesser aufspringen lassen. Michele setzte sich langsam zurück auf das Sofa. Der Typ war unberechenbar. Was hatte der bloß vor? Abwarten. Ruhig bleiben.

»Du hast dich mir gegenüber höchst respektlos verhalten. Ich denke nicht daran, mir das Leben wegen eines Missgeschicks ruinieren zu lassen. Wir werden eine Lösung für dich und Cosima finden müssen.«

Michele blieb starr sitzen, brachte kein Wort heraus. Irgendwo hier war Cosima versteckt, lebte sie noch? Bevor er panisch werden konnte, redete sein Gegenüber weiter.

»Du hast dich nicht ungeschickt verhalten. Machst deinem Namen alle Ehre. Michele, der Erzengel. Der Kämpfer für die Wahrheit. Willst etwa du mich nach meinen kleinen Sünden zurück auf den Weg zu Gott führen?«, höhnte der *Padre* und lächelte arrogant. »Willst du, wie der Erzengel persönlich, Cosima aus der Löwengrube retten? Und auch noch die Seele deiner Mutter, um sie in den Himmel zu tragen?«

Er machte eine theatralische Pause, räkelte sich ein wenig, bevor er bemerkte: »Ich hörte, sie sei jung gestorben, das tut mir leid. Sie war sehr hübsch. Nein. Sie war sündhaft schön. Niemand hätte ihr widerstehen können, niemand. Und ich war jung, wenig erfahren, als Mensch, als Priester. Es hätte dich nicht geben dürfen. Niemals!«

Er hatte die Stimme erhoben, wiederholte noch einmal laut »Niemals!« und fuchtelte mit seinem Zeigefinger herum, als stünde er auf der Kanzel. »Und wäre diese schwatzhafte Hure nicht gewesen, wäre alles gut gegangen.«

»Nichts wäre gut gegangen«, platzte Michele. »Dein Lügengebäude ist doch längst zusammengebrochen, Cosima kann nichts mehr ausplaudern, was ich nicht schon weiß. Wo ist sie?«

»Du glaubst doch nicht im Ernst, dass ich dich einfach so ziehen lasse?«, fuhr der *Padre* auf. »Du siehst deiner Mutter ähnlich, sehr ähnlich. Als mein Cousin andeutete, du seist in der Stadt, wusste ich sofort, dass er recht hatte. Ich hatte dich ja schon gesehen. So, wie du dich in Lecce eingeschlichen hast. Ich könnte glatt stolz auf dich sein, auf meinen Sohn.«

»Ich - dein Sohn?«, Michele funkelte ihn voller Hass an, »Du bist vielleicht - *vielleicht!* - mein Erzeuger, aber mein Vater?«, fauchte Michele. »Hast du dich schon mal mit deinem smarten Cousin ausgetauscht über meine Mutter? Mit diesem *Avvocato?* Meinst du im Ernst, Lucia wäre dir treu gewesen? Dir? Schau dich an! Du? Mein Vater? Wovon träumst du eigentlich?«, höhnte Michele. Er wollte ihn provozieren, ihn bösartig verletzen und hatte punktgenau in die Mitte getroffen.

Padre Francesco sprang auf und schleuderte das Messer auf Michele. Es verfehlte ihn nur knapp und landete auf dem Sofa. Er warf sich auf Michele und griff nach dem Messer. Doch Michele hielt seinen Arm fest, drückte ihn von sich weg, während der *Padre* zischte: »Ob du es wahrhaben willst oder nicht, ich - bin - dein - Vater!«

»Du bist ein Stück Scheiße!«, fluchte Michele und rammte *Don* Francesco seine Handkante unter die Nase. Das Messer fiel auf den Boden und Blut floss aus der Nase. Der *Padre* wankte und Michele stürzte sich auf ihn, warf den massigen Körper auf den Boden, presste mit den Knien die Arme auf den Teppich und quetschte ihm die

Kehle zu. »Wo ist Cosima?« Michele stemmte sein ganzes Gewicht in den Boden, krallte seine Finger in den faltigen Hals – endlich ein Röcheln und ein Finger, der zur Tür zeigte.

»Wo?«, brüllte Michele. »Wo ist Cosima?«, er lockerte etwas den Griff am Hals.

»Draußen ... im *frantoio*«, röchelte der Padre, »in der Olivenmühle, im Garten ...«, er zog pfeifend Luft ein, »ich schwöre, draußen.« Das Blut rann ihm über Mund und Kinn.

Michele ließ *Don* Francesco langsam aufstehen. »Ich warne dich, wenn du lügst ...« Er verdrehte ihm einen Arm und hielt mit der anderen Hand das Messer an seine Kehle. Er würde das Messer durchziehen, er würde es tun. Er war maßlos wütend und eiskalt, rachsüchtig und traurig zugleich. Hatte er Angst? Oder war er darüber hinaus?

Sie stolperten aus dem Haus in den dunklen Garten, zwischen gestutzten Hecken und Beeten in den Obstgarten und weiter auf einem matschigen Weg, der sich zwischen uralten, verknorpelten Olivenbäumen wand. Es hatte aufgehört zu regnen, doch jede Windböe, die in die Zweige griff, ließ einen Schauer aus den Baumkronen rieseln. Michele sah kaum etwas, konzentrierte sich darauf, diesen Mann mit dem Messer zu bändigen. Michele hatte noch nicht gewonnen.

Unter den Bäumen tauchte im Dunkeln eine steinerne Erhöhung auf, der Eingang zu einer Höhle, so schien es, mit einer schiefen, vermoderten Holztür.

»Da unten!«, stöhnte Francesco.

»Was ist da unten?«

»Da unten sind meine Mutter und Mimi, im *frantoio*, in der alten unterirdischen Olivenmühle.«

»Dann gehen wir da runter. Los jetzt.«

Michele drückte seinen Gefangenen nach vorne. Der stemmte sich jedoch mit vollem Gewicht dagegen.

»Michele!«, wisperte *Padre* Francesco und starrte ihn an. Er öffnete den Mund, hielt einen Moment inne, schließlich flüsterte er heiser:

»Ich habe sie geliebt.«

»Du hast sie WAS?«, schrie Michele außer sich und schleuderte den schlaffen, wehrlosen Körper gegen die morsche Tür zur Ölmühle, die krachend nach hinten fiel. Der Alte verlor den Halt, griff nach Michele, während er nach hinten stolperte, und riss ihn mit sich eine feuchte Steintreppe hinunter. Das Letzte, was Michele wahrnahm, war das aufgeregte Kläffen eines Hundes und einen seltsam vertrauten Duft an dem Körper, der sich an ihn klammerte und mit ihm ins Dunkel fiel. Den Duft nach Lavendel.

Epilog

»Sie hätte ihn Idefix nennen sollen«, sagte Elena und blinzelte in den blauen Himmel. So was von blau, unglaublich blau, dass es das noch gab, nach diesem Winter. Sie räkelte sich im Liegestuhl auf der Dachterrasse, Elisabetta rührte und rührte in ihrem Kaffee, obwohl sie ihn – wie auch sonst? – ohne Zucker trank.

»Ihr habt ihn alle immer unterschätzt«, Cosima war vor Glück und Stolz geplatzt, als ihr kleiner kläffender Köter die Treppe heruntergetobt war. In diesem unterirdischen Gewölbe, in dem einst Oliven zermahlen worden waren, hatte sie mit zusammengebundenen Händen und Füßen auf einem steinernen Absatz gehockt und bei Kerzenlicht ein ziemlich bösartiges Gespräch mit der Mutter des *Padre* geführt. Die ehemalige Geliebte ihres Mannes würde büßen. Francesco wäre bald zurück, um sie weit wegzubringen. Sehr, sehr weit weg, die Alte kicherte genüsslich und genoss die Hilflosigkeit der Hure.

Irgendwann hörte Cosima, wie Michele draußen mit dem *Padre* stritt, seine Stimme konnte ein unerwartetes Volumen entfalten und drang sogar bis unter die Erde. Dann ein fürchterliches Gerumpel, als zwei ineinander verkeilte Männer die Treppe hinunterstürzten und ja, tatsächlich Maestro! Ihm folgten Elena und der *Commissario*, der herumbrüllte wie ein Wahnsinniger, Hände hoch, nicht bewegen, und mit seiner Pistole kinoreif fuchtelte. Aber Michele bewegte sich sowieso nicht mehr. Der lag bewusstlos auf dem Boden, bis die Ambulanz kam und ihn ins Krankenhaus verfrachtete. Auf der Bahre blinzelte er noch einmal und traf Elenas Blick.

Elisabetta stellte ihr Kaffeetässchen ab. Elena hatte immer noch nicht verlauten lassen, wie alles weitergehen sollte. Wollte sie etwa nach Israel türmen? Jetzt, da Ben anfing, Italienisch mit Lecceser Akzent zu schnattern und sich sogar jeden Morgen einen feuchten Knutscher von seiner Tante Benedetta gefallen ließ? Die Heizungstherme pünktlich am 7. Januar eingebaut worden war und von unten das Hämmern und Klopfen der Handwerker auf die Dachterrasse drang, während ein kleines, von Elisabetta entworfenes Designerbad in das ehemals vergammelte Loch mit dem Wasserschaden eingebaut wurde?

War doch alles gut, oder? Das Immigrantenheim war geschlossen und die Wohnungen des Vereins *Terra Unica* konfisziert. *Padre* Francesco war zügig vom Bischof nach Mazedonien versetzt worden in ein wohltätiges Projekt, das Straßenkindern eine neue Lebensperspektive geben sollte.

Allerdings, der *Avvocato,* der eigentliche Drahtzieher, war wie ein echter Mafioso untergetaucht. Zwar kassierte niemand mehr Schutzgeld und seine Hotels waren beschlagnahmt worden, aber wo sich *Avvocato* Galloso aufhielt, wusste - angeblich - niemand.

Grace und Yasmin wohnten zusammen in einem von Cosimas Häusern und Cozzoli hielt seine schützende Hand über sie. Der *Commissario* hatte einen weiteren Trumpf in die Hand bekommen: den Kopf der heiligen Mutter Maria. Als die Schule am 7. Januar wieder begonnen hatte, hatte ein Schüler mit dieser Trophäe geprahlt, ihn aber im Gerangel verloren – ausgerechnet vor der Eingangsloge und den wachsamen Augen von *Suora* Benedetta. Dummerweise war es der pubertierende Sohn des *Questore* gewesen.

Gigi hatte Elisabetta gesteckt, dass Elena gestern Abend eine Ewigkeit mit Aron telefoniert und danach das Haus für längere Zeit verlassen hatte. Erst nach Mitternacht hatte er gehört, wie sie zurückgekommen war.

»*Allora, bella mia,* der Himmel ist wieder blau, der Frühling bricht bald aus. Wie geht es mit dir jetzt weiter?«

Elena ließ ihre Freundin zappeln. Blinzelte in den Himmel. Wirklich, wirklich blau. Und warm war es. Sonnig. In jeder Hinsicht. Nur Elisabettas freundliche Zurückhaltung hatte ihre Grenze erreicht.

Also gut.

»Michele bleibt. Ben bleibt. Ich bleibe. Erst mal ein Jahr.«

Damit ließ sich Elena zufrieden in den Liegestuhl zurücksinken, und viele Jahre, nachdem sie mit ihrer besten Freundin am Strand gesessen und über das Leben fantasiert hatte, malte sie wieder einen kleinen Traum ins Himmelblau.

Grazie!

Aller Anfang ist Apulien ist ein Roman, inspiriert von unserem Leben im Salento. Ich habe mir als Journalistin die Freiheit genommen, eine Geschichte zu erfinden, und der Ordnung halber sei erwähnt, dass Ähnlichkeiten mit wahren Begebenheiten, lebenden oder verstorbenen Personen möglich, aber natürlich zufällig wären. Nicht erfunden habe ich allerdings das System, wie Frauen aus Nigeria nach Europa verkauft und zur Prostitution gezwungen werden. Über diese Form der modernen Sklaverei berichten detailliert die Journalistinnen Mary Kreutzer und Corinna Milborn in ihrem Buch »Ware Frau« (ecowin, 2008).

Dass ich diese Geschichte von einer Schublade in die nächste geräumt – und nicht im Papierkorb versenkt – habe, sie immer wieder mal anders und so lange weitererzählte, bis sie eines Tages einen letzten und eines weiteren Tages einen allerletzten Satz hatte, dass schließlich daraus dieses Buch wurde, verdanke ich einigen Menschen, die mich – mit oft erstaunlicher Geduld – begleitet und immer mal wieder freundlich daran erinnert haben, dass mein Buch noch nicht fertig ist. Dazu gehören Elke, meine mutige Testleserin, die mir den letzten Schubs verpasste, und Petra, ach Petra ... ohne unsere langen Nächte in Hamburger Gaststätten würde ich vermutlich längst selbst gekochte Tomatensoße auf dem Wochenmarkt verkaufen. Und natürlich meine drei wundervollen Jungs: Roman, der immer als Erster alles lesen muss und danach im allerbesten Fall einen seiner geschliffenen Zweiwortsätze formuliert: Nicht schlecht. Und unsere Söhne Kolya und Luca – ihr drei seid das großartigste Abenteuer meines Lebens! Tag für Tag. Unbeschreiblich.

Lecce, im Juni 2012